《海洋小百科全书》荣获"第五届全国优秀科普作品奖"

海洋 小 百科 全书

主　编　关庆利
副主编　丁玉柱　彭　垣

海洋文学

丁玉柱　牛玉芬　编著

中山大学出版社
·广州·

版权所有 翻印必究

图书在版编目(CIP)数据

海洋文学/丁玉柱,牛玉芬编著. —广州:中山大学出版社,2012.1

(海洋小百科全书/关庆利主编)

ISBN 978-7-306-03559-2

Ⅰ. ①海… Ⅱ. ①丁… ②牛… Ⅲ. ①文学-作品-简介-世界-青少年读物 Ⅳ. ①I106-49

中国版本图书馆 CIP 数据核字(2009)第 221879 号

出版人:	徐 劲
策划编辑:	蔡浩然
责任编辑:	蔡浩然
装帧设计:	杨桂荣 林绵华
责任校对:	徐诗荣
责任技编:	何雅涛
出版发行:	中山大学出版社
电 话:	编辑部 020-84111996,84113349
	发行部 020-84111998,84111981,84111160
地 址:	广州市新港西路 135 号
邮 编:	510275　　传 真:020-84036565
网 址:	http://www.zsup.com.cn E-mail:zdcbs@mail.sysu.edu.cn
印 刷 者:	佛山市浩文彩色印刷有限公司
规 格:	880mm×1230mm　1/32　8.5 印张　180 千字　4 插页
版次印次:	2012 年 1 月第 1 版
	2014 年 4 月第 4 次印刷
定 价:	16.80 元

如发现本书因印装质量影响阅读,请与出版社发行部联系调换

《海洋小百科全书》于2002年5月出版，2003年9月被中国共产党中央委员会宣传部、中国科学技术协会、中华人民共和国科学技术部、国家广播电影电视总局、中华人民共和国新闻出版总署、国家自然科学基金委员会、中国作家协会联合授予"第五届全国优秀科普作品奖科普图书类三等奖"。本书于2007年10月修订再版，现再次修订，由中山大学出版社出版。

海洋文学

（古希腊）狄奥尼索斯航海

（俄）普希金《渔夫和金鱼》

（美）马克·吐温

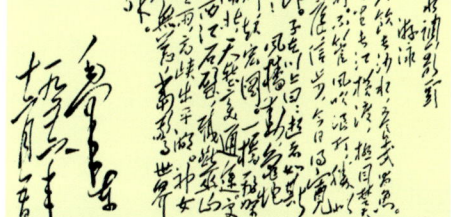

▲ 毛泽东词《水调歌头·游泳》手迹

（印度）摩奴的传说

海洋文学

▲（丹麦）安徒生《海的女儿》

▲《三宝太监下西洋演义》

▲（法）雨果《海上劳工》

▲（俄）高尔基《海燕》

▲《金色的海螺》（电影）

海洋文学

▲《哪吒闹海》（电影）

◀《鹬蚌相争》（电影）

▲（美）海明威

龙女牧羊 ▲

▲《泰坦尼克号》（电影）

海洋文学

▶ （法）凡尔纳《海底两万里》

▲ （美）麦尔维尔《白鲸》

序言

　　海洋是人类的母亲,也是人类千万年来取之不尽、用之不竭的巨大资源宝库。在人类赖以生存的蓝色星球——地球上,蔚蓝色的海洋占有约71%的总面积。

　　雄踞在这颗蓝色星球的东方、浩瀚无垠的太平洋西岸上的中华人民共和国,不仅拥有960万平方千米的陆地国土,而且还拥有300万平方千米的海洋国土,有着1.8万千米绵延曲折的海岸线。在这浩瀚的蓝色国土上,珍珠般地镶嵌着大大小小6500多个美丽而富饶的岛屿。

　　勤劳勇敢的中华民族,在古代就凭着自己卓越的智慧和创造力,伐木成舟,劈波斩浪,牵星观月,远渡重洋,以举世瞩目的海洋文明跻身于世界航海强国的民族之林。

　　21世纪是海洋的世纪,21世纪的主人翁就是今天的青少年朋友。他们不仅是我国的未来和希望,而且必定是21世纪振兴经济和提升海洋科技的主力军。海洋将是青少年朋友报效祖国、振兴中华民族大显身手的辉煌舞台。只有帮助青少年及早地以科学的眼光认识世界的发展,科学地把握未来,早日加入到海洋开发建设的队伍中来,才能更好地发展我国的海洋经济,捍卫我国的海洋权益。未来是海洋的时代,只有让广大的青少年了解海洋、接近海洋、认识海洋,才能把握海洋、开发海洋、利用海洋和捍卫海洋权益,为祖国的海洋开发建设作贡献,为中华民族的子孙后代造福。为了提高中华民族的海洋文化素质,再铸中华民族海洋文明的辉煌,使我国成为21世纪的海洋强国,有识之士必须从现在做起,从青少年抓起,全面培养我国青少年的海洋意识,普及海洋科学知识,提高海洋科技技能,增强蓝色国土观念和捍卫海洋权益的责任感、使命感。从这个意义上说,在人类进入21世纪的伟大时代,在全球开始创造海洋经济的伟大时刻,在世界日益关注海洋权益的今天,出版这套经过缜密修订的全面、系统、科学地介绍海洋知识的《海洋小百科全书》,无疑是奉献给我国青少年朋友的一份珍贵礼物,是激发青少年的海洋兴趣、增长海洋知识、普及海洋文化、宣传海洋文明、提高海洋素质、促进海洋教育所做的一件功在当代、利在千秋的非常具有实践成就和指导意义的工作。

绚丽多姿的海洋召唤着青少年朋友们去探索和揭秘,无穷无尽的海洋宝藏等待着有志于海洋事业的青少年朋友们去开发和利用。这套图文并茂、深入浅出的《海洋小百科全书》,必将以丰富的知识性、深刻的思想性和高雅的趣味性,成为青少年朋友在蓝色海洋里成长、成才的良师益友。

祝愿青少年朋友读完这套书后能够早日成为大海的骄子,为把祖国建设成伟大的海洋经济强国和海洋科技强国贡献自己宝贵的青春和智慧。

国家海洋局局长:

2010年4月6日

目 录

一、中国古代海洋文学

1. 我国记录海洋神话最早的书是哪一部? ……… (2)
2. 《山海经》写的是什么内容? ……… (2)
3. 研究《山海经》的书有哪些? ……… (3)
4. 《诗经》有哪些关于海洋的记载? ……… (3)
5. 《楚辞》写了哪些有关海洋的内容? ……… (4)
6. 《天问》提到哪些海洋现象和传说故事? ……… (5)
7. 老子是怎样赞美大海的? ……… (6)
8. 管子是怎样赞美大海的? ……… (6)
9. 荀子是怎样认识大海的? ……… (7)
10. 王充是怎样从哲学上阐释大海的? ……… (7)
11. 《海内十洲记》是一部什么性质的书? ……… (8)
12. 《东海黄公》写的是什么故事? ……… (8)
13. 曹操的两首《观沧海》诗的内容是什么? ……… (9)
14. 中国文学中有哪些咏海的名赋? ……… (10)
15. 中国古代有哪些著名的歌咏海仙的诗篇? ……… (11)
16. 中国古代有哪些著名的海洋游记? ……… (12)
17. 以描绘钱塘江大潮闻名的诗文与作家有哪些? ……… (12)
18. 李白有哪些描绘大海的诗句? ……… (13)
19. 写日本友人渡海归国的著名唐诗有哪几首? ……… (14)
20. 白居易写过哪些咏海诗? ……… (16)
21. 中国古代哪些著名作家描写过海市蜃楼? ……… (17)

22. 苏轼写过哪些描绘海潮的著名诗词？ (18)
23. 陆游的《航海》写的是什么内容？ (19)
24. 谁是第一个以海入词的词人？ (21)
25. 洪迈的《夷坚志》里有哪些海洋志怪小说？ (22)
26. 《哨遍·秋水观》是从何处取材的？ (22)
27. 中国古代海难题材小说是哪一部？ (23)
28. 什么叫"弄潮儿"？ (24)
29. 元曲《拨不断·大鱼》有什么寓意？ (25)
30. 张羽是怎样煮海的？ (27)
31. 你知道柳毅和小龙女的故事吗？ (28)
32. 龙王为什么送上古仙方给孙思邈？ (29)
33. "八仙过海"的典故来自何处？ (30)
34. 八仙是怎样过海的？ (31)
35. 八仙为什么要闹东海？ (31)
36. 三海龙王为什么要水灌八仙？ (32)
37. 《五龙朝圣》中的五龙带什么礼物去朝圣？ (33)
38. 《下西洋》取材于哪次历史事件？ (34)
39. 世间真有鱼儿佛吗？ (35)
40. 《拍案惊奇》中的海洋题材名篇是哪部？ (36)
41. 《西游记》中的花果山在什么地方？ (36)
42. 中国写海的名联有哪些？ (38)
43. 《后水浒传》描写了哪些关于海洋的内容？ (39)
44. 《海国春秋》写的是什么内容？ (40)
45. 清代哪部剧表现了古代文化名人游海的事？ (41)
46. 《蜃中楼》是根据哪些海洋神话写成的？ (42)
47. 你知道比目鱼的传说吗？ (43)
48. 清杂剧《千秋海宴》的"海宴"是什么意思？ (44)
49. 表现中外海上交往盛况的清杂剧是哪一部？ (45)
50. 《三宝太监西洋记通俗演义》根据哪些史料写成？ (45)

51. 《聊斋志异》里有哪些写海的名篇? ……………………(46)
52. 《夜叉国》中的徐某是有中国特色的鲁滨逊吗? ………(47)
53. 《罗刹海市》写了哪些海上奇观? ……………………(49)
54. 《安期岛》讲的是什么故事? …………………………(53)
55. 《镜花缘》中描写的海外世界是什么样的? ……………(55)
56. 为什么说《因循岛》是海洋讽刺小说? …………………(56)
57. 《孽海花》的题名有什么含义? …………………………(58)
58. 黄遵宪写《东沟行》的题材背景是什么? ………………(58)
59. 丘逢甲创作了哪些著名的海洋题材诗歌? ………………(59)
60. 《狮子吼》中的"海上理想国"是什么样的? ……………(59)

二、中国现代海洋文学

61. 新中国成立前毛泽东有关海洋意象的诗词有哪些? …(61)
62. 新中国成立后毛泽东有关海洋意象的诗词有哪些? …(62)
63. 毛泽东有哪几首完整地歌咏江海的诗词? ………………(64)
64. 《毛泽东选集》是怎样用大海作比阐述革命道理的? …(65)
65. 创造社作家的大量作品为什么都与海洋有关? …………(67)
66. 《宝船》写的是什么故事? ………………………………(68)
67. 《灵海潮汐》有什么寓意? ………………………………(68)
68. 《海国英雄》写的是中国哪位民族英雄? ………………(69)
69. 钱钟书的小说里也写过海洋生活吗? ……………………(70)
70. 杨朔写过哪些海洋题材的著名散文? ……………………(70)
71. 《金色的海螺》讲了什么童话故事? ……………………(71)
72. 峻青写过哪些海洋题材的小说和散文名篇? ……………(73)
73. 陆俊超的海洋题材小说有哪些? …………………………(74)
74. 小说《海的梦》是谁创作的? ……………………………(74)

75. 中国新时期最具"海味"的小说作家是谁? ……… (75)
76. 《海滨的孩子》写的是什么故事? ……………… (76)
77. 《夜海漂流记》是一部什么样的作品? ………… (77)
78. 《陆军海战队》讲的是什么故事? ……………… (77)
79. 《海底尖兵》写的是什么内容? ………………… (78)
80. 《唐小西在"下一次开船港"》写了哪些有趣的故事? … (79)
81. 《大洋怪踪》的内容是什么? …………………… (80)
82. 《鹦鹉螺号的故事》记录了哪一次航海壮举? … (81)
83. 《这一片大海滩》写的是什么故事? …………… (81)
84. 《大海的歌》是怎样歌咏大海的? ……………… (82)
85. 《瀛洲思絮录》写的是哪一位航海家的故事? … (82)
86. 《'97中国海军出访纪实》写的是什么内容? … (83)
87. 《海魂》歌颂了中国历史上哪几位民族英雄? … (83)
88. 《万里海疆第一走》的作者是谁? ……………… (84)
89. 我国第一部海洋本体诗集是哪一部? …………… (84)
90. 《古代诗人咏海》收录了哪些咏海诗作? ……… (85)
91. 《海洋朋友》讲述了哪些神奇的故事? ………… (85)
92. 《船过青浪滩》塑造了什么样的人物形象? …… (87)
93. 《水兵与海》写的是什么内容? ………………… (88)
94. 《龙王公主》写的是什么故事? ………………… (88)
95. 《鲸殇》写的是什么内容? ……………………… (89)
96. 《百年海狼》写的是什么内容? ………………… (90)
97. 韩嘉川创作了哪些海洋题材的散文作品? ……… (91)
98. 李忠效主要创作了哪些海洋题材的作品? ……… (92)
99. 《金锚文学》丛书包括哪些作品? ……………… (93)
100. 《四下南极》是部什么样的作品? …………… (94)
101. 有关海洋的《三字经》有哪些? ……………… (94)
102. 《青岛海洋民间故事》讲了哪些有趣的故事? … (95)
103. 《冬日看海人》写的是什么内容? …………… (96)

海洋文学

104. 哪位中国作家被誉为"大海的女儿"? ……………… (97)

三、外国古代海洋文学

105. 《奥德修纪》记载了奥德修哪些海上历险经历? …… (101)
106. 《圣经》是怎样描写摩西使大海让路的? ………… (102)
107. 你知道"方舟"是谁制造的吗? ………………… (103)
108. 《薛西斯和水手》写了哪些有趣的航海故事? …… (104)
109. 世界上第一部描写海战的戏剧是哪一部? ……… (105)
110. 《搅乳海》写的是什么内容? …………………… (107)
111. 《百喻经》中有哪些海洋题材的寓言故事? …… (107)
112. 《乘船失盂喻》讲的是什么寓言故事? ………… (108)
113. 《入海取沉水喻》的故事有什么寓意? ………… (109)
114. 《见水底金影喻》讲的是什么故事? …………… (110)
115. 《口诵乘船法而不解用喻》讲了什么道理? …… (110)
116. 《小儿得大龟喻》对人们有哪些启发? ………… (111)
117. 水妖罗累莱是怎样迷惑船夫的? ……………… (112)
118. 最早记载英国海外扩张行动的作品是哪一部? …… (113)
119. 英国早期有哪些海洋文学作品? ……………… (114)
120. 《一千零一夜》是怎样讲述渔翁的故事的? …… (114)
121. 《天方夜谭》是怎样讲述辛巴达航海故事的? …… (116)
122. 辛巴达第四次航海是如何脱险的? …………… (117)
123. 《修辞学家和海员》阐述了什么道理? ………… (118)
124. 《马可·波罗游记》是怎样诞生的? ………… (119)
125. 吉尔伽美什是从何处盗得长生草的? ………… (121)
126. 布兰特的讽刺作品《愚人船》写的是什么内容? …… (121)
127. 《卢济塔尼亚人之歌》是葡萄牙的"荷马史诗"吗? …… (122)

5

128. 莎士比亚创作的海洋题材的名剧是哪一部？ …… (123)
129. 《鲁滨逊漂流记》是根据什么事实写成的？ …… (124)
130. 《鲁滨逊漂流记》写的什么内容？ …… (126)
131. 《格列佛游记》写了哪些滑稽可笑的故事？ …… (127)
132. 《塞维利亚的诱惑者或石客》写的是什么事？ …… (129)
133. 《渔夫》为什么在丹麦家喻户晓？ …… (129)
134. 《杜里特医生航海记》中的杜里特为什么去航海？ … (130)
135. 《渔夫和他的妻子》讲述的是什么故事？ …… (131)
136. 谁是世界航海冒险小说的创始者？ …… (132)
137. 库柏写过哪些著名的海洋冒险小说？ …… (133)
138. 《在那不勒斯附近沮丧而作》是怎样描写大海的？ …… (133)
139. 普希金最著名的咏海诗是哪一首？ …… (134)
140. 雨果的《海上劳工》写的是什么故事？ …… (136)
141. 《基督山伯爵》讲的是什么故事？ …… (137)
142. 《海的女儿》讲述的是什么内容？ …… (138)
143. 冈察洛夫是怎样写出《环球航海游记》的？ …… (140)
144. 《雾海孤帆》的深刻寓意是什么？ …… (141)
145. 《水孩子》写的是什么故事？ …… (142)
146. 麦尔维尔写过哪些著名的海洋小说？ …… (144)
147. 《白鲸》的内容有什么象征意义？ …… (145)
148. 《荒岛历险记》写了哪些有趣的历险故事？ …… (147)
149. 《木偶奇遇记》讲了哪些海洋趣事？ …… (148)

四、外国现代海洋文学

150. 19世纪法国最著名的海洋科幻小说家是谁？ …… (150)
151. 凡尔纳创作了哪些著名的海洋科幻小说？ …… (150)

海洋文学

152. 凡尔纳的小说对海洋未来发展有什么启示？……（151）
153. 美国小说家马克·吐温的名字是什么意思？……（152）
154. 《哈克贝里·费恩历险记》讲述的是什么内容？……（153）
155. 《马拉沃里亚一家》有什么深刻寓意？……（154）
156. 《企鹅岛》写的是什么内容？……（155）
157. 《灯塔看守人》塑造了一个什么样的人？……（156）
158. 史蒂文森写过哪些海洋名著？……（158）
159. 皮埃尔·洛蒂创作了哪些海洋题材小说？……（158）
160. 《冰岛渔夫》描述的是什么内容？……（159）
161. 康拉德有哪些著名的海洋文学作品？……（161）
162. 《吉姆老爷》表现的是什么样的主题？……（162）
163. 《骑鹅旅行记》中的尼尔斯遇到了什么奇迹？……（163）
164. 《彼得·潘和温迪》讲述了哪些奇妙的故事？……（165）
165. 哪位小说家预言了"泰坦尼克"号的悲剧？……（166）
166. 《徒劳无益》与"泰坦尼克"号事件有何相似之处？……（168）

167. 泰戈尔写过哪些海洋题材的作品？……（170）
168. 《高濑舟》的内容是什么？……（170）
169. 《勇敢的船长》塑造了哪些船长的形象？……（172）
170. 《在贝尔海滩》写的是什么内容？……（173）
171. 《漫长的旅途》的结尾有什么深刻寓意？……（174）
172. 散文诗《海燕》的思想艺术成就是什么？……（174）
173. 《"莱蒂夫人"号上的莫兰》有什么特色？……（175）
174. 《阿兰群岛》是关于什么内容的旅行纪实？……（176）
175. 《骑马下海人》写的是什么内容？……（177）
176. 《航程》描写的是什么内容？……（177）
177. 《失去影子的女人》讲述的是什么故事？……（179）
178. 毛姆创作过哪些以海洋生活为背景的作品？……（179）
179. 杰克·伦敦为什么能创作出《海狼》？……（180）
180. 《海狼》是一部什么样的作品？……（182）

181. 诺维科夫·普里波依创作了哪些海洋题材小说? …… (183)
182. 伍尔夫的海洋文学作品是怎样写成的? ………… (184)
183. 《到灯塔去》的内容有什么象征意义? ………… (185)
184. 《海浪》是部什么样的作品? …………………… (186)
185. 让·吉罗杜的海洋小说反映哪些深刻的哲理? … (186)
186. 《浪之歌》的主要特色是什么? ………………… (187)
187. 《大西洋岛》描述的是什么传奇故事? ………… (188)
188. 《在海湾》是一部具有什么风格的海洋小说? … (189)
189. 奥尼尔写过哪些航海剧本? ……………………… (190)
190. 波特的长篇小说《愚人船》写的是什么内容? … (191)
191. 《神秘岛》讲述了哪些海上冒险故事? ………… (192)
192. 《苍海茫茫》是根据哪部文学名著创作的? …… (194)
193. 哪位小说家创作了以冰川爆发为题材的小说? … (195)
194. 《海上扁舟》讲述的是什么内容? ……………… (196)
195. 《老人与海》为什么会成为美国精神的象征? … (196)
196. 《岛在湾流中》写的是什么内容? ……………… (198)
197. 《船歌》写的是什么内容? ……………………… (199)
198. 《瓦鲁纳》的故事表现了人性的哪些内容? …… (201)
199. 《船的故事》里的"船"有什么象征意义? …… (202)
200. 《海的沉默》是怎样巧妙地表现爱国精神的? … (203)
201. 《金杯》是以哪个海盗为原型创作的? ………… (204)
202. 《科尔特兹之海》的创作背景是什么? ………… (205)
203. 《珍珠》有什么深刻的寓意? …………………… (206)
204. 《莎尔卡·瓦尔卡》表达了一种什么生活理念? … (206)
205. 《江华岛》写的是什么内容? …………………… (208)
206. 《蟹工船》是怎样描述渔工悲惨的海上生活的? … (209)
207. 《皮塔尔一家》写的是什么内容? ……………… (210)
208. 《天平之甍》描写了中国哪位航海家的故事? … (211)
209. 《海百合》讲述的是什么内容? ………………… (213)

210. 为什么说《恶心》代表了现代海洋文学的理念？……（214）
211. 为什么说盖菲莱克是描写海洋和邮船的能手？……（214）
212. 盖菲莱克笔下的海洋有什么特色？……………………（215）
213. 《荒凉岛的幸运者》的主题是什么？…………………（216）
214. 《蝇王》写的是什么内容？……………………………（217）
215. 《继承人》写的是什么内容？…………………………（219）
216. 《挡住太平洋的堤坝》是怎样成为海洋名著的？……（220）
217. 《直布罗陀的水手》有什么寓意？……………………（221）
218. 《塔吉尼亚的小马》写的是什么内容？………………（221）
219. 《懒惰哲学趣话》讲的是什么内容？…………………（222）
220. 英国文学史上专门写海岛的作家是谁？………………（223）
221. 《鱼王》的主题是什么？………………………………（224）
222. 《礼拜五——太平洋上的灵薄狱》是写谁的故事？…（225）
223. 《礼拜五——太平洋上的灵薄狱》富有哪些哲理？…（227）
224. 《"水手长,接替我!"》写的是什么内容？……………（228）
225. 《前进！包迪渠》是部什么样的海洋文学作品？……（230）
226. 《灯船》讲述的是什么故事？…………………………（231）
227. 《未见过大海的人》中的主人公看见海了吗？………（232）
228. 琼斯创作了哪些海洋题材的小说？……………………（233）
229. 《海洋的乐音》写的是什么内容？……………………（234）

五、中外海洋影视文学

230. 《祖国的海疆》是部什么样的影片？…………………（237）
231. 严寄洲执导过哪些海洋题材的电影？…………………（237）
232. 电视连续剧《林则徐》是何时拍的？…………………（238）
233. 毕克导演了哪些海军题材的影视作品？………………（238）

234. 中国第一部反映海军生活的电视剧是哪一部？……（239）
235. 《大海在呼唤》讲述的是什么故事？ ……………（239）
236. 中国有关郑和的影视剧有哪些？ ………………（242）
237. 哪部电影全景式展示了中国海军成长的历程？……（242）
238. 展现中国海军礼仪最多的影片是哪一部？ ………（243）
239. 《海之魂》是根据哪部小说改编的？ ……………（243）
240. 动画片《海底总动员》讲述的是什么故事？ ……（244）
241. 电影《灯塔世家》男主角原型是谁？ ……………（246）
242. 《极地冰语》讲述的是什么内容？ ………………（246）
243. 《世纪的钟声》是有关什么主题的电视系列片？…（247）
244. 《走进北极》记录了哪些内容？ …………………（248）
245. 《泰坦尼克号》是一部什么样的影片？ …………（248）
246. 古斯拖创作了哪些著名海洋影视文学作品？ ……（249）
247. 《巨鲸归海》讲述的是什么内容？ ………………（250）
248. 《大海梦幻》是为哪座海洋城市而设计创作的？…（251）
249. 中外著名海洋题材的电影有哪些？ ………………（251）

编后记 ……………………………………………（253）
《海洋小百科全书》分类目录 ……………………（254）

海洋文学

中国古代海洋文学

1. 我国记录海洋神话最早的书是哪一部?

中国海洋神话内容丰富多彩,其中记录海洋神话最早、内容最丰富的是《山海经》。《山海经》大约成书于春秋末年到汉初这一时期,古代学者认为它是夏禹和伯益所著,其实作者不是一人。创作者生活的地域以楚为中心,西到巴蜀,东达齐鲁。《山海经》共18篇,虽仅有3.1万多字,却是一部以神话为主体、内容丰富的多学科书籍。书中有关海外奇山异岛、怪物异人的记载,是《山海经》中最精彩的部分。我国许多流传至今、广为人知的著名神话如"精卫填海"、"海外仙山"等,都是出自《山海经》这部书。

《图解〈山海经〉》封面

2.《山海经》写的是什么内容?

《山海经》现存18篇,共分4组,其中《五藏山经》简称《山经》,《海外》、《海内》、《大荒》简称《海经》。《山经》记各方大山水流、鸟兽虫鱼、草木及怪异。《海经》记外国情况,有三首国、三身国、一臂国、无肠国、小人国、大人国等。全书记述了将近100个神话故事,神灵450多个,他们神通广大,而且奇形怪状,有龙身鸟首、马身人面、人面蛇身、三头六臂等。其中《鲧鱼治水》、《精卫填海》、《夸父逐日》、《刑天舞干戚》、《黄帝擒蚩尤》历来为人们所传诵。

3. 研究《山海经》的书有哪些?

《山海经》早在战国至西汉前期就已成书,由于作者已无从查证,后人认为它是多人写成,加上它所描写叙说的人、事、物、地理都离现在非常遥远,有的地方可能发生了变化,有的动植物也已不存在,因此,读起来非常困难,为了方便后人阅读这本书,有人专门对它加以编辑、整理和注释。据说原来有图,后丢失了不少,后人又对它进行了补充。《山海经》由晋代郭璞加注后流传,明代有杨慎的《〈山海经〉补注》、王崇庆的《〈山海经〉释义》等,清代有吴任臣的《〈山海经〉广泛》、毕沅的《〈山海经〉新校正》、郝懿行的《〈山海经〉笺疏》,其中郝氏的《〈山海经〉笺疏》为集前人研究之大成。近人有吴承志的《〈山海经〉地理全释》、袁珂的《〈山海经〉校注》,后者编神话。《山海经》

大禹治水

对研究中国古代历史、地理、文化、民族、民俗、中外交通和神话等,具有很高的参考价值。

4.《诗经》有哪些关于海洋的记载?

《诗经》是中国古代第一部诗歌总集,记录了先秦时中国人的生活、劳动、爱情与社会和自然的大量生动的事实,文字生动简洁,形象朴实优美,历来被人们所称道。

《诗经》中与海洋有关的篇章有《商颂·长发》篇:"相相烈土,海外直截",讲的就是古代先民移民海外的事情。再如《小雅·沔水》中,两次用江河入海起兴,所谓"沔河流水,朝宗于海","沔河流水,其水汤汤",一方面表现诗人感叹身世、倾吐忧思的情怀,另一方面又道出了"百川归大海"的朴素哲理,并把自然的海洋浓缩升华为人类社会历史岁月永逝的归宿地和出发点,人世间一切恩怨的终极就是那一片无边无际的蓝色的海洋,既形象传神,又富于哲理,非常耐人寻味。

5.《楚辞》写了哪些有关海洋的内容?

《楚辞》是战国时期我国南方出现的一种诗歌形式,是由楚国丹阳(今湖北秭归县)人屈原(约公元前339—公元前284年)创造的,后来一些作家也用这种诗体创作出了大量诗歌作品,并结集刊行,这就是我们今天看到的《楚辞》。《楚辞》内容丰富,其中有大量关于海洋的内容。如屈原在流放生涯中创作的《大招》中,借对海洋的描写来呼唤自己无所依归的魂魄不要在四方游荡。诗中写道:"魂

屈原像

乎归来!无东无西,无南无北只。东有大海,溺水欣欣只。螭龙并流,上下悠悠只。雾雨淫淫,白皓胶只。魂乎无东!汤谷寂寥只。"什么意思呢?原来诗人是说:魂魄

啊,回来吧! 不要去东也不要去西,不要往南也不要往北。因为东方有大海,海水又深,海流又急,海中的龙王正随波浮荡,在海水中上下翻腾游戏。浩瀚的海面上,阴雨浓雾,连绵不断,放眼四望,大海白茫茫无际无边。我的魂魄啊,千万不要向东游入大海,因为太阳升起的地方是那么的寂寞。此外,《楚辞》写了各种各样的海神,如海神玄冥、伯强,南方海神祝融,北方海神若,波涛之神阳侯,潮神伍子胥和海外仙人安期生,等等。《楚辞》除了描写这些海神以外,还描写了海上种种的奇珍异景,如海中无角的虬龙、人面鱼尾的鲮鱼、背负五座神山的巨鳌、身高千仞的海上巨人和仙人居住的蓬莱仙岛等等,几乎涉及了楚辞时代海洋神话的所有内容,而且,《楚辞》还写了许多古代海洋历史人物,如殷商时代渡海开发朝鲜的箕子,最早进行水上战争的寒浇等等。《楚辞》可以看作是关于古代海洋的一部百科全书。

6.《天问》提到哪些海洋现象和传说故事?

《天问》是屈原创作的一首长诗,他希望上天能对自己的困惑给出一个明确的答案,其中就有许多神奇有趣的海洋现象和传说故事,如"伯强何处?"意思是海神伯强住在什么地方? 如"东流不溢,孰知其故?"意思是大小河水日夜流入大海,海水却从来都不涨满溢出,谁能知道其中的原因是什么呢? 如"应龙何画? 何海何历?"意思是说应龙怎么用尾巴在地上画出排泄洪水的沟? 江河又是怎么会流向大海的,等等。这些问题既神奇又有趣,代表了当时人们对海洋诸多现象的认识与思考。

7. 老子是怎样赞美大海的?

老子骑牛图

春秋时的老子在他的《老子》一书中,对大海表示了无尽的赞美。他说:"江海所以能为百谷王者,以其善下之,故能为百谷王。"这是什么意思呢?就是说大海之所以能够成为众多小溪细流的归宿之地,是因为大海具有善于对待处于低势不如自己的地方,因此成为它们的领袖。老子讲这句话,既是对大海的由衷赞美,也是喻劝统治者不要居高临下统治百姓,要学会"善下"。老子的江海因"善下"而称"王"的思想,在当时和后来都有很大的影响。

8. 管子是怎样赞美大海的?

管子(公元前645年)是春秋初期著名的政治家。他凭着自己的才干辅佐齐桓公成为霸主。他曾写过一部著名的政治哲学著作,书名叫《管子》。在这部书中的《形势解》一章中,管子曾写道:"海不辞水,故能成其大;山不辞土石,故能成其高;明主不厌人,故能成其众;士不厌学,故能成其圣。"他用"海"和"山"不厌小溪和土石而使自己成就"大"和"高"来比喻明主不讨厌百姓,读书人不讨厌学习,才能领导群众,成为圣人。"不辞水"就是不排斥、不拒绝水的意思,管子在这里赞美的是海的博大与精深。

9. 荀子是怎样认识大海的?

荀子(约公元前313—公元前238年)是战国时期赵国人,是先秦时代最后的一位儒学大师,也是著名的教育家和文学家。当时科技不发达,许多人的思想还处在蒙昧时期,对宇宙万物的认识还很肤浅,荀子却以唯物主义的宇宙观来认识自然、社会和人生,成为中国人思想中最宝贵的财富。在《荀子·劝学》中,荀子认识到"不积小流,无以成江海",意思是说不汇集

荀子像

无数细小的水流,便不能形成大江大海,这既是强调学习要注意积累的生动比喻,也是他对大海的深刻的唯物主义认识,对当时和后世的人们产生了深刻的影响。

10. 王充是怎样从哲学上阐释大海的?

王充(公元27—公元97年),字钟任,是我国东汉前期杰出的唯物主义思想家。他曾做过几任地方官吏,后来因为与豪族官僚集团意见不合,弃官还家,用毕生精力写出了一部具有唯物思想与无神论光辉的哲学名著《论衡》。和其他人只是从感性上认识大海之大不同,王充对于海的阐释则上升到了一个哲学的高度。他在《论衡·别通篇》中从大川小河与海相通的"通"字上思考,

得出哲理性的结论,认为世间万物之间是有一定联系的,这在当时是非常难能可贵的。

11.《海内十洲记》是一部什么性质的书?

《海内十洲记》又名《十洲记》,相传是汉代文人东方朔撰写的,但也有人认为是有人假借东方朔的名义而写的。《海内十洲记》主要记述汉武帝刘彻向东方朔询问"八方巨海"中的祖洲、瀛洲、炎洲、玄洲、长洲、元洲、流洲、生洲、凤麟洲和聚窟洲这海内十洲的情形,东方朔不仅从地理、环境、物产、传说等方面向汉武帝刘彻一一做了栩栩如生的生动描述,而且还对道教宫室、道教人物以及沧海岛、蓬莱山、扶桑和昆仑山等地的奇事异景传闻都做了详细的叙述,这部书因此成为中国古代文学史上创作时间最早、内容最丰富、篇幅最长的海洋题材小说。

东方朔塑像

12.《东海黄公》写的是什么故事?

在中国古代的汉朝时期,有一种像今天的戏曲表演似的文艺活动,叫百戏,其中有一出非常有名的作品,叫《东海黄公》。说的是在东海边上,生长着一个功夫非凡的少年,人们把他称作东海黄公,别看东海黄公年纪小,可是本领却非常大,他能制服剧毒无比的大蛇,也能打死祸害百姓的老虎。他最拿手的看家本事是喷云吐雾,迷惑敌人,然后杀敌。这种法术让东海黄公每次出战都能大获全胜,因此,他深受人们的敬佩和爱戴。大概是在秦朝末年的时候,东海黄公的年纪已经很大了,身手也没有原来灵活矫健了,可他为民除害、造福百姓的心却没有改变。这时,东海边上不知从哪里来了一只浑身雪白的大老虎,吃了许多牲畜不算,还经常伤人,人们都是谈虎色变,小孩子更是被吓得不敢独自出门去玩。无奈之际,人们想到了曾经降蛇制虎的东海黄公,决定请他再度出山,除掉这只恶虎。自知体力不济的东海黄公,再不能像年轻时那样赤手空拳去擒猛虎了,而是带了一把赤刀。东海黄公来到东海边上不久,就碰到了那只白老虎。可是,不管东海黄公怎样挥拳伸脚,喷云吐雾,都不能打死这只狡猾而又凶残的白老虎,渐渐地,东海黄公有些体力不支,一不小心,被老虎打掉了手中的赤刀,这下,东海黄公不免有些心慌,可饿了几天的老虎却来了精神,最后,可怜的东海黄公被老虎给伤害了。当然,这只伤人无数的白老虎最终还是被人除掉了。

13. 曹操的两首《观沧海》诗的内容是什么?

曹操(155—220年)不仅是中国汉魏时期著名的政治家和军事家,而且还是一位杰出的现实主义诗人,其诗常借对祖国大好河山的描写,抒发自己的雄心壮志和远大抱负,风格苍凉悲壮,读之催人奋发。被人广为传诵的《观沧海·东临碣石》被认为是中国第一首咏海诗。原诗是:"东临碣石,以观沧海。水何澹澹,山岛竦峙。树木丛生,百草丰茂。秋风萧瑟,洪波涌起。日月之行,若出其

曹操像

中；星汉灿烂，若出其里。幸甚至哉，歌以咏志。"而曹操的另一首同题《观沧海》诗，却至今仍鲜为人知。这首诗现存《永平府志》，诗中的"碣石"据考证是今天河北昌黎县境内碣石山上的一块擎天巨石。这首《观沧海》诗曹操是这样写的："六神诸山，沧涟大壑。北风勃来，簸荡不息。帝命巨鳌，更负危揭。冠簪东出，以为碣石。烛龙双眸，以为日月。下苞苍苍，浩荡靡极。幸甚至哉，歌以咏志。"据考证，在碣石山主峰下的昌黎县西北的十八里碑这个地方，向南望有九龙山，隔海西望可见团山、安山，北面有五峰山、凤凰山，东面有碣石山，形成了曹操笔下的"六神诸山"。而如果把目光移向碣石山主峰时，就会看到整个山形恰如一只硕大无比的巨鳌，当地人把碣石山主峰也叫作"驾鳌山"，而这山峰顶部正是驾鳌山的鳌头，而在鳌眼处有两处亮斑恰似一日一月，俯瞰着山下的大海，高踞于鳌头后脑上的擎天石，就像巨鳌头上的冠簪，碣然持立，直插天宇。与"冠簪东出，以为碣石"的景象完全吻合。

14. 中国文学中有哪些咏海的名赋？

"赋"是中国汉代成就最高的一种文学体裁，从汉代以后，一些作家就不断地用"赋"这一文体描绘、歌咏大海。最早的咏海名赋可能要数东汉班固写的《览海赋》。

他写道:"余有事于淮浦,览沧海之茫茫,悟仲尼之乘桴,聊从容而遂行。驰鸿濑以缥鹜,翼飞凤而回翔。顾百川之分流,焕烂漫以成章。"写下了大海烟波浩瀚的万千气象。建安七子之一的王粲,不仅善赋离别,赋登楼,更倾情于大海,他写的《咏海赋》气韵生动:"登阴隅以东望,览沧海之体势,吐星出日,天与水际,其测不深,其广无皋",写了海的辉煌与大度。三国时代曹操的《沧海赋》,更是将人生抱负与对海的抒怀融为一体。曹操的儿子曹植在《洛神赋》中刻画的洛神,可以说是美丽的水神,其形象一直流传到今天。此外,像晋代潘岳的《沧海赋》、木华的《海赋》、孙绰的《望海赋》、庾阐的《海赋》、唐代卢肇的《海潮赋》、宋代吴淑的《海赋》、明代王亮的《观海赋》、肖崇生的《航海赋》、郑怀魁的《海赋》等。有些作品虽然没有冠以"海"字,但同样歌咏了海洋。如宋代苏东坡的《飓风赋》、清代林昌彝的《碧海掣鲸鱼赋》等。这些海赋不但歌颂了海洋的壮阔和雄姿,还为我们提供了宝贵的资料。如卢肇的《海潮赋》谈到了潮汐与太阳的关系,提出了有关潮汐的14个问题,并作了回答,具有一定的科研价值。

15. 中国古代有哪些著名的歌咏海仙的诗篇?

在浩如烟海的中国古代诗歌宝库中,除了大量描绘海景的诗外,还有许多吟咏海神海仙、描绘海外仙境的诗篇,富有浓郁的浪漫气息,显示了诗人超凡卓绝的艺术想象力。最早写歌咏海神海仙的当数建安诗人曹植的《远游篇》。曹植是曹操的儿子,才华横溢,海中神仙在他笔下栩栩如生,所谓"仙人翔其隅,玉女戏其阿",写了海仙不食人间烟火的令人神往的神仙生活:"琼燕可疗饥,仰首吸朝霞。"东晋大诗人陶渊明的《读〈山海经〉》化用了精卫填海的神话故事;同代郭璞的《游仙诗》,则以海上列仙咏叹胸怀,开创了后世海洋诗体文学中"游仙"的母题,具有独特的意义。

16. 中国古代有哪些著名的海洋游记?

中国古代是造船业和航海业最发达的国家之一,那些乘大船远航海外的人们回国以后,常将自己的航海经历或沿途的所见所闻记录、整理出来,印成书广为流传,成为著名的海洋游记。如三国时期朱应的《扶南异物志》、康泰的《外国传》,吴国丹阳太守的《临海风土志》以及东晋法显和尚的《佛国记》等。由于书中记述的事件都是实在的,普通人不可能经历,因此,这些记述的海洋游记就成为居住内陆的人们渴望海上冒险的精神食粮。

17. 以描绘钱塘江大潮闻名的诗文与作家有哪些?

钱塘观潮的风俗,开始于春秋战国时期,到南宋时期,观潮之风达到了鼎盛,并随着历史的发展其规模不断发展壮大,1992年,浙江省海宁市政府首次举办了"海宁观潮节",2000年中央电视台还现场直播了钱塘大海潮的壮观景色。令人引以为豪的是,不仅钱塘大海潮的景象年年如约而至,而且,历代文人墨客还为此留下了许多脍炙人口的秀美诗文,成为中华民族宝贵的文化遗产。这些作品和作者有晋代大画家顾恺之的《观潮赋》,唐初诗人孟浩然的《与颜钱塘登樟亭望潮作》、白居易的《忆江南》,中唐诗人刘禹锡的《浪淘诗词九首》中的第七首,北宋词人潘阆的《酒泉子·长忆观潮》和《忆余杭·长忆吴山》,北宋词人苏轼的《望海楼晚景五绝》(其一)和《八月十五日看潮五绝》(其二),柳永的《望海潮》,南宋周密在《武林旧事》中记载的观潮景观,明代张㸌写的《江潮》,清代施闰章写的《钱塘观潮》等等,都是描绘钱塘海潮的妙手高章。更值得一提的是,1916年9月15日,孙中山来海宁观潮并亲笔题写了"猛进如潮"四个大字;一代伟人毛泽东在1957年9月11日(农历八月十八日)也兴致勃勃地从杭州来海宁七星庙观潮,写下了《七绝·观潮》:"千里波涛滚滚来,雪花飞向钓鱼台。人山纷赞阵容阔,铁马从容杀敌回。"为钱塘海潮又增加了一道更为亮丽的人文景观。

钱王射海

18. 李白有哪些描绘大海的诗句?

李白(701—762年)是中国古代唐朝时期最伟大的浪漫主义诗人。他的诗题材广泛,形式多样,文字瑰丽,是中华文化诗歌史上的宝贵财富。他一生写下了大量诗篇,其中有许多是描绘大海的或以大海作譬的,如:"巨海纳百川,麟阁多才贤";有的描绘了有关大海的神话、传说,如《古风·其三》中的"连弩射海鱼,长鲸正崔嵬。额鼻象五岳,扬波喷云雷。徐芾载秦女,楼船几时回?";有的喻写势力的强弱,如《古风·三十四》中说:"困兽当猛虎,穷鱼饵奔鲸";有的借描绘海景来抒发自己的志向,如《行路难》中的"长风破浪会有时,直挂云帆济沧海"和

李白像

《江上吟》中的"仙人有待乘黄鹤,海客无心随白鸥";有的是描绘梦幻中的大海景象,如《梦游天姥吟留别》中的写海名句"海客谈瀛洲,烟波微茫信难求"和"半壁见海日,空中闻天鸡"历来为人所诵,甚至连李白本人都自称是"海上钓鳌客",可见李白与大海的不解之缘。

19. 写日本友人渡海归国的著名唐诗有哪几首?

在中国唐朝时候,有许多日本人以遣唐使的身份到中国来学习各种先进知识,在长期的学习和交往过程中,有的日本人和中国人结下了深厚的友谊,成为要好的朋友。在他们学成归国时,中国朋友都要前去送行,而且常常以此为题材吟诗作赋。如林宪的《送人归日本》就属于这类唐诗,其中对海上实景描写的诗句"波翻夜作电,鲸吼昼可雷"写得惊心动魄,是相当精辟的名句。但是,以日本友人渡海归国为题材的最著名的诗歌当首推王维和

李白创作的诗歌,而且,更有趣的是,这两位唐朝著名大诗人的诗歌都是为同一位日本友人晁衡而写作的,晁衡原名钟满,是日本人,又叫阿倍仲麻吕。唐玄宗开元五年(717年),他随日本第九次遣唐使团来中国留学,学成后留在唐朝廷内做官,与当时著名的诗人王维和李白等友谊深厚。唐天宝十二年,晁衡以唐朝使者的身份,随同日本第十一次遣唐使团回日本探亲。临行前,唐玄宗、王维等都曾作诗

《送人归日本》诗意图　林宪(唐)

赠别,表达对晁衡的真挚情谊,其中王维的《送秘书晁监还日本国》写得最为感人,原诗写道:"积水不可及,安知沧海东!九州何处远?万里若乘空。向国惟看日,归帆但信风。鳌身映天黑,鱼眼射波红。乡树扶桑外,主人孤岛中。别离方异域,音信若为通!"意思是说如果茫茫沧海根本不可能到达尽头,又怎么能知道那沧海以东是怎样一番景象呢!中国以外,哪里最为遥远呢?恐怕就要算迢迢万里之外的日本了,现在友人晁衡要返回日本探亲,这真像登天一样难啊,只有对着东升的太阳眺望着故国,将满怀期望寄托于海上扁舟一帆风顺。可以想象得到你航海途中,能把天空映黑的巨鳌和眼里迸射红光能穿透波涛的大鱼,在你周围出没隐现。你历尽千辛万苦

回到了长满扶桑树的家园,但我们却因沧海相隔,无法互通音讯以寄托相思。整首诗依依不舍之情可谓跃然纸上。不幸的是,忽然传来晁衡乘船因海风遇难的消息,李白又挥泪写下了《哭晁卿衡》:"日本晁衡辞帝都,孤帆一片绕蓬壶。明月不归沉碧海,白云愁色满苍梧。"不过,历史老人常和我们开玩笑,这次海上遇难,晁衡并未溺死,而是随风飘至海南,后来他又辗转回到长安,继续在唐朝廷为官,直到唐大历五年才在长安去世。

20. 白居易写过哪些咏海诗?

白居易是中国唐代的著名诗人,年轻的时候就以《赋得古原草离别》中的两句诗"野火烧不尽,春风吹又生"而驰名当时的诗坛。他的诗通俗易懂,深受人民群众的喜欢,就连井边洗衣服的老太太都能吟诵,足以看出白居易的诗歌是多么家喻户晓、妇孺皆知了。后来,白居易到杭州做官,还在西湖修了一条长堤,就是人们今天所说的"白堤"。在这里,他有幸目睹了浙江天下闻名的钱塘江大潮,那如万马奔腾的浪潮所形成的壮观景色,引发了白居易写诗的灵感,因此,《海潮赋》就这样诞生了:"白浪茫茫与海连,平沙浩浩四无边。朝去暮来淘不尽,遂令沧海变桑田。"全诗虽然没用一个字写潮,却能令读者感受到朝夕涨落的白浪,日夜不停地冲刷着岸边的白沙,日久天长发生了沧海桑田的巨变。由此,他还专门写了一首谈潮汐的诗《观浙江潮》:"早潮常落晚潮来,一月周流六十回。不独光阴朝复著,杭州老去被潮催。"这下可不得了了,有研究潮汐的人据此诗推测说白居易不识潮,错误就出在"一月周流六十回"这句。因为,据他们考证说农历月的30天中,只有58次潮,而在小尽月的29天,只有56回潮涨潮落。这实在是太冤枉了白居易,因为他这是写诗,是为了诗歌音韵和字数的需要而取的约数,再说,唐朝时的计算根本就没有今天这样精确,用今天的标准去检验考证古人的说法,不是太荒谬了吗?

白居易像

21. 中国古代哪些著名作家描写过海市蜃楼?

海市蜃楼是大气对阳光折射而形成的一种自然物理现象,多发生于春夏之交,地点是现在山东的蓬莱。中国古人很早就发现了这种现象,并用诗文描绘记录下来。最早最著名的要数《山海经·海内北经》所说的"蓬莱山在海中,大人之市在海中"了。这里的"大人之市"就是神人、仙人活动的地方,也就是海市蜃楼。北宋的沈括在他的《梦溪笔谈》中,不仅记载了海市蜃楼,而且还对这一现象作了详细的说明。北宋时代的大作家苏轼,在宋元丰八年(1085年)就任登州知州,也想一睹这一美景,但一直

《登州海市》诗意图

未能如愿。到了10月间,他接到了回京任礼部员外郎的命令,就急忙到海神庙去祈祷,第二天,果然看到了海市蜃楼,他高兴地挥笔写下了《登州海市》一诗:"东方云海空复空,群仙出没空明中,荡摇浮世生万象,岂有贝阙藏珠宫?心知所见皆幻影,敢以耳目烦神工。岁寒水冷天地闲,为我起蛰鞭鱼龙。重楼翠阜出霜晓,异事惊倒百岁翁。"至今在蓬莱阁东侧卧碑亭的一块横石上还镌刻着这首诗。到了清朝乾隆六十年(1795年),焦循与阮元游登州上蓬莱阁,写下了《登州观海记》一文,虽未亲见海市蜃楼奇景,却记下了他们与当地人关于海市蜃楼的一段趣语。

22. 苏轼写过哪些描绘海潮的著名诗词?

苏轼是中国北宋时期的著名诗人,豪放派词的代表作家,一生写下了无数诗文,其中不乏咏海的名篇,而写海潮最著名的要数《望海楼晚景五绝》(其一)和《八月十五日看潮五绝》(其二)了。苏轼这两首七言绝句都创作于宋神宗熙宁年间。此时他任杭州通判,多次有机会观看和描绘天下闻名的钱塘海潮。在前一首诗中,苏轼从新的角度写出了海潮神速变幻的特点:"海上潮头一线来,楼前指顾雪成堆。从今潮上君须上,更看银山二十回。"而后一首诗,则借用历史典故喻写眼前壮观,又以越山反衬出海潮巨浪之高:"万人鼓噪慑吴侬,犹似浮江老阿童。欲识潮头高几许,越山浑在浪花中。"淋

《前赤壁赋》图 (苏轼)

漓尽致地表现了江海相连、惊涛骇浪排空而来的磅礴气象,洋溢着一股豪放之气。

23. 陆游的《航海》写的是什么内容?

陆游是中国南宋时期著名的爱国诗人,一生创作了大量诗歌,号称"六十年间万首诗",具有清新而豪放的风格。在陆游上万首的诗歌作品里,其中就有大量歌咏大海的诗。在这些歌咏大海的诗歌作品中,陆游一方面描绘了波澜壮阔的大海景象,另一方面也借对大海形象的刻画,托物言志地抒发了自己的豪情壮志和深厚的爱国情怀,成为宋代文学中不可多得的海洋诗歌佳作。在七言绝句《梦海山壁间诗不能尽记以其意追补》中,陆游以豪放的笔触描绘了一幅波涛汹涌、红日初升的壮丽的海上日出景色:"海上乘云满袖风,醉扪星斗蹴虚空。要知壮观非尘世,半夜鲸波浴日红。"在五言律诗《海中醉题时

雷雨初霁天水相接也》中,陆游以夸张的白描笔法绘就了一幅海上雷雨初霁、白浪滔天、海天一色的大自然奇观:"羁游哪复恨,奇观有南溟。浪蹴半空白,天浮无尽青。吞吐交日月,澒洞战雷霆。醉后吹横笛,鱼龙亦出听。"此外,在七言律诗《游鄞》、七绝组诗《乙丑夏秋之交,小舟早夜往来湖中,戏成绝句十二首》、七绝《普陀留咏·海山》、《普陀留咏·千步沙观潮》以及《三月十七日夜中作》等诗作中,或写自己乘船在海上游玩,或记自己夜半聆听海涛拍岸,或叙自己游览海岛景观,或抒发自己泛海脍鲸的英雄豪情,而最能体现陆游上述诗歌思想与艺术成就的海洋诗作则非五言古诗《航海》莫属:"我不如列子,神游御天风。尚应似安石,悠然云海中。卧看十幅蒲,弯弯若张弓。潮来涌银山,忽复磨青铜。饥鹘掠船舷,大鱼肆虚空。流落何足道,豪气荡肺胸。歌罢海动色,诗成天改容。行矣跨鹏背,弭节蓬莱宫。"在这首《航海》诗中,陆游尽管开篇就以谦虚的口吻说自己虽然不能像战国时的道

海上乘云满袖风
醉扣星斗蹴虚空
要知壮观非尘世
半夜鲸波浴日红
　　　　　　陆游

陆游塑像

家著名人物列子那样在宇宙间天马行空、御风而行,但在浩瀚无垠、波涛汹涌的大海上,自己却能够像晋代谢安"任凭风浪起,稳坐钓鱼船"那样做到吟啸自若、稳泛沧溟。在陆游的眼里看来,在大海上航行的用十幅蒲草编成巨帆的艨艟舰船,远远望去就像是一张引而不发的弯弓。大海涌起波涛时如同矗立起高高的银山,风平浪静的时候,大海又仿佛是一块巨大晶莹的青铜宝镜,天上觅食的海鸟扇动翅膀飞快地掠过船舷,海里潜游的鲸鱼跃出海面好似要在半空中起舞。如此生动的海洋景象,在陆游以往的诗歌中是非常罕见的。在《航海》诗的结尾,陆游又以豪放的情怀展开浪漫的想象翅膀,要跨坐在扶摇直上九万里的鲲鹏的脊背上,去追逐自己的理想,要到传说中的海上神山蓬莱宫,优游踏歌,自在逍遥。《航海》不仅是陆游海洋诗歌的代表作,而且在宋代海洋文学中也占有不可替代的重要地位。

24. 谁是第一个以海入词的词人?

词在宋代有两大流派,一个是豪放派,一个是婉约派,婉约派词以纤巧靡丽浓艳著称于世,歌吟大海历来是男人们的权利,但是,宋代著名的婉约派女词人李清照(1084—约1151年)却巾帼不让须眉,成为中国词坛第一个以海入词的人,这首词就是她的《渔家傲》:"天接云涛连晓雾,星河欲转千帆舞,仿佛梦魂归帝所,闻天语,殷勤问我归何处,我报路

李清照像

长嗟日暮,学诗漫有惊人句,九万里风篷正举,风休住,篷风吹取三山去。"这是一首具有豪放风格的海洋词,表现出一种开阔浩大的境界。

25. 洪迈的《夷坚志》里有哪些海洋志怪小说?

洪迈(1123—1202年)所写的《夷坚志》是宋代志怪小说中篇幅最大、最有影响的一部巨著。其中的夷坚,是上古时代一个人的名字。传说有一只大鸟,它的名字叫鹏,两只翅膀就像天上漂浮的巨大无比的云彩。世上怎么会有人知道有这种动物呢?原来是大禹在治水途中看见过它,伯益知道后给它起了名字,夷坚听说后就把它记载下来。《夷坚志》记载的是一些荒诞怪异的传闻,其中就有航海奇遇的志怪小说,讲明州人乘船出航,奇遇巨人的怪谈。这巨人一心想与人作对,他的手指粗得像盖房子的柱子。他想把船上的人员用锅煮了以后吃掉。船员们奋力苦斗,才把这个巨人的三个手指砍到海里,总算保住了性命。像这样的故事,在唐宋传奇里是非常典型的,常常满足了听众惊奇叹怪、娱乐逗趣的心理享受。

26.《哨遍·秋水观》是从何处取材的?

辛弃疾像

辛弃疾(1140—1207年),山东历城(今济南)人,是我国南宋时期与苏东坡齐名的著名豪放派爱国诗人。他一生写下了大量的辞章,有些还被人广泛传诵,其中有一首词《哨遍·秋水观》,因其语气幽默常为人所称道。原词是:"谁与万物齐,庄周吾梦见之。正商略遗篇,翩然顾笑,空堂梦觉题《秋水》。有客问洪河,百川灌雨,泾流不辨涯俟。於是焉河伯欣然喜。以天下之美尽在己,渺沧溟望洋东视。逡巡向若惊叹,谓我非逢子,大方达观之家,未免长见,犹然笑耳。"这首词取材于《庄子·秋水》河伯东下望大海的故事,不过比庄子的文章更有趣、更幽默。

27. 中国古代海难题材小说是哪一部?

唐代诗人刘禹锡曾写过一首家喻户晓的《乌衣巷》诗,其中最后两句是:"旧时王谢堂前燕,飞入寻常百姓家。"北宋文人刘斧就根据这两句诗,纵情想象,写出了一部情致缠绵、文辞优美的海难题材小说,名叫《乌衣国》。小说的主人公是唐代人叫王榭,祖居金陵,其祖上以航海贸易和航运为业,家道殷实富有。王榭继承祖业,乘大船出海,准备到大食国去经商做买卖。大船航行数月遇到了风暴,船翻人亡,只有王榭抱着一块船板,顺海水漂到一个海岛上,被一对身穿黑衣的老夫妇所救。在老夫妇的照料下,王榭渐渐恢复了健康,并被老夫妇引见给国王。那国王也穿着黑衣,戴着乌冠,对王榭十分友好。这黑衣老夫妇家里有

刘禹锡像

一个女儿,长得天姿国色,貌美无比,王榭的突然来到,使少女的心再也无法平静下来。于是,两人真诚相爱,不久就结成了夫妻。在洞房花烛夜,王榭问妻子此地叫什么名字,妻子告诉他这里就是乌衣国。时间一长,王榭开始想家。妻子也知道留不住他,就含泪办了一桌酒席,和王榭饮酒赋诗,依依话别。然后,王榭被安置在一块黑色的毡子上,刚一闭上眼睛,就听到身边狂风劲吹,海涛呼啸,仿佛飞在空中一般。过了一会儿,他睁眼一看,却已经回到了金陵老家。此时家中已是空无一人,只有一对燕子在房梁间呢喃对话。王榭恍然悟道,原来自己所去的"乌衣国"其实就是"燕子国"。果然,从此以后,每年春天到来的时候,王榭留在乌衣国的妻子就托北来的燕子带来思念丈夫的诗笺,王榭也以诗酬答并托燕子捎回,只是此生二人再也无缘见面了。后来,金时文人李晏还化用此事,写了一首《赠燕》诗。诗中说"王谢堂前燕,秋风又送归。向人如惜别,入户更低飞。海阔迷烟岛,楼高近落晖。不知从此去,几日到乌衣",说的也还是这件有趣的事。

28. 什么叫"弄潮儿"?

　　自古以来,钱塘江大海潮就以其磅礴的气势和壮观的景象,成为世界一大奇观。每当海潮初涨时,翻腾的浪花,像是一道白色的水墙,逆钱塘江而上,咆哮奔驰,涌积相推,层层相叠,掀起蘑菇云般的激浪,铺天盖地,滚滚而来。其中,以每年的农历八月十八日这一天最盛,因为相传这一天是潮神的生日。中国的南宋朝廷也把这一天作

海洋文学

为检阅水师的日子,从今天杭州市江干区到六和塔一带,连绵15余千米的江岸上挤满了从四面八方赶来看潮的人。先是水师乘战舰操演,施放五色火炮,就像今天人们在节庆日放礼花一样。等到炮息烟收,只见远处银光一线,潮水奔腾而来,这时,郡守依照惯例祭"潮神"。然后,数百名披散着头发,身上刺着花纹的游泳好手跃入江中,有的撑着红绿小旗,也有的脚踏滚木,还有的玩水傀儡戏。令人感到神奇的是,不管海潮多么汹涌,这些人都能翻涛踏浪,各显神通,手中的红旗却一点都沾不上水,人们就把这些人称作"弄潮儿"。北宋词人潘阆《酒泉子·长忆观潮》一词,既描绘了钱塘江大潮的壮观景色,又描绘了弄潮儿与狂潮搏斗的奇景,表现出人定胜天的大无畏的精神面貌,他写道:"长忆观潮,满郭人争江上望,来疑沧海尽成空,万面鼓声中。弄潮儿向涛头立,手把红旗旗不湿。别来几向梦中看,梦觉尚心寒。"词人独树一帜,钱塘江大潮的景象和弄潮儿的形象令人神往!

29. 元曲《拨不断·大鱼》有什么寓意?

战国时楚人宋玉在《对楚王问》中,曾生动形象地通过鲲鱼和尺鲵的对比让楚王明白曲高和寡的道理:"鲲鱼朝发昆仑之墟,暴鬐于碣石,暮宿于孟诸;夫尺泽之鲵,岂能与之量江海之大哉?"意思是说鲲鱼早上从昆仑山脚下出发,中午就能在渤海边的碣石山上晒脊背,晚上则到孟诸过夜;那生活在一尺来深水塘里的小鲵鱼,怎么能和鲲鱼相提并论来测知大江大海的广阔呢!尽管风流倜傥的宋玉无意中在中国的海洋文学作品中为后人描绘了一条纵情遨游江海的鲲鱼形象,然而就鱼体的巨大与想象的奇特和描绘手法的夸张而言,在浩如烟海的中国海洋文学作品中的巨鱼形象恐怕非元代散曲作家王和卿在双调《拨不断·大鱼》中所刻画的大鱼莫属:"胜神鳌,夯风涛,脊梁上轻负着蓬莱岛。万里夕阳锦背高,翻身犹恨东洋小。太公怎钓?"

王和卿笔下的这条大鱼,它的身体要远远超过传说中的神鳌;它稍微摆动一下尾巴,就能搅起周天飓风、万里狂涛;它力大无比,就像脊背上落着一根羽毛一样地驮着海上神山蓬莱岛;它在汪洋大海里纵情遨游,长达万里的脊背锦鳞在夕阳的映照下金光闪耀;它脊背上的巨鳍势比天高,偶尔游得累了,它要翻身喘口气,可是令人遗憾的是浩瀚无垠的东海却小得没有地方容它翻身回转,它只能劈波斩浪地奋力前游。这样巨大无比的大鱼,即使是足智多谋的姜太公也不知道怎样才能把它垂钓?

当然,这仅仅是这首散曲的表面意义,而就这首散曲的深层含义而言,对于在宋末元初就身为名士而入元以后不再和当时统治者合作的王和卿来说,他即是借《拨不断·大鱼》中大鱼的与众不同和非凡才能来比喻自己的出类拔萃和怀才不遇,也是借此对与自

《拨不断·大鱼》意境图

已有相似品质才华和命运遭际的同代文人的形象写照。

30. 张羽是怎样煮海的?

　　大海无边无际,深不可测,要想把海水煮干是不可能做到的,可是,在中国古代就有这样一对男女青年为了获得幸福的爱情而将海水煮干的故事。传说在天蜀的金童玉女因为思恋人间,被东华仙罚往下界投胎,金童在潮州投生为张羽,玉女往东海投生为龙女琼莲。海里有一石佛寺,龙王率水族常来游玩,张羽也来向长老借得净室温习经史。一天,张羽深夜弹琴,正好被出海散心的龙女听

到,闻声见到张羽,不觉动情。张羽出门发现琼莲,二人一见钟情。琼莲想答应张羽的求婚,又怕龙王不答应,就约定中秋节请张羽到家招他为婿,并把用冰蚕织就的鲛帕作为信物给了张羽。张羽思念心切,提前去海边找琼莲。走到半路,遇到来东海闲游的龙女仙姑,告知他琼莲是龙宫之女,其父凶恶,绝难和她成婚。张羽一听悲伤到了顶点,仙姑看了信物,决心帮他一把,就把银锅、金钱和铁杓三件法宝赠给张羽,告诉他若龙王不答应,就用铁杓

把海水舀进银锅里,再把金钱放进水里去煮。银锅内的水煮干一分,海水就退十丈,煮干二分,海水就退二十丈,若把锅内的海水煮干,那么海水就干涸,龙王怕死就一定会答应这门亲事。张羽于是去沙门岛煮海,海水随之翻滚。龙王承受不住,就央求石佛寺长老劝说张羽答应这门婚事,张羽于是随长老入海赴龙宫与琼莲成婚,这时,东华仙忽然驾到,对众人说明了原委,张羽和琼莲返本朝元,重新回到了仙界。后来,这个故事还被人写成了小说和戏剧,其中最精彩的曲辞是对海洋风景的描写,历来为人所称赞。

31. 你知道柳毅和小龙女的故事吗?

读过金庸小说的人,都会被小龙女的爱情故事所感动,那么,你知道不知道,在我国古代小说和戏剧中,还有一个从唐朝一直流传到今天的柳毅和小龙女的故事呢。

柳毅传书

这个故事讲的是秀才柳毅为龙女三娘传书,最后终成眷属的爱情传奇。洞庭湖龙女三娘嫁给泾河小龙后,小龙却被婢仆所迷惑,在父王泾河老龙面前讲小龙女的坏话,结果龙女被罚在泾河岸边放羊。淮阴赶考落榜的书生柳毅去泾河县探亲和龙女相遇,龙女向柳毅倾诉了自己的不幸并求他带一封家书到洞庭湖,柳毅答应龙女,把信送给了洞庭湖君夫妇,二人非常悲痛,洞庭君之弟钱塘火龙听后大怒,率水族与泾河小龙交战,生吞了小龙,救龙女返回洞庭。为报柳毅恩义,钱塘太龙想把龙女嫁给柳毅。柳毅嫌她模样憔悴,便以侍奉老母为由辞婚回家,后依母命取范阳卢氏之女为妻。成婚之日,发现卢氏正是龙女三娘所化,于是,龙女和柳毅及母三人一起回到了洞庭。这个故事对后世影响非常大,唐朝李朝威的传奇小说《柳毅传》、宋元南戏《柳毅洞庭龙女》、元代尚仲贤的杂剧《柳毅传书》、明代黄惟辑的《龙绡记》、许自昌的《桔浦记》、清代李渔的《蜃中楼》、何墉的《乘龙佳话》都受到它的影响。

32. 龙王为什么送上古仙方给孙思邈?

唐朝的时候,唐太宗听说在太白山中有一个精通医术和阴阳五行的人,叫孙思邈,想把他留在京师,以便随时咨询,但孙思邈坚决不干,仍回太白山隐居修道。有一天,东海龙王得了一种怪病,谁也治不好,听说孙思邈有起死回生的高明医术,便化成一个白衣秀士去求医。当时,孙思邈正带着道童和一只驯服的老虎在太白山采药,看见龙王面带病容,就为他诊脉,知道病是因生怒而成,一般医生无法救治。龙王听了他讲的病因,又服了他开的良药,回去不久病就治好了。龙王为了报答孙思邈的恩德,就派龟鳖两个使者去请他来龙宫赴宴。龟鳖二使者施展神道,眨眼之间就把他带到了东海龙宫,龙王不仅大开宴席上演百戏,而且还把龙宫所藏的上古仙方送给他,孙思邈后来依此写成了流传后世的《千金方》。南极仙翁得知后,派福、禄二位接引他升了仙界,还和众神仙一起参加了王母娘娘的瑶池蟠桃会,东海龙王闻讯后,也献了异宝去庆贺。元代有人据此还写了一部杂剧,题目就叫《老龙王东海献神方,孙真人南极登仙会》。

33. "八仙过海"的典故来自何处?

"八仙过海,各显神通",既是一句歇后语,也是人们写文章时常用的典故,它最早出自何处呢?"八仙过海"最早出自明代作家吴元泰撰写的2卷本56回的长篇神魔小说《八仙出处西游记》,又名《东游记上洞八仙传》,主要是讲八仙得道的故事。书中先讲铁拐李、汉钟离、吕洞宾、韩湘子、曹国舅、张果老、蓝采和、何仙姑八位得道成仙的经过,八人号称"上八洞神仙";然后讲吕洞宾下凡助辽萧太后侵宋,与杨家将对阵,汉钟离下凡助宋破阵,召回

八仙过海

洞宾;最后写八仙赴蟠桃宴,归途中乘船渡东海,见东海巨浪惊人,海涛连连,吕洞宾提出各位不得腾云驾雾过海,要各以一物投到海面上,各显自家神通过海方可,于是八仙都拿出自身的绝技,轻而易举地过了东洋大海,其中还和四海龙王展开了一场大战。以后,人们就借用"八仙过海"这一生动的典故来比喻各自有一套办法,或各自拿出本领,互相竞赛。

34. 八仙是怎样过海的?

传说在东海以外不知几亿几万里的蓬莱山上,住着八位神仙,有一年的元月十五日,八仙参加完瑶池白云仙长也有的说是王母娘娘举办的赏牡丹酒宴后,驾着云头东归来到了东海边。乘着酒兴,他们相约不许腾云驾雾,要各凭自己的本领踏海回家。当时,东海正在涨潮,波涛浩荡,无边无际,人要踩到水上,非掉进海里不可,可八仙自有神通,虽不是腾云驾雾,但个个都踏海而过,八仙是怎样过海的呢?只见铁拐李按落云头,把拐杖扔进大海,稳稳当当地站在拐杖上破浪而去;汉钟离把芭蕉蒲扇放在水里,踏着扇面跟着走了;张果老从口袋里摸出纸驴,用水一喷变成毛驴,他倒坐在驴身上,踏海而行;吕洞宾则抽出宝剑踏剑入海;之后,韩湘子坐着箫管,何仙姑坐着竹花篮,蓝采和踏着玉拍板,曹国舅登着玉笏纷纷踏物逐浪,浮海而过。后来,人们据此概括出一句成语:"八仙过海,各显神通"。

35. 八仙为什么要闹东海?

传说八仙参加完瑶池牡丹仙宴以后,要回蓬莱仙山,路过东海时,他们各显神通,一齐踏海而行。这时,东海龙王的两个儿子摩揭和龙毒正带水卒巡海,忽然见海中神光万道,瑞气千条,经探查知是蓝采和所踩的玉板放出的光芒,二龙子贪图宝物,派遣水卒和夜叉在水下悄悄偷走了玉板,蓝采和也落水被擒。七仙过海登岸后,久久不见蓝采和,知道出了意外,汉钟离将一枚宝丹抛回海面,照见蓝采和被二龙子所擒,吕洞宾大怒,扬言如果不放人,就用火葫芦把海水炼干。二龙子没办法,只好放了蓝采和,却拒交玉板,于是,吕洞宾飞剑斩了摩揭又伤了龙毒左臂,东海龙王得知爱子被杀,击铁鼓会集西、南、北三海龙王,发百万水卒向八仙报杀子之仇。八仙神通广大,打败了四海龙王。四海龙王又向水官求援,水官又请天官、地官一同率领天兵要擒拿八仙。八仙闻讯后,由汉钟离向祖师太上老君求助,太上老君一面派齐天大圣、通天大圣、揽海大圣、翻江大圣和移山大圣前去助战,一面在空中用大法力威慑龙王及三官,又请西天如来佛祖调停双方和解,八仙和五圣大败三官和四海龙王。如来佛祖见诸仙交战,杀害生灵,便请诸仙都来到灵山,为双方调解,命蓝采和将八扇玉板中的两扇送给东海龙王做镇海之宝,作为赔偿,双方才重归言和,一场大战到此结束。后人曾据此演了一出戏《拿玉板八仙闹东海》。

36. 三海龙王为什么要水灌八仙?

传说东海龙王的两个儿子摩揭和龙毒因贪图八仙之一蓝采和的玉板,双方发生大战,摩揭被斩,龙毒受伤,铁拐李又把宝葫芦里的火焰放出来,烧得海上水雾蒸天,汉

钟离用拂尘往海水里一蘸向空中一洒,海水顿时就大量减少,何仙姑用花篮舀海水,竟点滴不洒,最后把海水倒进了铁拐李的葫芦里,东海见了底,东海龙王敖广无处藏身,就跑到南海龙王敖闰那里去搬兵复仇。敖闰又给西海龙王敖钦、北海龙王敖顺写信,相约来日清晨五更,以炮响为号,一起放水灌东海,为敖广报仇。占领了龙宫的八仙根本不知道他们的危险,还在喝酒庆贺。到了清晨五更,只听东海上炮声连天,海水如山一样从四面八方涌来,铁拐李想要举火烧海,可火在下,水在上,一点也施展不开,眨眼间八仙完全被海水包围。不过,海水到了曹国舅身边,立刻停住,他走到哪里,哪里的水就分开,因为曹国舅腰上的宝带是用避水犀的皮做的。这下好了,曹国舅立刻解下腰带截成八截,每人一段,八仙排成一列向前走去,汹涌的海水立刻在八仙面前让开了路,八仙平平安安来到岸上。敖广以为八仙死了,重又回到了东海水晶宫当东海龙王去了。

37.《五龙朝圣》中的五龙带什么礼物去朝圣?

《五龙朝圣》是明代的一出杂剧。传说下界皇帝万寿节快到了,水官大帝命卷帘大将军派遣飞天神王通知水府众神和四海龙王,让他们各献一件稀奇宝物祝寿。飞天神王先到东海龙王处,见海藏中没有罕见珍宝,又到南海召集四海龙王和江河淮济四渎神商议。江渎神说东洋海岛金背龙宫紫霞须弥洞中有一座八宝妆浑金圣寿牌,约七尺高、三尺宽,上写着"圣寿万岁"四字;旁边还有两座小牌,三尺高,一尺宽,一面写着"万民乐业",一面写着

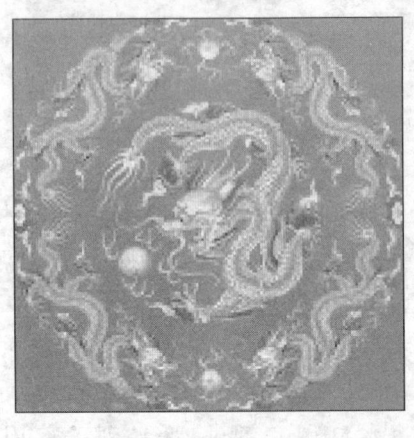

五龙图

"天下太平";还有一对一尺五高的金瓶,上插灵芝两朵;金炉一个,香烟不断,都是无价之宝。众神决定用这些宝物向皇帝祝寿,地址选在南海灵德堂。因为大牌沉重,众神决定届时由四海龙王和金背龙王共同抬来,飞天神王先同水部判官和蛤蜊大夫去取小牌和瓶炉。海水水怪癞头鼋精曾跟南海龙王争战,知道这个消息后,决定先去偷取圣寿牌,让龙王误了祝寿之期而获天帝责罚。于是癞头鼋会集鲇鱼精、龟精、虾精、蟹精,趁金背龙王去接来使之机,用酒灌醉看守宝物的水神,把两座小牌和瓶炉盗走。飞天神王到来后,发现宝物被窃,弄清真相,便与四渎神率领天兵将癞头鼋等水怪收伏,取回宝物,皇帝圣诞这一天,水官大帝与福、禄、寿三星都来到南海灵德堂,四渎神献三尺珊瑚四株;搅海大圣、翻江大圣和水部判官献玻璃瓶一对,内插金牡丹花;寻海大圣、原风大圣、东旦公、鳖长者、蛤蜊大夫等献金宝八盘;癞头鼋等众水怪送上小金牌和瓶炉,最后,五位龙王一起抬来了圣寿万岁龙牌。众神排列奇珍异宝,由寿星诵读祝寿文,众神焚香拜祝圣寿。

38.《下西洋》取材于哪次历史事件?

《明史》第三百零四卷《宦官传》曾记载这样一件事,

说的是云南人郑和因战功卓著,被燕王(明成祖朱棣)提拔为太监。成祖怀疑元惠帝逃亡海外,打算寻找他的踪迹,在永乐三年六月命郑和等人率船出使西洋,一方面向异国炫耀武力,一方面暗中打探惠帝的行踪,如有不服者就以武力震慑。永和五年九月,郑和带着诸国使者和宝物回国,先后七次往返。明代杂剧《下西洋》就取材于这一历史事件,写大明皇帝因西洋各国不来进贡,召集文武百官保举一位能干的官员下西洋,宣谕各国进献宝物,众人一致推举郑和(又名三宝)。郑和领命后与太监王景弘等在江口祭神,然后扬帆出海。苏禄国王闻讯后,纠合几个小国国王,打算拦劫郑和船队,被郑和用计擒获,他们表示从此归顺大明,被释放。西洋国国王同爪哇国等各国夷长常想到大明朝去进贡,但因路远海阔,未能成行,听到郑和下西洋的消息,便准备好各种奇珍异宝,等待郑和的到来。郑和的船队到达后,收到珊瑚树、夜明珠等无数西洋珍宝,并携带西洋国王和各国夷长来中国朝贡,京剧《郑和下西洋》也再现了这一壮举。

39. 世间真有鱼儿佛吗?

参观过庙宇的人,常会看到有的僧人一边敲着木鱼,一边诵读经文念佛,你也许还能看到肥头大耳、袒胸露腹、笑口常开的弥勒佛和其他什么佛。可世上有没有鱼儿佛呢? 我们先来看一看明代万历年间一个叫湛然的人写的杂剧《鱼儿佛》吧。剧中写道渔夫金婴经常钓得几尾鲜鱼,换钱买酒,他的妻子钟氏信佛,经常劝丈夫不要杀生。这事被南海观世音菩萨知道后,便手提鱼篮下界点化他们,金婴问观世音念的是什么佛,观世音告诉他是鱼儿佛,钟氏便向观世音参禅问法,后随观世音而去。在观世音的法力作用下,鬼卒把金婴押入地狱,让他亲眼目睹了打渔人的罪孽,至此,金婴幡然悔悟,开始皈依佛道,夫妻一起获得了超生。这出戏告诉人们,要爱护动物,不要伤害它们。

40.《拍案惊奇》中的海洋题材名篇是哪部?

凌濛初(1580—1644年)是明代著名的小说家,他写的白话短篇小说集《拍案惊奇》中的《转运汉巧遇洞庭江,波斯胡指破鼍龙壳》是其中的海洋题材名篇,他讲述了一位名叫文若虚的书生通过航海贸易而发财致富的故事。文若虚登船出海之前无意买了一筐"洞庭红"的橘子带到船上,船只出海,到达了南洋吉零国,偏巧岛上的居民没有看见过橘子,于是他就靠这筐橘子发了小财。归途中,文若虚无意中拣到一只大海龟,他起初只想带回大陆当床使,便拖上船,不料船只航行到福建海滨,波斯商人玛哈宝偏要花几万两银子买这只大海龟不可,最后又索性把自己的绸缎店也让给文若虚,玛哈宝买到大海龟后,才告诉文若虚说龟壳里有许多巨大的珍珠,而文若虚却淡然处之,最后在福建定居,成为当地巨富。小说从某一侧面反映了社会经济发展后人们思想观念的变化。

41.《西游记》中的花果山在什么地方?

明代作家吴承恩写的《西游记》的故事,在中国家喻户晓,而小说中的孙悟空住的花果山在什么地方呢?原来,孙悟空的家乡就在中国江苏省连云港市的云台山上,

海洋文学

那里可真算得上是人间仙境。花果山东临大海,背倚群山,是前云台山中的秀美山峰。咦,你可能是搞错了吧?《西游记》中描写的花果山,不是在大海中吗?《西游记》中对花果山是这样写的:"东胜神州,海外有一国土,名曰傲来国。国近大海,海中有一座名山,唤为花果山。"这是怎么回事呢?其实,在清朝康熙以前,花果山确实矗立在大海中,清末大思想家魏源曾在《云台山碑铭》中说:"海州云台山者,古在大海中,袤持三百余里。"宋代的大文学家苏东坡也曾写诗赞美花果山:"郁郁苍梧海上山,蓬莱万丈有天间。旧闻草木皆仙药,欲弃妻即守市寰。"由此可见,历史上的花果山的确在大海中,是江苏唯一的海上大山。只是沧海变桑田,海水后退数十里,到了清朝康熙四十年后,花果山就与大陆相连了。那么,现实中的花果山是什么样子呢?"四季好花常开,八节鲜果不绝"。今日花果山,各种果树遮天盖地,奇花异草漫山遍野,鲜果累累,挂满枝头,当年的吴承恩正是醉心于如此美景,才把它写得像天上仙境一般。花果山还有许多洞穴,真是"刮风有躲处,下雨好存身。霜雪全无惧,雷声永不闻",而最有名的要数水帘洞了。洞口有明朝人王同题写的对联"神泉普洞,高山流水",洞的右侧题有篆书"灵泉"二字,洞内有一眼古井,井口有石缝,山泉从石缝中渗出,如断线珍珠,直落井口,又像晶亮的珠帘,是名副其实的"水帘洞"。花果山上还有一座明代的宏伟建筑三元宫,坐落在几十级高的石阶上,掩映在绿色的林海之中,传说当年吴承恩就是在此创作《西游记》的。

42. 中国写海的名联有哪些？

在渤海之滨的山海关东面的凤凰山上，坐落着一座孟姜女庙。传说孟姜女来这里寻夫不见后，跳海而死，海里立刻出现两块礁石，据说低的是孟姜女坟，高的则是为孟姜女立的碑，不管潮水如何涨落，两块礁石露出水面永远那么多。面对这一海观奇景，有人题写了一副楹联，悬挂在孟姜女庙的两边，这就是中国最有名的写海潮的一

副楹联。它的上联是"海水朝朝朝朝朝朝落"；它的下联是"浮云长长长长长长长消"。这副楹联利用汉字一字多音的特点，采用谐音假借的手法，巧妙地构成了一副谜一样的联语，既构思巧妙，又切合题处景物，成为传诵一时的名联。最有意思的是，它的上联连用了7个"朝"字，下联连用了7个"长"字。要读好这副对联，关键是要弄清"朝""长"这两个字的读音。因为"朝"，有时读 zhāo，是"早晨"的意思；有时又读 cháo，同"海潮"的

"潮"。而"长"字也有两种读法，它既读作 cháng，和"经常"的"常"同义；又读作 zhǎng，同"涨潮"的"涨"同意。这副楹联通常有6种读法。第一种是：海水潮，朝朝潮，朝潮朝落；浮云涨，长长涨，长涨长消。第二种读法是：海水潮，朝朝潮，朝朝潮落；浮云涨，长长涨，长长涨消。第三

种读法是:海水朝朝潮,朝潮朝朝落;浮云长长涨,长涨长长消。第四种读法是:海水朝朝潮,朝朝潮,朝朝落;浮云长涨,长长涨,长长消。第五种读法是:海水潮,朝潮,朝潮,朝朝落;浮云涨,长涨,长涨,长长消。第六种读法是:海水潮!潮!潮!朝潮朝落;浮云涨!涨!涨!涨!长涨长消。一副楹联竟有这么多种读法,常令游人到此驻足诵读,流连忘返。

　　此外,还有不少是写海的名联。比如说清代的民族英雄林则徐就有两副非常有名的写海的对联,一副是:"海纳百川,有容乃大;壁立千仞,无欲则刚。"另一副是他在福州闽江北岸鼓山的题联:"海到天边云作岸;山登绝顶我为峰。"著名作家冰心的书房内,悬有一幅梁启超所书写的对联:"世事沧桑心事定;胸中海岳梦中飞。"周恩来在天津南开学校读书时,曾给去日本留学的同学书联相赠:"浮舟沧海,立马昆仑。"1953年,著名画家齐白石画一幅《松鹤太阳图》送给毛泽东,并赠联"海为龙世界;云为鹤家乡",将对联主人叱咤风云的伟业和超越风云的胸襟尽显联中。1962年,大诗人郭沫若游浙江普陀山时,应给他担任导游的人员之请,回京后曾书联寄赠:"大海有真能容之度;明月以不常满为心。"

43.《后水浒传》描写了哪些关于海洋的内容?

　　中国古典小说《水浒传》在中国家喻户晓,它的作者是明代的施耐庵(1296—1370年)。在《水浒传》中没有关于海洋的内容,只是在书的第一百九十九回交待了水浒英雄混江龙李俊的最后结局:"尽将家私打造船只,从太仓港乘驾出海,自投化外国去了,后来为暹罗国王,自取其乐,另霸海滨。"暹罗就是现在的泰国。李俊是如何成为暹罗国王并称霸海滨的,《水浒传》没有说清楚。不过,明末浙江人陈忱在他晚年创作的四十四回《后水浒传》中,对此作了详细的描述。书中说宋江等108位英雄离散江湖之后,尽遭贪官污吏的欺压迫害,李俊等人不堪欺凌,再次聚集梁山旧部和其他一些江湖豪杰,扯旗造反,杀死了蔡京、高俅、童贯等奸党,参加了抗击北方外族入侵的战争。然后,在李俊的率领下放洋出海,远走异乡。他们在海外占岛为王,纵横波涛,进行了惊心动魄的海上战争,最后,李俊在暹罗国当了皇帝,并受到了南宋王朝的册封,享尽了太平。书中的海岛异事、航海生活、海上战争等,写得生动形象,意趣盎然,如此大量生动的海上战争描写在古典小说中并不多见,因此,《后水浒传》成为古典小说中一部海洋题材的重要作品。

44.《海国春秋》写的是什么内容?

《海国春秋》是清代乾隆年间创作的,作者是江寄。小说写的是宋朝开国皇帝赵匡胤,通过陈桥兵变自立为皇帝,迫使后帝逊位,夺取了王位。赵匡胤此举,遭到了一些旧臣们的激烈反对,但这些反对最后都宣告失败。旧臣弟子同仲卿和韩逮,为复周救国,前往南唐等国游说起兵复周,也没有成功。两人失意后误入希夷老祖的仙山洞府,在希夷老祖的神力安排下,二人睡于洞中石上,睡梦中二人分别流入东海诸岛。由于他们才华出众、武艺绝伦,同仲卿在浮石国施政有方,最后被封为武侯大将军,成了双龙岛主。韩速在浮金国护国得力,最后被封冠军,成了天印岛主。两人分别战胜了两国奸臣的各种阴谋,巧妙地解决了两国的军事争端,协调了两国的政治关系,使两国重修于好,而他二人也在梦中实现了他们在复周斗争中未能实现的政治抱负,获得了安慰。

45. 清代哪部剧表现了古代文化名人游海的事?

清代诸城人丁耀光(1599—1669年)写的传奇剧《化人游》记载了众多古代文化名人游海的故事。有一个叫何生的人厌恶尘世,企求仙境,有个神仙就化作一个船夫前去超度他。正遇上左慈、王阳二仙也去下凡点化世人,他们在海边相遇,呼喊何生一同泛游蓬莱仙阁。这船上还有许多朝代的历史名人:有美丽绝伦的西施、赵飞燕、张丽华,有才华横溢的诗人曹植、李白、杜甫,还有东方朔,他们饮酒赋诗,各佳丽轻歌曼舞,不问船驶向何方,任其在海上漂流,大谈尘世诸多烦恼和仙化的乐趣。转眼见一座山,何生与船夫离开众仙登岸,又乘一只小船在崖边垂钓。不料,这却惹怒了掌管蓬莱仙阁水城的龙王,派鲸鱼精把何生和船夫吸到了肚子里。不过,这鲸鱼腹中却别有天地,竟是三闾大夫屈原的住处。屈原为何生吟诵《离骚》,又有一仙人抬来巨大无比的橘子,打开一看,竟是两个仙人正争得面红耳赤地下棋。何生乘了这桔瓠荡出鲸鱼腹,重回海洋,不觉飘到一片荒原之上,既不见来路,也找不见船夫,乱闯途中遇一老禅师指点前往铁舡峰,西施又扮成云水道姑引导他进了龙宫。又见从前同船的贤人佳丽,龙王设筵招待众神,李白、杜甫、曹植歌诗赋曲,极尽欢乐,何生心中高兴能与汉唐名家同乐,归途中不知不觉间自己也变成了神仙。

46.《蜃中楼》是根据哪些海洋神话写成的?

《蜃中楼》是清代著名的戏曲作家和戏曲理论家李渔(1611—1680年)根据唐李朝威的《柳毅传》传奇、元尚仲贤《柳毅传书》杂剧和李好古《张生煮海》杂剧综合而成的。作品写的是潼津书生柳毅少有才华,父母早亡,与张羽是好朋友,二人都未娶妻。为了寻找意中人,二人分别出访。有龙王弟兄三人,老大是东海龙王、老二是洞庭君、老三是钱塘君。钱唐君性情暴躁,因错降雨,给天下造成洪灾,上帝让他在东海和洞庭之间受管教。东海龙王有个女儿叫琼莲,洞庭君有个女儿叫舜华,比琼莲大1岁,都没嫁人。有一天东海龙王寿辰,钱塘君带舜华跟洞庭君去贺寿,此时,东华上仙在海中结成蜃楼,二女一起在楼上眺望,正赶上柳毅告别张羽到东海访友,也想登上蜃楼游览,二女一见,就架一长桥将他引渡上楼,柳毅为报答搭桥之恩,直言要娶舜华并请琼莲嫁给张羽。二女答应了他的请求,舜华赠鲛绡帕给柳毅作信物,琼莲则赠晶佩给张羽作定情信物,约好八月十五日再度相会。钱塘君和泾河龙王的关系很好,作主将舜华许配给泾河龙王天性痴呆的儿子泾河小龙。舜华从东海回来,并把自己已与柳毅定亲的事告诉父母,无奈父母不答应。舜华借寻找柳毅就去了泾河,但誓死不嫁泾河小龙,泾河龙王愤怒至极,就罚她到泾河岸放羊。张羽和柳毅分手后去湖州探亲,二人同归,柳毅便把与二女相遇并私订终身的

海洋文学

事告诉了张羽,张羽听了万分高兴,并猜这两个美女定是龙女。到了八月十五这一天,柳毅和张羽去东海没找到她们,正遇上天下大雨,便去一座古庙躲避,而此庙正是东海龙王的行宫。两人各据信物在庙壁上题诗一首后,去参加科举考试,都中了进士,官拜侍御史,柳毅奉命巡视泾河巧遇牧羊女舜华。舜华写一信交柳毅并告诉他去洞庭龙宫的方法,让父王来救。张羽知道柳毅有公事在身,不能远游,就代柳毅去洞庭送信。钱塘君见信大怒,率水火兵将到泾河斩杀了小龙,救回舜华。为答谢张羽,钱塘君打算把舜华嫁给他,张羽没有答应,后来得到东华上仙的帮助,告诉张羽去东海之滨的沙门岛,用锅煮东海水,锅中水滚,海中水也滚;锅中水干,海中水也干,东海龙王和众水族无处藏身,自会献出女儿。张羽依法行事,海水渐热渐干,水族忍受不了,东海龙王被降伏,交出舜华和琼莲与柳毅和张羽完婚。

47. 你知道比目鱼的传说吗?

在浩瀚的大海中,有一种身体扁平的鱼,总是成双结对地平卧在海底,一只有左眼,另一只有右眼,游动时两只鱼要紧贴在一起,这才像一条有双眼的鱼,这就是人们所说的比目鱼,它们为什么会是这样呢?说来话长,比目鱼还有一段动人的传说。相传安阳有一个书生叫谭楚玉,爱上一对唱戏夫妇的女儿刘藐姑,怕遭到她父母的拒绝,就抛弃学业去做这个戏班的演员,目的是为了能和刘藐姑接近。在刘藐姑的帮助下,二人终于争取到了可以在台上同演夫妻戏。二人感情日渐深厚,这时有个叫钱

43

《连城璧》插图

万贯的人看上了刘藐姑,刘母收钱答应了这门婚事并逼藐姑嫁人。藐姑为了让众人知道他是为楚玉殉情而死,就借演《荆钗记》中痛斥孙汝机之机,改换戏文大骂钱万贯,唱完就下台跳进溪中。楚玉也在高喊"藐姑是我妻"声中离台赴水。二人在水中相抱未得分开,他们跳水殉情的壮举感动了这里的神仙,把他们救起来并变成了一对比目鱼,从此,他们就和海底的鱼虾们生活在一起。后来,清代人李渔在小说《连城璧》和戏曲《比目鱼》中详细记载了这件事。

48. 清杂剧《千秋海宴》的"海宴"是什么意思?

我们把请人喝酒吃饭叫设宴,去别人家里或酒店喝酒吃饭叫赴宴,安排朋友亲戚聚会吃饭喝酒,叫家宴,比较隆重的又叫宴会或盛宴,如果是国家元首或政府首脑为招待国宾而举行的隆重宴会,则叫国宴,那么,"海宴"是什么意思呢?是在大海里举行宴会吗?这里还有一段典故呢。说的是水晶宫仙女邀请洛川妃奉郝女君之命,到五台山汇集各路神仙来恭迎圣驾。东海公则约齐河山公、钓鳌客等海上诸位神仙去五台山献礼,诸仙对演玉佩春鸿舞蹈,海藏神则手捧大珊瑚引领各位神仙献宝,这事后来被清代一个无名氏作者写成了一部杂剧,题目就叫《千秋海宴》,意思是千百年来绝无仅有的一次众神仙献宝大聚会。

49. 表现中外海上交往盛况的清杂剧是哪一部?

在古代,中国是航海最发达的国家,许多历史典籍对此都有所记载,但是,在戏剧艺术方面真实地记载和表现当时中国与海外各国通过航海交往的剧目却不多见,清代一个不知名的作者撰写的《万来朝》,则是最能表现中外海上交往盛况的著名杂剧。它主要写玉皇香案吏奉上帝敕旨会虞迁四岛十二牧,涂山、执玉诸侯国献雉,后来又让外国使者登春台观盛典,一时间万国衣冠朝冕旒,朝鲜、安南、日本琉球国进万年贺表,波斯领八蛮公,西洋国王以及雕题、凿齿、穿胸和大耳等国也一起呈宝献礼,由此可见,当时中国是多么的强盛。

50.《三宝太监西洋记通俗演义》根据哪些史料写成?

《三宝太监西洋记通俗演义》是明代罗懋登撰写的长篇小说,共20卷100回,书中的三宝太监就是中国明代的大航海家郑和,他从明永和三年起,先后7次率领当时庞大的船队出使海外30多个国家和地区,他们历经艰险、极富传奇色彩的航海历程,使郑和获得了赫赫声名,闻名遐迩,历来为中国人所传诵。罗懋登根据史书记载,又对照明代马欢写的《瀛涯胜览》和费信写的《星槎胜览》二书铺衍成文,内容主要写郑和率领36艘宝船、雄兵3万多人,历时28年,到达30多个国家,前后7次下西洋,直到非洲东海岸的经过,叙写了其中所发生的各种奇闻异事、降魔除怪的故事,因此,罗懋登把这部书命名为《三宝太监西洋记通俗演义》,也有的书名叫《三宝开港西洋记》或简称《西洋记》。

51.《聊斋志异》里有哪些写海的名篇？

《聊斋志异》是中国清代著名的小说家蒲松龄（1640—1715年）创作的文言短篇小说集，在中国文学史上具有重要地位。蒲松龄是山东淄川（今山东淄博市）人，19岁的时候就参加了科举考试的童子试，可是，他虽多次参加科举考试，却一次也没有考上。到他31岁时，由于家境贫寒，他不得不开始长期靠教授学生来贴补家用。在他40岁左右的时候，蒲松龄终于写成了名震当时流传后世的《聊斋志异》。书中蒲松龄借神仙鬼怪的生活和故事来影射当时的封建社会现实，借以抒发自己的感情与愤慨，表达自己的思想和认识，这其中就有一些是广为流传的写海名篇，如《海公子》、《海大鱼》、《夜叉国》、《罗刹海市》、《安期岛》和《蛤》等。其中《海公子》写的是登州有个叫张生的人，带着酒食，只身一人驾着小船，来到了一年四季长有五色耐冬花的东海古迹岛上游玩，在此之前，岛上还从来没有人来过，此时，耐冬花开得正繁茂，香气在数里地以外都能闻见，耐冬花的树干要10多人才能围住，张生见此美景，后悔没有带游伴来玩，不料，却从耐冬花中走出一位穿着红衣裳的美丽无比的姑娘，说是刚从海公子那里来，张生被姑娘的美貌所吸引，二人一见钟情，产生了爱情。两人正在谈情说爱的时候，忽然一阵大风刮来，草断木折，姑娘惊慌地说完是海公子来了后，转身就不见了。张生非常害怕海公子报复他，就躲到耐冬树后面，你猜海公子是谁？原来是一条水桶般粗的大蛇。只见大蛇来到耐冬树前，用蛇身把张生和耐冬树紧紧地缠在一起,昂起蛇头,用舌刺张生的鼻子,然后喝起张生鼻子中流出的血来。自知必死无疑的张生,忽然想起自己腰中的荷包袋里装有毒狐药,便使劲取出来,让血滴到药上。大蛇饮了含药的血后,立刻松了身体,像一截木头一样死去了,张生开始怀疑所爱的女子可能是一条蛇精。《海大鱼》则写海滨每到清明节时,就有海中的大鱼成群结队回乡拜墓,海中也不时出现山岭和海岛。《蛤》则是写东海里的蛤,每到饥饿时,就浮到岸边,张开两扇蛤壳,然后,从中间爬出一只小螃蟹,让小螃蟹出去给蛤觅食。为了防止小螃蟹逃跑,蛤就用一条红线绑在小螃蟹的腰上,只准小螃蟹离蛤壳几尺远。小螃蟹出去非常老实听话,自己吃饱后也把吃食给蛤带回来,于是,蛤壳又合上了。要是有人弄断了红线,蛤和小螃蟹谁也跑不掉,活不成,双双都会死掉。

52.《夜叉国》中的徐某是有中国特色的鲁滨逊吗?

读过英国作家笛福创作的长篇小说《鲁滨逊漂流记》的人,大概都不会忘记书中的主人公鲁滨逊,是如何一人在荒无人烟的一座大海中的孤岛上过着与世隔绝的生活的。在中国的文学作品中,也有鲁滨逊式的人物和故事,只不过这个人物要比鲁滨逊幸福走运得多。这个人物就是清代小说家蒲松龄写的文言短篇小说集《聊斋志异》里《夜叉国》中的主人公商人徐某。书中说,在中国胶州有一个长年海上经商的人,人们叫他徐某。有一次在海上航行时,徐某被狂风连人带船吹到了茫茫大海中的一座孤岛上,他很无奈,只好带着牛肉和不容易腐烂的食物在岛上生活下来。他历尽艰辛，找到了一个准备藏身的山洞，可是里面有两个夜叉正在用利爪撕着鹿肉生吃着，夜叉的牙齿像一排利剑一般，双眼像闪闪发光的电灯泡。这两个夜叉一见徐某，就把他抓进洞里，想把徐某吃掉。徐某急忙把自己带的牛肉干送给他们，并对夜叉说他岸边的小船里有锅灶炊具，可以给他们做熟食吃，无奈夜叉听不懂徐某的话，他们只好互相打手势，才算明白一点。第二天，夜叉又抓来一只鹿，让徐某烤熟以后，夜叉又叫来岛上其他的夜叉一起来吃。渐渐地，徐某听懂了夜叉语，夜叉们还给徐某送来一个雌夜叉做妻子。夜叉国的国王过生日的时候，吃了徐某的烤肉，还赏了徐某数十颗价值连城的夜明珠。4年以后，徐某的妻子雌夜叉又忽然一胎生下两个男孩、一个女孩，都是人形，一点也不像夜叉。从此，雌夜叉寸步不离地守着徐某和3个孩子。3个孩子不但都会说胶州话和夜叉国话，而且都非常有力气，登高山如履平地。有一天，雌夜叉带着一儿一女外出办事，徐某带另一个儿子到海边玩，看到他过去乘坐的那条船还完好如初地停在岸上，油然生起了思乡之情，于是，徐某带着儿子登上船，经过一昼夜的海上航行终于回到了胶州老家。他卖了几颗夜叉国王送给的夜明珠后，成了家财万贯的富翁，给儿子取名叫徐彪。徐彪14岁的时候，已能举起3000斤的重量，因立战功升为胶州的副将。后来又有一个商人来到了夜叉国的岛上，被徐彪的弟弟抓住后，偷偷地放回了中国，并让商人带口信给徐彪。徐彪听说了还有母亲弟妹在荒岛上的消息后，不顾父亲的阻挡，立刻带上两个亲兵，不顾海涛妖薮，险恶难犯，驾船箭一般在海上航行了半个多月,忽然迷失了方向,又被滔天巨浪打入水中,被一个夜叉救起,夜叉知道了事情的原委后,也帮助徐彪去寻母亲。夜叉让徐彪坐上船,自己在水中推动小船,小船若有神助,箭一般向前驶去,一日航行千里以上,眨眼间,就到了夜叉国。在岸边有一个少年正在向海中观望,徐彪一问,知道是自己的弟弟,而且母亲和妹妹也都健在。徐彪劝她们回到中国去,但徐母却担心到中国去被人欺负,徐彪请她们放心,可是偏偏逆风不得行船,徐彪又暗暗向天祈祷,终于使风向大转,母子三人乘船终于回到了中国。徐彪母亲大骂徐某做事不和她商量,徐某家人从此见了她都非常惧怕。徐某又给徐彪的弟弟取名叫徐豹,给女儿取名叫夜儿,她们都聪明好学,赢得了功名。徐彪和徐豹每次征战的时候,徐母都亲当先锋,令敌人闻风丧胆,因功封为夫人。你瞧,徐某命运不是比鲁滨逊幸福多了吗?

53.《罗刹海市》写了哪些海上奇观?

《罗刹海市》是清代著名短篇小说家蒲松龄创作的一篇文言小说。小说借主人公马骥的奇特遭遇,描绘了令人眼花缭乱的海上奇观,被誉为是可以和英国作家斯威夫特创作的《格列佛游记》相媲美的小说佳作。小说写的是有一个商人的儿子,名叫马骥,风姿倜傥,能歌善舞,貌美无比,人们给他起了一个绰号叫"俊人"。后来,他继承父志,从事海上经商活动。有一年在航海贸易途中,他被一场飓风刮到了中国东方一处不知名海岛上,离中国有2.6万里。岛上的人们看到漂亮无比的马骥,都把他当成

《罗刹海市》插图

了妖精,吓得大人小孩四处躲避,这是为什么呢?原来这座岛上的人们个个丑陋无比,而且人人看重的不是道德文章水平的高低,而是人的形貌,容貌越丑陋的人,他们认为越美,也就越能当最高的官儿。马骥后来从一个村民那里得知,这个岛国叫大罗刹国,罗刹也就是恶鬼的意思。他们个个是红头发黑脸皮,长着野爪,白天遮上脸,晚上才开始活动。大罗刹国的都城,都用墨一般的黑石垒成墙,屋顶也是像朱砂一样通红的石片。马骥还见到了大罗刹国的丞相,只见他一双大耳朵都长在后脑勺上,鼻子下面有3个鼻孔,眼毛像草帘子一样,要多丑有多丑,比猪八戒还要丑上十万八千倍,可大罗刹国的人却认为这样的人才是最美的。这样一来,原本俊美无比的马骥在大罗刹国人的眼里,就成了最丑陋不堪的人了。没有办法,马骥只好把黑煤面涂在脸上,头上再缠块白绸子,不料他却因此而深得大罗刹国国王的赏识,并带着国王赏赐的金银珠宝回到山村。村里人为了报答马骥分送的金银珠宝,想请马骥去海市买奇珍异宝,马骥不知道在什么地方,罗刹国的村民告诉他说,海市就是海中的集市,那里有来自四海各地的鲛人,一共有12个国家来这里经商,并且还有许多种人的游戏。海市的日期也好确定,就是每当看见大海上飞过红色的鸟群以后的第七天就是海市的日子。马骥到了海市,只见市上陈列的奇珍异宝,都是世上没有的。在海市上,马骥遇到了一个叫"东洋三世子"的青年,请他骑马共赴龙宫游玩。于是他们两人骑马并肩而行,来到岸边,两匹马嘶叫着一齐跃入海水之中。马骥开始非常害怕,可是令他感到惊奇不已的是,海水不但没有淹没他们,相反,他们走到哪里,哪里的海水就立刻从中间给他们让开一条路。分到两边的海水就像屹立的万丈岩壁一样,不一会儿,就看到了一座宫殿,玳瑁为梁,魴鳞为瓦,四壁晶莹明亮,耀人眼目。龙王听说马骥来了,非常高兴,命人拿来水晶做的砚台、龙须做的笔、雪白光亮的纸和有着兰花芳香的墨,请马骥作一篇题目为《海赋》的文章。马骥下笔千言,一会儿工夫作了一篇《海赋》送给龙王,龙王大喜,当下把自己的女儿许配给马骥,封他为驸马都尉,派了数十个武士,乘坐青龙驾的车,三日之内游遍了大海各处地方。马骥看到,龙宫中有一株玉树,有一抱粗细,树根晶莹清澈可见,里面长着一颗颜色淡黄的心。玉树和叶子都像碧玉一般,有一个铜钱厚,枝叶错杂,郁郁成阴,马骥和龙女常常坐在玉树下吟诗说爱。那玉树上花开满树,像葡萄一样,每一个花瓣落地,声音就像弹琴一样好听,颜色形状就像用红玛瑙雕琢的一般。玉树下还经常有一只长着玉碧色羽毛的鸟来给他们唱歌,鸟的尾巴比鸟的身子长好多倍,声音哀婉动人，马骥每听一次，就想一回家乡。三年以后，马骥打算回家看看，这时龙女已经怀了孩子，请马骥给未出生的孩子取名并留下相认的信物，马骥说，如果龙女生下的是男孩，就叫福海，是女孩就叫龙宫，并把他在罗刹国所得的一对赤玉莲花送给龙女，龙女告诉他在三年以后的阴历四月初八这一天，让马骥驾船到南海去接他们的孩子，并拿出一条鱼皮做的大口袋，装满了龙宫中的珠宝，乘一辆白羊车，送马骥来到岸边，马骥上岸后，海水立刻就合上了，再也看不见龙女的影子。三年以后，马骥如期驾船来到了南海，远远看有两个孩子坐浮在水面上，互相拍水嬉戏游乐，既不移动，也不沉下水去。马骥来到他们跟前，其中的一个小男孩一声不响地抓住马骥的胳膊就跳进他的怀里，另一个坐在水中的小女孩则见状大哭，马骥也把她抱入怀中。他们长得非常漂亮可爱，头上的花冠都缀着一块玉，正是马骥留给龙女的赤玉莲花，后背上的锦囊里留有龙女写给马骥的一封信，让他好好扶养儿女。马骥见信，放声大哭，回家以后，福海想念母亲，跳进大海后数天又返回来了。龙宫因为是女孩子，不能和哥哥一同前去寻母，因此常常思母而流泪。有一天，白日忽然变成了黑夜，龙女突然来到了龙宫面前，龙女告诉她就要嫁人了，不可经常哭泣，并送给她一些礼物作为嫁妆，有一株八尺高的珊瑚树，一帖龙脑香，100颗夜明珠，一对八宝嵌金盒。马骥听说后，拉着龙女的手长哭不已，可是不一会儿，突然有一颗响雷炸破了屋顶，转眼间，龙女又不见了踪影。马骥一生的命运就是这么的奇特而又无奈，海市的美景又是多么令人神往啊。

海洋文学

54.《安期岛》讲的是什么故事？

在中国古代传说中，有一个神仙，名叫安期生，是战国后期的一位方士，常年在东海边上卖药，曾经见过秦始皇，谈论过有关长生不老的话题，后来得道升仙，成为一名道家仙人，人们于是就把安期生居住过的小海岛，称作安期岛。也不知道过了多少年，长山中常刘鸿训率领一队武士出使朝鲜，在海上航行时听说安期岛是神仙居住的地方，就下令让大船驶向安期岛。刘鸿训的手下有一个副官说这样去是会有危险的，必须等一个叫小张的人引路才能到达安期岛。为什么要等小张呢？原来，已经得道升仙的安期生，从来不和尘世间的人们往来，只有他的徒弟小张，一年中有那么一两次来人间走走看看，如果有想去安期岛的人，必须先得到小张的许可，否则，即便乘船去，也要被飓风掀翻大船，葬身海底。过了不几天，刘鸿训终于见到了小张，只见小张有30多岁的年纪，戴着一顶棕榈做的草帽，腰间佩着一把宝剑，相貌堂堂。听了刘鸿训的要求后，小张表示可以，但不许副官和他同去，而且只准许刘鸿训带两个人乘船去安期岛。说话间，他们就登船起航，也不知道离安期岛会有几千几万里，刘鸿训只感觉坐在小张引导的小船上，就如同乘坐今日的气垫船一样，有一种腾云驾雾的感觉，眨眼间，就来到安期岛上。说来也是奇怪，刘鸿训他们向安期岛出发时，还是寒冷的冬天，可是到了安期岛上，却是春风温煦，漫山遍野盛开着鲜花。小张领刘鸿训来到一座山洞中，只见洞中并排坐着三个盘腿打坐的老头儿，只有中间的一个

中国古代海洋文学

53

起来让侍童招待他们,另外两个老头就像没有看见他们似的。神仙是拿什么招待刘鸿训的呢?神仙不像我们凡世一请客就是喝酒吃肉,而是请刘鸿训饮茶。可说是喝茶,却不放茶叶,那水也很特别,是从洞外石壁中自然流出来的,当然,由于这神水来之不易,所以,神仙们就在神水流出的洞口插入一把大铁锥。喝的时候,只要拔出大铁锥,神水就立刻射出来,用茶杯接住,满了,再用大铁锥堵上。这神水是淡碧色,刘鸿训品尝了一下,感到寒冷冰牙,就借口怕冷没敢喝下去,见此情景,侍童又拔出石壁上的大铁锥,这回流出的神水,则热腾腾地冒着香气。刘鸿训询问其中的缘故,老头儿笑着说他身居仙境,不关心这些俗事。刘鸿训又向老头儿请教长生不老的方法,老头儿说想要长生不老,这事不是富贵人所能做得到的。

后来,刘鸿训来到朝鲜,向国王讲述所见所闻,国王叹了一口气说:"只可惜你没能喝下那杯冷茶,那是天上的玉液琼浆,喝一杯就可长命百岁呀!"刘鸿训听了非常后悔,在他要回国时,朝鲜国王送给他一件用纸帛重重包裹的礼物,再三叮嘱他不要在靠近海水的地方打开它,可是,刘鸿训忍不住好奇心,当船刚刚离开海岸不久,就急忙拆看礼物,原来是一面镜子,仔细一看镜子里面,那些鲛人龙宫水族,栩栩如生地呈现在眼前。正在刘鸿训目不转睛地看着镜子里的景物的时候,忽见海中一股高楼般的巨浪迎面汹涌扑来,已到船头,刘鸿训害怕至极,命船快行,但潮水如风如雨,紧追不放,刘鸿训害怕死了,只好把镜子扔进大海。奇怪的是,海面立刻就风平浪静了。

55.《镜花缘》中描写的海外世界是什么样的?

《镜花缘》是清代小说家李汝珍(1763—1830年)花了 20 年的时间创作的 100 回长篇章回小说。主要内容是写唐代武则天当政后,下令百花齐放,众花神被迫从命,又被上天贬到人间,变成 100 个女子的故事。其中有大量的关于海外奇岛、海上风光和异国怪民的海外世界的描写。这主要体现在全书上半部唐敖、林之洋和多九公到海外经商游览,游历 30 多个国家的所见所闻之中。比如,书中写到他们航行途中经过"两面国",这里的人欺诈成风,一张笑脸对人,而浩然巾遮盖下的另一张脸却狰狞恐怖。"黑齿国"的人个个极

《镜花缘》插图

有学问,就连稚龄幼年的女孩也胜过中国的文人。在"白民国",他们却又遇到了一群无知到家的人,那里的老师把古文中的"幼吾幼,以及人之幼",读成"切吾切,以反人之切"。而"君子国"虽然不失为礼仪之邦,但又个个都是谦谦君子,毫无生气。最引人可笑的是"淑士国"的人们,他们人人都喜欢酸文假醋,就连饭店的服务员说起话来

《镜花缘》插图

也咬文嚼字,上菜时问:"客人酒要一壶乎?两壶乎?菜要一碟乎?两碟乎?"而"女儿国"中的女人们当政,男子汉则仅做家务事。"翼民国"的人爱戴高帽子,久而久之人的脑袋就变得特别长。"长臂国"的人喜欢贪占便宜,手伸得特别长,日久天长就变成了长臂人。最吝啬的是"毛民国"人,他们虽全身是毛,却小气得一毛不拔。此外,还有自高自大的"长人国"、好吃懒做的"结胸国"、贪吃美食的"犬人国"等等,那些光怪陆离的海外世界,在李汝珍的笔下,真是无奇不有,作者正是通过描写这些海外异事来表现自己的政治理想、人生追求,影射、批判当时的社会现实。

56. 为什么说《因循岛》是海洋讽刺小说?

《因循岛》是清朝末年著名学者、文言小说家王韬(1828—1927年)创作的一部短篇小说。作品说的是曲沃这个地方,有个正直、善良的书生叫项某,准备到福建去谋职,不料出海不久,就遇到了风浪,最后大船沉没,他拼命挣扎,漂到一个岛上,被一位老人收养。老人告诉他,这个海岛叫"因循岛",离中国有9万多里远。这个因循岛原来是一座很平静的岛屿,国王也算仁厚。可是不知怎么搞的,忽然从海外来了一群狼。这些狼装扮成人形,伪装仁义,骗取了朝廷的信任,当了国家的官员,有的是省吏,有的是郡守,有的是县令,他们所任用的幕客差役,大多数也还是和狼一伙的人。这些狼一开始还穿人的衣服,装出人的样子,不久就渐渐露出狼的本性,隔上两三天就还原成狼,专门干吃人的勾当。到了最后,这些狼变得肆无忌惮,开始横行海岛,最多的时候它们要抓30个人分到县衙门,先用利锥刺人的脚,然后从伤口处像喝饮料一样吸食人的血肉,被"吸"过的人虽不至于死,但也离死不远了。项某就亲眼见到狼吃人肉、喝人汤的情形,真是令人惨不忍睹。尽管这样,因循岛上的那些文官武将们,却贪图小利,开始引狼入室,到了豺狼横行上下,又惊恐万状,不仅不思退敌之策,反而对这些狼们百般巴结奉承,有的甚至让自己的妻妾去给狼陪床,任凭狼们放纵兽欲对她们进行奸淫。那些被奸淫的妇女尚面有愧色,那些当官的却反以自己能高攀上狼大人而得意洋洋。果然,因循岛上就有些小官因此而高升了府台。项某对此深感意外,因循岛上的人却反而教训他说,这个国家当官的差不多都这样,只有你这个书呆子少见多怪,白白跟自己生气,纯粹是自讨苦吃。看着这豺狼当道、人兽颠倒、百姓惨遭迫害、贪官污吏遍地横行的世界,项某只得无可奈何地借机逃离了因循岛。小说中描述的因循岛正是内忧外患之中风雨飘摇的大清帝国的一个缩影;那些吃人的豺狼,正是帝国主义的象征;因循岛上的官吏,正是清王朝官员的象征,小说以此讽刺手段,不仅抨击了清王朝的腐朽和堕落,也倾诉了当时知识分子的忧国忧民之情。

57. 《孽海花》的题名有什么含义?

《孽海花》是曾朴(1872—1935年)创作的长篇章回体小说。小说第一回"一刹那狂潮陆沉奴乐岛,三十年影事托写自由花"中明确点出了小说命名的含义,说的是在地球五大洋以外,哥伦布不到的地方,是一个大的海,叫作"孽海"。海里有一个岛,叫作"奴乐岛"。这岛自古从不跟别的国家交往,所以别国也不知道它的名字,这里自古就没有呼吸自由的空气,而国民们却总是自以为是,觉得有吃,有穿,有功名,有妻子,是一个所谓"自由极乐"的国家,这里国民,日日醉生梦死,天天歌舞快乐,富贵风流,弹着自由的琴弦,喝着自由的美酒,欣赏着自由的花朵,年复一年,坐吃山空。等到了1904年这一年,突然间这里天崩地塌,将这奴乐岛直沉到孽海中去。作者这里虚拟的"孽海"象征着当时百孔千疮罪恶腐朽的封建旧中国,"花"则象征晚清的知识分子特别是高级知识分子,"孽海花"意在暴露清末封建统治集团和一些文化人的专横腐化、庸俗自私和祸国殃民的罪恶和丑行。

58. 黄遵宪写《东沟行》的题材背景是什么?

清末伟大的爱国诗人黄遵宪(1848—1905年)目睹了甲午战争的激战场面,以诗歌《东沟行》对这场海战进行了直接的描写。这首诗以其卓越的文学成就为中国的海洋文学谱写了新的篇章,这是一首恢宏的、与命运搏斗的、现实的勇士之歌,被誉为可与2000多年前屈原的《国殇》相媲美的海上《国殇》。诗中写道:"蒙蒙北来黑烟起,将台传令敌来矣！神龙分行尾衔尾。倭来倭来渐趋前,绵绵翼翼一字连,倏忽旋转成浑圆。我军了敌遽飞炮,一弹轰雷百人扫,一弹流星药不爆。敌军四面来环攻,使船使马旋如风,万弹如锥争凿空。第炉煮海海波涌,海鸟绝飞伏蛟恐,人声鼓声禁不动。"诗中的场面何等壮烈。

59. 丘逢甲创作了哪些著名的海洋题材诗歌?

清末诗人丘逢甲(1864—1912年)的《哭台湾》是一首借助对大海的咏叹和抒情来表达自己的爱国思想的典范性作品。在1890年5月5日,他在《春愁》一诗中也同样表达了国民愤慨国土被割与缅怀故乡的深沉感情,他写道:"春愁难遣强看山,往事惊心泪欲潸。四百万人同一哭,去年今日割台湾。"1901年,他又创作了《汕头海关歌》,揭露帝国主义通过控制中国海关,进行剥削和残害华工的罪行,抒发了作者强烈的愤慨之情。

60. 《狮子吼》中的"海上理想国"是什么样的?

由于清政府的腐败无能,加上当时经济、科技和军事的落后,近代中国经常遭受帝国主义列强的侵略,导致大批富有爱国思想的知识分子对现实感到绝望,他们幻想海上有一个能够实现理想的国度出现,这就是陈天华在《狮子吼》中以浪漫主义精神塑造出来的"海上理想国"。它位于舟山群岛上的民权村。这个村落在200余年间,与清政府无关,独自过着风气开通、充满"欧风美雨"的生活,这里的村民们经常巡游海内外,犹如世外桃源一般。

海洋文学

中国现代海洋文学

61. 新中国成立前毛泽东有关海洋意象的诗词有哪些?

一代伟人毛泽东(1893—1976年)一生酷爱游泳,与江河湖海结下不解之缘。他那海洋般的情怀与胸襟,融入了他叱咤风云的革命生涯之中,形成了他独特的伟人风韵和战斗风格,在他的诗文中,许多丰富的海洋意象,有力地表达了他崇高的理想、博大的胸怀、坚强的斗志、浪漫的激情、雄伟的气魄,既有政治家的胆识,又有诗人的浪漫风采,是中华民族宝贵的精神财富。那么,你知道哪些是毛泽东有关海洋意象的诗文呢?现在看到的毛泽东最早运用海洋意象入诗的是作于1918年的《七古·送纵宇一郎东行》。诗中有"君行吾为发浩歌,鲲鹏击浪从兹始。洞庭湘水涨连天,艟艨巨舰直东指"、"沧海横流安足虑,世事纷纭何足理"、"平浪宫前友谊多,崇明对马衣带

毛泽东像

水。东瀛濯剑有书还,我返自崖君去矣"等,其中的"鲲鹏击浪"、"艟艨巨舰"、"东指"、"沧海"、"崇明对马"、"东瀛"都和大海相关,足见他少年时代就具有远大的理想和浪漫的情怀。

在长期的中国革命斗争实践中,毛泽东更是借对大海意象的描写抒发自己的革命豪情,记录中国革命的历

程,如:1921年写的《虞美人·枕上》是怀念杨开慧的,有"堆来枕上愁何状,江海翻波浪"之句,写对革命伴侣的深情眷恋。1923年写的《贺新郎》中有"要似昆仑崩绝壁,又恰像台风扫寰宇",以此预言未来革命风暴的猛烈和壮阔。1925年创作的《沁园春·长沙》中"到中流击水,浪遏飞舟"更显示了毛泽东奋飞凌天的宏伟图画。1934年夏创作的《清平乐·会昌》中将高山和大海连成一体,给人以豪放、阔大的感觉:"会昌城外高峰,颠连直接东溟","东溟"就是指东海;1934—1935年写于万里长征艰苦岁月中的《十六字令三首》其二中,将行军中越过的起伏的群山,赋予大海波涛般的意象,"山,倒海翻江卷巨澜。奔腾急,万马战犹酣"。1935年2月创作的《忆秦娥·娄山关》的结尾"苍山如海,残阳如血",更是毛泽东对革命战争生涯和自然景物观察进行写照的得意之笔,并广为传诵。1935年10月写于长征胜利之际的《七律·长征》的领联"五岭逶迤腾细浪,乌蒙磅礴走泥丸"诗句,同样是以海喻山,表现他胜利在胸、笑傲万水千山的英雄豪情。同时期创作的《念奴娇·昆仑》中"夏日消溶,江河横溢,人或为鱼鳖"则凝聚他对人类历史的思索。作于1949年4月的《七律·人民解放军占领南京》中的尾联"天若有情天亦老,人间正道是沧桑",则化用了"沧海桑田"的典故,比喻革命发展引起的翻天覆地的变化。

62. 新中国成立后毛泽东有关海洋意象的诗词有哪些?

新中国成立后,毛泽东在领导中国人民进行社会主义革命和建设的日理万机中,仍运用大海的意象入诗词,创作了题材丰富、气魄宏大、意境开阔的诗篇,为广大中国人民所广泛传诵。这其中有1959年7月1日创作的《七律·登庐山》中"冷眼向洋看世界,热风吹雨洒江天";创作于1961年的《七律·答友人》中的"洞庭波涌连天雪,长岛人歌动地诗",写的虽是洞庭湖,但与讴歌海洋是一样的;1963年1月9日创作的《满江红·和郭沫若同

毛泽东畅游长江

志》中的"四海翻腾云水怒,五洲震荡风雷激"成为千万人传诵的名句;1965年5月创作的《水调歌头·重上井冈山》中的"可上九天揽月,可下五洋捉鳖",显示了中国人民藐视一切困难的英雄气概和充满必胜的信心。1965年秋创作的《念奴娇·鸟儿问答》首句"鲲鹏展翅,九万里,

翻动扶摇羊角",则是化用了庄子《逍遥游》中的海洋神话典故。

63. 毛泽东有哪几首完整地歌咏江海的诗词？

毛泽东在建国前后创作的完整歌咏江河湖海的诗词共有4首。第一首是1925年创作的《沁园春·长沙》："独立寒秋,湘江北去,橘子洲头。看万山红遍,层林尽染;漫江碧透,百舸争流。鹰击长空,鱼翔浅底,万类霜天竞自

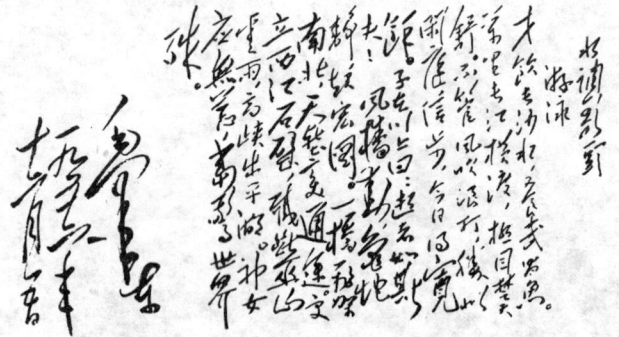

毛泽东《水调歌头·游泳》词手迹

由。怅寥廓,问苍茫大地,谁主沉浮？携来百侣曾游。忆往昔峥嵘岁月稠。恰同学少年,风华正茂;书生意气,挥斥方遒。指点江山,激扬文字,粪土当年万户侯。曾记否,到中流击水,浪遏飞舟？"展示了青年毛泽东非凡的胸襟和远大的人生抱负。第二首是于1954年创作的《浪淘沙·北戴河》："大雨落幽燕,白浪滔天,秦皇岛外打渔船,一片汪洋都不见,知向谁边？往事越千年,魏武挥鞭,东临碣石有遗篇。萧瑟秋风今又是,换了人间。"既描写了北戴河海滨极为壮阔苍茫的景色,又充满了积极向上的

奋进精神和革命乐观主义精神,既用典故,又吟自然中的大海,具有十分强烈的艺术感染力。第三首是创作于1956年6月的《水调歌头·游泳》:"才饮长沙水,又食武昌鱼。万里长江横渡,极目楚天舒。不管风吹浪打,胜似闲庭信步,今日得宽余。子在川上曰:逝者如斯夫!风樯动,龟蛇静,起宏图。一桥飞架南北,天堑变通途。更立西江石壁,截断巫山云雨,高峡出平湖。神女应无恙,当惊世界殊。"体现了一种与自然作斗争其乐无穷的精神。第四首是1957年创作的《七绝·观潮》:"千里波涛滚滚来,雪花飞向钓鱼台。人山纷赞阵容阔,铁马从容杀敌回。"将潮水和兵阵类比,字里行间洋溢着豪壮之气,形象生动地描绘了钱塘江大海潮的壮观景色,也从侧面表明了作为诗人的毛泽东对大海的深刻理解。

64.《毛泽东选集》是怎样用大海作比阐述革命道理的?

作为毛泽东思想结晶的《毛泽东选集》,经常用深入浅出、通俗易懂的语言来阐述深刻的革命道理,其中有些就是用大海来打比方、讲道理的。如用遥望大海远处航船冒出的桅杆尖打比方,预言中国革命斗争高潮的形势即将到来,在1930年1月写的《星星之火,可以燎原》的结尾就有这么一段话:"所谓革命高潮快要到来的'快要'二字作何解释,它就是站在海岸遥望海中已经看得见桅杆尖头了的一只航船,它是立于高山之巅远看东方已见光芒四射喷薄欲出的一轮朝阳,它是躁动于母腹中的快要成熟了的一个婴儿。"在1940年1月写的《新民主主义论》一文的结尾,他又说:"新中国航船的桅杆顶已经冒出地平线了,我们应该拍掌欢迎它。"以形象生动的比喻,让人在艰难困苦时刻倍增继续战斗的勇气和信心。在有的地方,毛泽东则运用大海广阔动荡的意象,形容一种思想和潮流的力量的巨大,如在《新民主主义论》中,他在赞扬共产主义思想和社会制度的时候,这样写道:"惟独共产主义的思想体系和社会制度,正以排山倒海之势,雷霆万钧之力,磅礴于全世界,而葆其美妙之青春。""排山倒海"有力地表达了作者的思想政治倾向。而在《评国民党十一中全会和三届二次国民参政会》的社论中,毛泽东则用"汪洋大海"来比喻激荡世界的自由民主的伟大潮流,指出:"三个法西斯国家一起垮台,世界成了自有人类历史以来未曾有过的伟大解放时代,国民党的封建法西斯独裁政治,成了世界自由民主汪洋大海中的一个渺小的孤岛,他们惧怕自己'一个党,一个主义,一个领袖'的法西斯主义有灭顶之灾。"而在《论持久战》中,毛泽东则说:"动员了全国的老百姓,就造成了陷敌于灭顶之灾的汪洋大海。"此外,毛泽东还以在大海中学习游泳,从而驾驭大海作比喻,教导指挥员要从战争中学习战争,掌握战争的规律,如在《中国革命战争的战略问题》中说:"指挥员在战争的大海中游泳,他们不使自己沉没,而要使自己决定地有步骤地达到彼岸。指导战争的规律,就是战争的游泳术。"在《论持久战》中又对此反复强调。此外,在《一个极其重要的政策》一文中,他对那些缺乏事先看出航船将要遇到暗礁的能力,不能用清醒的头脑把握舵船绕过暗礁的人,也进行了严肃地批评,而他建国后连续五次为中国海军的题词:"为了反对帝国主义的侵略,我们一定要建立强大的海军。"更显示了一代伟人高瞻远瞩的海洋情

怀。所有这些,都是毛泽东运用大海形象作参照物,阐述深刻道理的生动例子。

65. 创造社作家的大量作品为什么都与海洋有关?

创造社是中国现代文学史上最早成立的有影响的文学社团之一,1927年1月成立于日本东京,成员都是"五四"运动前后赴日本学习的中国留学生,主要有郭沫若、郁达夫、田汉、郑伯奇等人。他们都是乘海船去日本,都有亲身在海上漂泊的难忘经历。他们的青春时代都是在与祖国隔海相望的岛国上孤独地度过的,弱国子民的卑下地位和青春期的苦闷时时困扰着他们,共同的爱国情和相思感使他们写出了一大批具有浪漫主义风格和富有浓郁海洋气息的作品,如郭沫若的《女神》诗集中的大量诗作,有些就是趴在海潮汹涌的海滩上面对大海一挥而就的;他的小说《漂流三部曲》也写了大量与海洋生活有关的内容。郁达夫曾引起极大的轰动与争论的短篇小说《沉沦》

《女神》诗集的海洋意象图

中的主人公,最后就是蹈海而死。创造社成员中的其他作品也有不同程度的关于岛国生活和海洋景象的描写,这是和他们的生活经历密切相关的。

66.《宝船》写的是什么故事？

《宝船》是中国现代著名作家老舍(1889—1966年)于1961年创作出版的一部儿童喜剧。剧本写打柴的贫穷少年王小二搭救了落水的老头李八十,为了报答王小二的救命之恩,李八十送给王小二一只能大能小的宝船。有一次,王小二的家乡发生了水灾,王小二一家登上宝船避难。逃难中,他们救起了许多在水中挣扎逃命的小动物,也救起了财主的儿子张不三。可等大水退后,贪心的张不三不但不报答王小二的救命之恩,反而设计骗取了他的宝船,献给了皇帝,他自己也当上了宰相。为了夺回宝船,王小二在蜂王和李八十等人的帮助下,与张不三和皇帝斗智斗勇,终于夺回了宝船。在形式上,这部作品有歌有舞,大量采用民歌、民谣,极富儿童情趣,体现出老舍先生特有的幽默风趣的风格和浓厚的民族色彩,有力地表现了劳动人民勤劳、善良、勇敢的高尚品质,揭示了正义战胜邪恶的真理。

老舍像

67.《灵海潮汐》有什么寓意？

《灵海潮汐》是中国现代文学史上著名女作家庐隐(原名黄英,1898—1934年)创作的一部散文短篇小说集,共12篇。庐隐创作这些作品时,正是"五四"运动过后其思想上所处的苦闷时期。经过艰难坎坷的人生旅途,她终于和自己所爱的人结了婚。可是她婚后的生活并不像她原来想象的那样快乐和幸福,各种错综复杂的关系反而给他们的爱情罩上了阴影,于是,庐隐陷入深深的苦恼和失望之中而无法摆脱,只得借创作之笔来宣泄自己的情绪,作品题目具有深刻的象征意义。这里的"灵海"比喻心灵世界,"潮汐"原指由于月亮和太阳的吸引力作用,海洋水面发生的定时涨落现象,这里用来象征庐隐思想感情的起伏就像时涨时落的海水一样波动不定,真实地反映了庐隐这一时期的心态,是作者内心思想情感世界的真实写照。这部作品是1931年1月出版的。

68.《海国英雄》写的是中国哪位民族英雄?

《海国英雄》是中国现代文学史上的著名剧作家魏如晦创作的四幕历史话剧。剧中被称为海国英雄的人物是率军收复台湾的中国明朝著名的民族英雄郑成功。剧本展示了郑成功一生的英雄业绩。作者为什么要用这一历史题材来创作呢?这在《海国英雄·编剧者言》中回答得非常清楚,作者说:"郑成功是中国最富有韧性战斗精神的民族英雄。闽都覆灭以后,宁违父志,不肯负国,艰苦奋斗,达数十年之久,树牙穷岛(即台湾),招致遗民,喋血海疆,鲸波为赤……因此,剧本的写作意在表揭此种百折不磨,再接再厉,为公忘私,不以失败灰心,耐劳刻苦的韧性战斗精神。"剧本以《海国英雄》命名的本意也正在于此,这个历史剧又名《郑成功》,1940年在上海出版。

69. 钱钟书的小说里也写过海洋生活吗?

钱钟书是中国现代著名的学贯中西的大学者,也是一位现代小说家,有饮誉海内外的小说《围城》、《神·鬼·人》和《写在人生边上》等作品以及大量的学术研究著作。那么,钱钟书的哪部小说是以海洋生活为背景来塑造作品的主人公的呢?这就是曾被改编成电视剧的小说《围城》。这部小说以抗战初期的中国社会为背景,以主人公方鸿渐的生活道路及其婚姻变化为主线,深刻地描绘了20世纪初半封建半殖民地的中国社会接受西方文化熏陶的知识分子群,被誉为现代版的《儒林外史》。作品一开始就是描写一群留学生归国途中的海上生活,主人公方鸿渐在百无聊赖的旅途中,开始了一段海轮上的浪漫爱情故事,语言风趣幽默,极富讽刺意义。

钱钟书像

70. 杨朔写过哪些海洋题材的著名散文?

杨朔(1913—1968年)原名杨毓晋,山东蓬莱人,是中国当代著名作家,以散文创作闻名于当代中国文坛。他的故乡蓬莱,是风景秀丽的海滨,那里既是传说中八仙过海的地方,又流传着古往今来许许多多有关海市蜃楼的动人故事。他在海边出生,海边长大,有幸的是,他还亲眼看到了令人梦寐以求的海市蜃楼的奇景,给他留下了深刻的印象。成为作家以后,杨朔用自己手中那支充满对故乡、对大海、对祖国无限深情的笔,创作了数篇以海洋为题材的散文作品,其中最著名的要数《海市》和《雪浪花》了。《海市》既是杨朔的一部散文集的名字,同时也是这部散文集中一篇描绘海市蜃楼奇景的名篇。那么,杨朔亲眼所见的海市蜃楼是怎样一番景象呢?杨朔是这样描绘的:"只见海天相连处,原先的岛屿一时不知都藏到哪儿去了,海上劈面立起一片从来没有见过的

杨朔像

山峦,黑苍苍的,像水墨画一样,满山都是古树古柏,松柏稀疏的地方,隐隐露出一带渔村,山峦时时变化着,一会儿山头上幻出一座宝塔,一会山洼里又现出一座城市,市上流动着许多黑点,影影绰绰的,极像是来来往往的人马车辆。又过一会儿,山峦城市慢慢消下去,越来越淡,转眼间,天青海碧,什么都不见了,原先的岛屿又在海上展现出来。"海市蜃楼在杨朔的笔下呈现出如画如诗的境界。《雪浪花》则借一个叫老泰山的渔民之口,用浪花千百次冲击礁石作比喻,抒写了人民改造旧江山、建设新中国的豪情壮志,非常富于诗意。《海市》和《雪浪花》堪称杨朔海洋题材散文的珍品。

71. 《金色的海螺》讲了什么童话故事?

《金色的海螺》是阮章竞(1914年—)在民间故事《田

螺姑娘》的基础上加工创作的优美动人的童话诗,主人公是一个勤劳的渔家少年。在一次打渔时,他看到一只黑老鸦要把一条红色的小金鱼啄成碎片,就毅然救起小金鱼,后来又把小金鱼放回了大海。这只小金鱼原来是海神娘娘的女儿。为了报答渔家少年的救命之恩,小金鱼瞒着海神娘娘,化作金色的海螺,让少年打上来带回家里,这只海螺又变成姑娘来帮助少年料理家务。不久,渔家少年和海螺姑娘结成了美满的家庭,幸福地生活了三

年。三年以后,海神娘娘逼令海螺姑娘返回大海,海螺姑娘不答应,海神娘娘又以要水淹人间来要挟她。无奈之下,海螺姑娘只好重回大海。可是,渔家少年却不忍和海螺姑娘分离,便按照海螺姑娘的吩咐,藏好螺壳,只身去海中珊瑚岛找海神娘娘要海螺姑娘。他战胜了三次狂风恶浪,终于来到了海神娘娘面前,要求带回海螺姑娘。海神娘娘对他百般利诱,给他金银财宝、华屋大厦和美丽的仙女,但渔家少年不为所动,一心只要自己心爱的海螺姑

娘,终于战胜了海神娘娘设下的种种艰难险阻,和海螺姑娘一起重新获得了美满幸福的人间生活。作品想象奇特,情节曲折,语言流畅,将美丽的幻想和现实生活巧妙地结合在一起,塑造了勤劳勇敢的渔家少年和纯洁质朴的海螺姑娘的形象,形象地告诉人们一条深刻的道理:胜利是属于诚实、勇敢者的,幸福是靠百折不挠的努力争取来的。

72. 峻青写过哪些海洋题材的小说和散文名篇?

峻青是中国当代著名小说家和散文家,原名孙俊卿,1923年3月生于胶东半岛,祖籍山东海阳。抗日战争时期他参加革命,从事党的宣传和教育工作,1941年起开始文学创作。在他发表的小说和散文作品中,有许多是以海洋为题材的,如短篇小说集《怒涛》、《海燕》,长篇小说《海啸》等。他描绘大

峻青像

海壮丽景色,歌颂中国人民具有大海一般的性格与品质的散文名篇有《壮志录》、《海滨仲夏夜》,海滨寄语系列的《敬礼,光荣的海防战士》、《吕有库》和《珊瑚沙》等。峻青通过这些作品所描绘的海洋景色,抒写了人民群众的革命斗志,展现了胶东半岛、青岛、威海、烟台等海滨城市的秀美风光和光荣的革命斗争的历史传统,如诗如画如歌般地描绘了一幅幅壮丽的海洋河山风光画卷,语言精练,辞彩绚丽,

音韵和谐,具有迷人的艺术魅力。

73. 陆俊超的海洋题材小说有哪些?

陆俊超(1928年—),上海人。在青少年时期,他曾经侨居印尼、马来西亚和新加坡,1946年回到祖国后,在商船上当水手。新中国成立以后,陆俊超长期担任远洋轮船的驾驶员,对海上环境和远洋船员的生活有着丰富而深刻的体验,这为他后来在业余从事海洋题材的小说创作积累了宝贵的财富。1956年,陆俊超发表了第一篇海洋题材小说《海洋的主人》,又于1959年在第9期《人民文学》上出版了他根据自身经历写成的中篇小说《九级风暴》,开始受到文坛的关注。这篇小说写新中国成立前夕,一艘名叫"凯旋"号的巨型商船停靠在新加坡港口,在大副彭涛和老水手李阿海的率领下,宣布脱离国民党政府,起义归国。在驶向祖国的航程中,海员们团结一心,不仅战胜了大自然的惊涛骇浪,而且击败了国民党特务及英美帝国主义分子的暴力和阴谋活动。经过一次又一次自然的和人为的"九级风暴"的考验,他们终于胜利抵达广州。作品以粗犷雄豪的笔触和惊险动人的情节描绘歌颂了海员工人英勇无畏的爱国主义精神。此外,陆俊超出版的海洋题材作品还有短篇小说《国际友谊号》、短篇小说集《姊妹船》、中篇小说《幸福的港湾》和《惊涛骇浪万里行》等。这些作品都以海员生活为题材,洋溢着强烈的海洋生活气息,风格豪放粗犷。

74. 小说《海的梦》是谁创作的?

发表于1980年第6期《上海文学》上的短篇小说《海

的梦》,是中国当代著名作家王蒙(1934年—)在新时期创作的一部著名的短篇小说。小说的主人公是翻译家缪可言,他年轻的时候就渴望见到大海,可是,一连串的生活波折却使他始终未能如愿以偿。在他度过了充满惊涛骇浪的大半生并等到了右派平反以后,终于高唱着"我的歌声飞过海洋,不怕狂风,不怕恶浪,因为我们船上有着年轻勇敢的船长"的航海歌曲来到了天边无际、充满生命活力的大海边,实现了他的海的梦,尽情地在大海中畅游,以表达自己对大海的无限热情。这部作品因其题材的独特和现代派的表现手法,在国内外获得了好评,从中也不难看出法国作家勒·克莱齐奥的名篇《未见过大海的人》的影子。

75. 中国新时期最具"海味"的小说作家是谁?

现为辽宁省大连市作协主席的邓刚1945年出生于大连,原名马全理,祖籍是山东牟平。邓刚13岁中学辍学以后,就进厂当学徒,先后干过钳工和焊工,还当过潜入海中捕海参、捞鲍鱼的"海碰子"。这成为邓刚自1979年开始发表文学作品以后,其作品题材多半是写海的主要原因。邓刚最具"海味"的小说是在1983年第五期《上海文学》上发表的中篇小说《迷人的海》。这篇小说以气势恢弘、瞬息万变的海

邓刚像

洋为背景,描写一老一小两个"海碰子"为了探寻隐藏在大海深处、为世世代代"海碰子"们所向往的宝物——六垄刺的海参,不约而同地来到海况异常险恶的"火石湾"。在与大海搏斗的寻宝过程中,老"海碰子"和小"海碰子"与大海进行了锲而不舍的勇敢拼搏。而共同的目标则使老"海碰子"和小"海碰子"逐渐消除了隔阂与芥蒂,从而彼此心心相印,互相帮助,最终战胜了大海,找到了六垄刺的大海参。《迷人的海》在充满理想和拼搏精神的浪漫情调中,栩栩如生地描绘了大海迷人的壮丽景色,生动刻画了老少两代"海碰子"的英雄形象,风格豪放而浪漫,极富象征意味,作品因此获得了第二届全国优秀中篇小说奖。此外,邓刚发表的海洋题材小说还有《金色的海浪在跃动》、《芦花虾》、《龙兵过》、《山狼海贼》以及《蛤蜊搬家》

等。而作为邓刚中篇小说《迷人的海》姊妹篇的长篇小说《白海参》,则再一次深入地展示了"海碰子"的精神世界和"海碰子"们富有传奇色彩的碰海生活。因此,在中国新时期的文坛上,邓刚被誉为是最具"海味"的作家。邓刚所创作的一系列海洋题材的小说也被誉为是中国当代小说创作中最具"海味"的小说。

76.《海滨的孩子》写的是什么故事?

当代作家萧平的《海滨的孩子》是一部海洋题材的儿童文学作品,主人公是二锁和大虎。二锁是城里的孩子,放暑假去了位于黄海边的姥姥家,大虎是舅舅家的孩子,比二锁大一岁,但长得没有二锁高,都读四年级,但二锁却不佩服大虎,因为虽然大虎知道许多大海和鱼呀虾呀蟹呀的故事,可二锁却是少先队小队长。尽管如此,一到捕鱼抓虾逮蟹的时候,二锁还是很听大虎的话的。有一次,两人去离家很远的海边挖蛤,大虎在岸边堆了两堆沙让二锁看着,如果海水涨到这里就让二锁叫他,他好从海里赶快回来。可是,二锁自己光顾挖蛤,准备胜过大虎,海水涨潮了,二锁也没注意到,等二锁发现情况不对去叫大虎时,却不见大虎的影子,二锁喊了半天,急得哭了起来,这时,大虎才筋疲力尽地来到二锁跟前。在回去的路上涨满了海水,二锁不会水,大虎又带不动他,危急之中,大虎跑回去拿来自己的裤子和二锁的裤子,往裤腿里充上气做成小船的样子,终于把二锁拉到了岸边。经过这件事,二锁彻底服了大虎,两人从此成了最要好的朋友。

77.《夜海漂流记》是一部什么样的作品?

《夜海漂流记》是当代作家唐克新创作的一部海洋题材的自传体小说。作品写的是在新中国成立前的旧中国,渔民的孩子大鳖的父亲被渔霸害死,母亲也被迫离家出走,大鳖也被抓上渔船去捕鱼还债。有一次渔船出海时,遇上了风暴,渔船被风浪打翻,大鳖与仇人"独眼龙"和船老大阿品伯三人漂上同一孤岛,他们在岛上求生并展开了斗争。后来,大鳖为了寻找母亲,来到了十里洋场的旧上海,历经各种曲折,冲破重重困难,终于找到了失散多年的母亲,并走上了革命的道路。小说生活气息浓郁,故事引人入胜,人物也生动感人。

78.《陆军海战队》讲的是什么故事?

陆军海战队,初听这个名称总觉得有点怪怪的,人们现在常说海军陆战队,是海军的一个兵种,却从来没听说过陆军海战队,不过,这并不是胡编,而是真有这样一支军队,只不过事情是发生在1944年夏季的抗日战争时期。赛时礼的中篇小说《陆军海战队》就是这样一部描写八路军东海县独立营的一个连和地方武装共同打击海上日伪军的战争题材的作品。作者描写了我军同敌人进行的一场特殊的战斗——陆军歼灭海军的战斗。小说集中讲述了八路军东海县独立营一连官兵在连长江志海的指挥下,和凤尾区区委书记、文武双全的女干部季虹领导的地方武装一起,经过奇袭伪区队、巧取大虎山,海上大练兵、阻击龟川偷袭,夜探凤尾岛、大摆迷魂阵等一系列海战,终于在海上彻底消灭鬼子龟川的战斗故事。

79.《海底尖兵》写的是什么内容?

《海底尖兵》插图

由谭宏德创作的《海底尖兵》是一部描写在海底战斗的英勇无畏的海难救助人员不平凡生活经历的小说。它主要讲述的是"海鲸"号和"海蛟"号两艘救难船在海底寻找和打捞沉船的故事。"海鲸"号在队长赵水龙的带领下,通过神秘的303海区,扑灭了外轮"蓝宝石"上的大火,使破损的"女神"号重新航行;又以大无畏的精神冲破了潜水警戒线,在珍珠洋海底首战告捷,终于寻找到了

"宝盒"号沉船,战胜了海底"妖流",揭开了神秘的303海底之谜。书中在介绍各种救难打捞知识的同时,还以浪漫的手法穿插了大量海洋神话传说,展示了奇特的海底世界景观和某些海上的奇特景象。其描述生动有趣,引人入胜,是不可多得的介绍海难救护与打捞沉船的优秀文艺作品。

80. 《唐小西在"下一次开船港"》写了哪些有趣的故事?

《唐小西在"下一次开船港"》是中国当代著名儿童文学作家严文井创作的一部儿童文学作品。主人公唐小西是个不好学习而喜好玩耍的小朋友,凡事都要"下一次"才做。有一天,妈妈把他关在家里做算术题,他故意拖延时间,于是,钟里跑出了一个小人,带他到了一个"比快乐还快乐的地方",它有一个奇怪的名字,叫作"下一次开船港"。这个地方非常特别,码头旁边有许多船,什么大汽船、小火轮、帆船、渔船、货船,一直到带双桨的游艇都有,可是却一只都不动,烟囱也差不多不冒烟,即使冒烟也是既不升也不降,帆船的帆也没升起来,升起来的也只升了一半。小西就问为什么这

《唐小西在"下一次开船港"》插图

些船不动,回答说是这次不动,"下一次"动。小西再看天上的云彩,也是一动不动的,一问什么时候动,回答说也

是"下一次"才动,就连树上的花也要等到"下一次"才开。急得小西直问"下一次"到底是什么时候。回答他的却是不知道,而且现在是既没有时间,也没有钟点,更没有早晚,当然也就没有日子了。就这样,唐小西遇到了玩具老鼠,又听说洋铁人把布娃娃锁起来,他便和其他玩具去救布娃娃,但第一次失败了,第二次又反被洋铁人抓住,多亏老面人救出了他们,才终于离开"下一次开船港"。

81.《大洋怪踪》的内容是什么?

《大洋怪踪》是刘国良创作的科学幻想小说。内容讲的是生物专家高其和声呐专家何玲及海流专家李欣等人,乘科学考察艇"蓝箭"号到南洋考察,捕捉一种无名怪兽,海洋学院附中学生黄莺和韩诚也趁暑假跟专家们出海去见习。一路上,他们遭遇了种种艰险,机智地摆脱了"魔鬼地区",排除了敌国核潜艇的追踪和干扰等危险。到达目的地以后,他们放出海胖胖和机器人王江到深海去寻找怪兽,并在神秘的小岛上安装了各种探测仪器。不幸的是,王江刚刚发现海兽就遇难了,艇长李欣

《大洋怪踪》插图

乘深海潜球查明并拆除了炸毁王江的"水下魔窟"。最后,科学家们不仅捕获了海洋怪兽,还在小岛上捉住了刚

出蛋壳的小兽。黄莺和韩诚在科学家的探险和钻研精神的鼓舞下,立志向海洋科学进军,成为对祖国的海洋事业有用的人。

82.《鹦鹉螺号的故事》记录了哪一次航海壮举?

《鹦鹉螺号的故事》是著名美籍华裔学者赵浩生创作的文艺性科普作品,也是一部科学探险小说。作品写的是美国海军核潜艇"鹦鹉螺"号从北冰洋水下胜利穿越北极的故事。近百年来,人类对北极进行了不断的探索,但都是或徒步或坐雪橇或乘船或坐飞机去的。而"鹦鹉螺"号则是第一次从冰层下,从4000米的大洋深处,以每小时2037米的速度,从水下经过地球的顶端,横渡到地球的另一面,完成了横渡北极的航行。"鹦鹉螺"号又是全世界第一艘核潜艇,它的穿越北极成功,又标志着核动力革命的新纪元。书中生动地记叙了"鹦鹉螺"号的设计、制造和航行过程中的惊险动人的故事,刻画了黎可维将军的形象。让我们记住人类利用核潜艇首次从冰山下穿过北极的时刻吧,这一时间是:1958年8月3日,东方夏季时间下午11时15分。

83.《这一片大海滩》写的是什么故事?

发表在《长城》1985年第6期的杨显惠创作的短篇小说《这一片大海滩》,曾获得1985—1986年度全国优秀短篇小说奖,作品写的是渔民在海边摸鱼的故事,颂扬了渔家孩子淳朴诚实的品德。故事的主人公叫锁柱,他在渔船靠岸时从不参与哄抢,这使得船老大很喜欢他,额外给了他很多鱼。可锁柱的母亲却趁渔船到岸卸鱼的混乱之机到船上私自偷装了一网袋好鱼。船走后,锁柱不肯背"偷来"的鱼。后来,潮水上涨,那条渔船又回来了。锁柱和他母亲上船后,船老大发现他们网袋中的鱼不像捡来的。锁柱在船老大的再三催问下,违心说是自己偷的。船老大为此感到难过,认为自己看错了人。最后,锁柱的母亲在伤心和后悔中说出了全部实情,并不准船老大冤枉锁柱。船老大因此更疼爱诚实有志的锁柱了。小说在真实的记叙和简洁的白描中,刻画了在这一片大海滩上艰苦奋斗的几代渔民形象。

84.《大海的歌》是怎样歌咏大海的?

儿童文学作家刘饶民创作的儿童诗《大海的歌》,是一组以儿童为对象创作的咏赞美丽大海的诗歌,包括《天和海》、《海水》(后改题为《河、大海》)、《浪花》、《大海睡了》、《海上的风》和《月亮》等6首。作者从儿童的生活体验和具体感受出发,立足于儿童对自然界的幼稚理解,着力表现大海轻盈、柔美的一面,在描绘美丽的海天景色中,赞颂大海无比广阔的胸怀,既引导孩子们热爱大海、热爱大自然,又引导他们爱劳动,爱终年在海上劳作的渔民。《大海的歌》形象鲜明,意境优美,寓意深刻,形式上有问有答,催眠曲、新民歌、抒情诗各体兼备,灵活多样,语言富于儿童化的口语色彩,朴素流畅,节奏起伏有致,韵律和谐自然,曾获1980年第二次全国少儿文艺创作二等奖。

85.《瀛洲思絮录》写的是哪一位航海家的故事?

在汉代大历史学家司马迁写的《史记·秦始皇本纪》

中,曾记载齐人徐芾给秦始皇上书,称海上有三座神山,一座叫蓬莱,一座叫方丈,还有一座就叫瀛洲,上面生长着紫红色的黄果的桑树,也叫扶桑国。秦始皇为了求长生不老药,就派徐芾带3000童男童女和五谷百工去访仙寻药,徐芾却一去不回。当代作家张炜的中篇小说《瀛洲思絮录》就是以此为题材,写徐芾告别了妻子,率领大队人马,历尽千辛万苦的海上航行,终于到达瀛洲,随后,烧掉船只驻扎下来。他们打败了当地的土著人,又让3000童男童女结成婚配繁衍后代,徐芾也在夜深人静时想念自己的妻子,手下淳于林帮助徐芾管理着这些人员,在痛苦的思念中,徐芾想起他的初恋情人区兰。不久,太史阿菜、米米、甘子先后爱上了徐芾,而徐芾此时也已年高多病,不久于人世。小说集中描写了徐芾到瀛洲后矛盾复杂的心理和面临的种种困难,读来令人感动和深受启发。

86.《'97中国海军出访纪实》写的是什么内容?

1997年3月,中国人民解放军海军派出两支舰艇编队分别出访美洲四国和东南亚三国。《'97中国海军出访纪实》一书,全面系统地介绍此次出访的我国人民海军与美洲四国、东南亚三国人民和军队之间的友谊,展示我军是文明之师、友谊之旅的光辉形象。该书收集了随舰记者采写的消息、特写、通讯、侧记和专访,真实而生动地叙述了两支舰艇编队出访的全过程,读来亲切感人,是一部爱国主义的好教材。

87.《海魂》歌颂了中国历史上哪几位民族英雄?

在中华民族海洋发展史上,曾有许多民族英雄为了中华民族的尊严,不惜为国捐躯,以保每一寸疆土,由碧川创作的组诗《海魂》就讴歌了这些保卫祖国的民族英雄,其中有收复台湾的郑成功,有抗击倭寇的戚继光,有血染战场的关天培,有以身蹈海的林永升和邓世昌,有虎门销烟的英雄林则徐,他们是中华民族永远铭记的优秀儿女。

88.《万里海疆第一走》的作者是谁?

祖国的海岸线长1.8万千米,比红军走过的万里长征还要多5500千米,而被誉为"当代徐霞客"的刘华,竟花了两年的时间硬是用自己的双脚填补了我国"有记载以来无人徒步考察海岸线全程"的空白,并出版了专著《万里海疆第一走——刘华徒步考察中国大陆海岸纪实》一书,1998年由广西人民出版社正式出版。刘华是铁道部第二十工程局党委宣传部干部。1994年他自费从辽宁丹东鸭绿江口出发,对我国大陆海岸线进行了徒步考察。考察结束后,他把两年徒步艰辛考察的所思所想凝注笔端,用纪实的手法真实地再现了他两年徒步考察的酸甜苦辣,反映出他无所畏惧、忧国忧民和深深的海洋情怀,对增强海洋国土意识和热爱万里海疆发出了深切的呼唤。

89.我国第一部海洋本体诗集是哪一部?

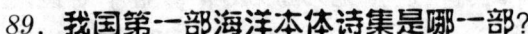

我国第一部海洋本体诗集是《生命海》。这部诗集的作者叫万九如,是江苏盱眙人,中国作家协会会员,现为海军指挥学院政治部主任,少将军衔。其作品有诗集《流荡的生命》、《心海春歌》和散文小说多篇。《生命海》是其代表作,1996年4月由中国文联出版社出版发行。诗集中的400多首诗作,凝聚了诗人对海洋与生命、海与人生、爱情以及海与中华民族过去、现在、未来的独特感受和精微透视,表现了当代海洋诗派豪放宏丽、精深奇诡的风格和气势。2000年2月由上海科技教育出版社出版的新著《深蓝的世界》又收入了万九如新近创作的137首诗歌,这是我国第一部以诗的形式写成的海洋科普读物。诗人站在未来海洋世纪的战略高度,以传神之笔抒写海洋生命之奇美,歌咏信息时代人类走向深蓝、进军海洋、开发海洋的壮志豪情,堪称是一部艺术化的"海洋百科全书"。作品传达出"海在天的感觉中,天在海的感觉中"的诗歌意境,出版以来深受青少年朋友的喜爱。

90.《古代诗人咏海》收录了哪些咏海诗作?

1993年底由海洋出版社出版、郭振编选的《古代诗人咏海》一书,收录了从汉代直到清代的325首有代表性的咏海诗作,并且还做了赏析解说。全书共30万字,配有20幅插图。在这些咏海诗歌中,有的描写大海广阔浩渺,有的描写海水动荡多姿,有的描写中国海岸迷人的风物人情,有的描写从海洋中诞生的神话传说,有的描写海岸渔民、船师将士的生活,品种繁多,洋洋大观。1996年4月,《古代诗人咏海》获得了第八届全国图书"金钥匙"奖优胜奖。

91.《海洋朋友》讲述了哪些神奇的故事?

王泽群、黄舸创作的长篇海洋科幻小说《海洋朋友》,主要介绍了方小奇与他的同学们在青岛极地海洋世界里发生的一些有趣和惊险的故事。

方小奇出于好奇心,请求海狮小姑娘琪琪带他到海洋时间隧道的入口,通过海洋时间隧道前往远古时期的侏罗纪海洋世界去冒险。因为选择了时间隧道,用不了几秒钟,无论是南极,还是北极;也无论是太平洋,还是大西洋、印度洋,只要他们想去,就会立刻到达他们想要到达的目的地。尽管如此,在方小奇和海狮小姑娘琪琪准备通过海洋时间隧道返回时,还是遇到了庞大的平滑侧齿龙。为了保护琪琪,方小奇被吞进了怪物的血盆大口中。在怪物的肚子里,他想起了琪琪的话:我们要像英雄那样,遇到困难不退缩,要拼,要搏,战胜困难。他利用以前学过的动物和生物知识,找到了怪物平滑侧齿龙的排泄孔,终于逃了出来。

书中最精彩的地方,是借海豚波波之口告诉给海狮琪琪的一系列关于海底时间隧道的奇闻异事,比如研究时间隧道的理论基础,来源于人类世界的大科学家——爱因斯坦;而爱因斯坦的相对论又告诉人们,当物体超过光速时,就可以穿越时空。再比如"泰坦尼克"号1912年沉没后,人们却于1990年在北大西洋的冰山上发现了"泰坦尼克"号的两名幸存者,一位是船上的乘客,另一位是船长。按年龄推算,他们都100多岁了,可他们不仅一点都没有变老,而且始终认为当时是1912年,而不是1990年。原因就在于他们都因为一种未知的原因而无意之中进入了海洋时间隧道,是海洋时间隧道删节了他们生命中的一些时间,延缓了他们的衰老。而更有趣的是关于苏联核潜艇的神奇经历,它从百慕大三角区海域永仅用一分钟就能浮现在万里之外的印度洋上。在这次穿越半个地球的航行中,潜艇中93名船员全部都骤然衰老了5～10年。无独有偶,1945年,美国"印第安纳波利斯"号巡洋舰在南太平洋上遭到了日本潜水艇的袭击沉没大海。美军有1000多人在这次事件中丧生。但是,到了1990年,在菲律宾南部的西利伯斯海,人们接到了SOS求救信号,发现了一艘海军救生艇,艇上还坐着25名士兵;他们全都是"印第安纳波利斯"号上的船员。虽然过了将近半个世纪,他们却和当年一样年轻。这些士兵坚信自己在海上只漂流了9天,而不是45年。

除此之外,书中还通过大量生动的海洋动物和生物的形象,告诉人们海洋是一切生命的摇篮,蓝蓝的大海中有许多神秘的物质,储藏着丰富的能源。大海有时让我们感到温馨和快乐,有时也充满惊险和神秘。海洋动物更是我们人类的好朋友。从这本书中,读者不仅能够了解到丰富的海洋知识,还能够结识许多海洋朋友。

92.《船过青浪滩》塑造了什么样的人物形象?

发表在《萌芽》1983年第7期上的刘舰平的短篇小说《船过青浪滩》,获得同年全国优秀短篇小说奖。小说以"文革"为背景,描写辰河人民艰辛的生活,着力塑造了滩姐这个敢于斗争、不畏艰险的普通劳动妇女的形象。小说写的是：插队知青胡小沅的母亲，为了能让女儿上大学，竟与莫书记做了一笔交易，让女儿小沅做莫书记的外甥媳妇。小沅不愿屈从，于是就搭乘一条麻阳货船下桃源，寻找屈原的足迹，然后清清白白地死去。船过青浪滩时，麻阳艄公请来了跑短的滩姐。在与青浪滩的险浪搏斗时，滩姐的大女儿招佬献出了幼小的生命。目睹此景，小沅被滩姐执著的生活信念所感召，幡然悔悟，开始认真思索生活的真谛，终于告别了过去，勇敢地加入了滩姐和冯伯伯们的背纤行列。小说在正面描写人与自然的搏斗中刻画人物，塑造形象，运用传统的手法描摹山水景物，映衬人物内心活动，具有浓郁的抒情意味。

93.《水兵与海》写的是什么内容？

《水兵与海》是一本海洋军旅诗选。作者是素有"水兵诗人"之称的海军 37561 部队的白马。这部海洋军旅诗选是他十多年军舰上生活的真实体验和真切感受的结晶，1998 年由海天文艺出版社出版。这部诗选以辽阔蔚蓝的海洋世界为背景，以浪漫而又苦涩的水兵生活为内容，抒写了海上航行的孤独体验，展示了水兵捕风斗浪的斗志豪情，将一颗颗热爱海洋、保卫祖国万里海疆的战士的赤诚之心鲜活地奉献在读者的眼前，用绚丽辉煌的色彩描摹一幅守海岁月中的水兵生活的壮丽画卷，从不同侧面、不同角度，反映了水兵海上生活的酸、甜、苦、辣，讴歌了"水兵与海"的无尽之情。

94.《龙王公主》写的是什么故事？

陈玮君创作的短篇童话《龙王公主》，写的是海中龙

海洋文学

王的女儿不同意母亲为她包办的婚姻,毅然抛弃华丽舒适的龙宫生活,来到人间寻找最勇敢的人做丈夫。龙王公主运用自己的智慧和神奇的力量,帮助牧羊少年、种麦叔叔和捕鱼伯伯,共同战胜了财主胡子四爷,最后龙王公主自己也得到了幸福。作品采用单纯、明朗、风趣的民间故事叙述手法和瑰丽的想象,栩栩如生地刻画了一个美丽、善良、聪明、勤劳、勇敢的龙女形象。

95.《鲸殇》写的是什么内容?

"殇"这个字的读音同"伤",意思是指"没有到成年就死去"。"鲸殇"就是悼念那些死去的鲸鱼的意思。《鲸殇》是中国当代著名作家李存葆在20世纪90年代创作的一部关于保护鲸类和其他动物的报告文学,读后令人不禁为鲸等野生动物的生存状况掬一把同情之泪,为人类自身的生存感到担忧。这篇报告文学以古今中外大量有关鲸类的知识和材料为核心内容,向世人介绍了有关鲸等海洋动物的各种各样的知识,仿佛在人们眼前展现了一幅幅鲸鲨等海洋生活图画。作者从东汉许慎的《说文解字》中关于"鲸"字的含义说起,从左思的《吴都赋》,晋人崔豹于的《古今注》、《尔雅翼·释鱼三》等古典文献中,旁征博引地写出了中国古代先人对鲸的敬畏和巨大生命力的纯情讴歌,描绘了鲸鱼富有生活情趣的生活故事,比如鲸的种类,"神鱼过海"和"神鱼唱歌"的传说与描绘,中国东海渔民拜鲸的壮观仪式,2000头海豚闹大海的磅礴与壮美的场面,母海豚产仔时,其他海豚围成了一圈保护,在它的周围阻止鲨鱼袭击的感人行动,巨鲸集体为照看得病、受伤的同伴的日夜厮守,不忍离去,甚至集体殉情的壮举等,栩栩如生地展现在读者面前,让人感到鲸类和海豚甚至是凶猛的鲨鱼,都是人类的好朋友,从而唤起人类保护它们的良知。作者也从历史的角度,展示了几个世纪以来,西方国家所经历的格陵兰捕鲸、美国式捕鲸及日本等现代捕鲸的充满血腥屠杀鲸类的历史,指出鲸类集体自杀冲滩的行为,正是人类的野蛮捕杀和鲸类生态平衡遭到破坏所致,他们是鲸类的刽子手。该文用确切的数字说明了长须鲸、大须鲸、虎头鲸、抹香鲸鲸种濒临灭绝的境地,呼唤人们保护环境,保护动物,以使鱼腾虾跃鲸驰鲨奔于自由的江河湖海大洋之中,因为只有这样,大海才能保持丰厚的内涵、高贵的尊严和浩荡的灵魂,这同时也是人类的福音。让我们积极地投身到保护环境、保护动物的伟大行列中去吧!

96.《百年海狼》写的是什么内容?

1996年由作家出版社出版的长篇小说《百年海狼》是王家斌创作的一部具有浓郁海洋气息的海洋题材作品。作者为读者讲述了一个出师未捷身先死,最终迟滞了30年之久的小屿人民开发大沙洋的故事,描绘了一幅奇异的海洋风情画和奇特的人生风景线:"小虾米"王亦窕家"血案"风波,"海怪"马沧海从被国民党抓夫到参加人民解放军的不凡经历,年轻的"小老鳖"吴行被侮辱与被损害的少年生活,"小海鳖"对人生的深沉思索等渔民日常情感生活的喜怒哀乐,写了马沧海率领"海狼"们独闯大沙洋开拓新渔场的过程,那"龙兵过"的壮观场面,"沧海万世劫"的惊心动魄的搏斗,特别是"文革"给人们造成的伤害,深深地烙印在人们的脑海中。小说从自然瑰丽的海洋景色,史无前例的"文革"生活和海洋与时代交织的历史大转折三重笔墨,勾勒了渔花子海狼们所经历的海事、海变、海宝、海难、海运、海神、海劫、海魂等多层面的生活实录,传达出作者深深的海洋劫难意识和忧患意识,可以看作是百年中国渔民生活的史诗性写照。

97. 韩嘉川创作了哪些海洋题材的散文作品?

曾经获得中宣部"五个一工程"奖的散文家韩嘉川,靠着执著的文学写作,逐步从一个普通的工人、辛勤的园丁,成为《海鸥》月刊的编辑以及青岛市作协秘书长、副主席,终于以自己的文学创作实绩和才华成为青岛文学杂志社主编、中国作协一级作家、中国散文诗学会理事和中外散文诗学会副主席。

韩嘉川像

韩嘉川自1981年开始发表作品,先后出版有散文诗集《海角,亮起了渔灯》、《水手酒吧》、《帘外涛声》;散文集《阳光海岸》、《饥饿的海》。此外,他还出版有小说《天井》、《搓背》,纪实文学《热血》以及多种电视作品。在青岛土生土长的散文家韩嘉川,是以勤奋而富有独特的自我审美追求的散文诗创作闻名于当代散文园地的。青岛这座美丽海滨城市的海洋环境、海洋风情、海洋文化色彩,自然而然地构成了他创作海洋题材散文作品的灵感源泉和素材宝库。散文

《咸海水,甜井水》借助于杭州、上海的水井与井水味道的对比,以水井为焦点,朴实无华地勾勒了青岛市内和海滨的自然风光。《临海的街巷》则如素描一般展示了青岛的风情。《祭海》宛如一幅民俗风情画作,精雕细刻地表现出渔民"祭海节"前后的方方面面。而有如史诗一般的散文《饥饿的海》,在春、夏、秋、冬的更迭变换中,饱含深情地讲述着家乡的男女老少在灾荒和饥饿的年代对大海的疯狂索取与大海的慷慨奉献,发出了"人类饥饿,大海也饥饿"的浩叹哲语,显示了韩嘉川作为青岛之子的对大海厚爱,对文学真、善、美的执著追求与诗意的表现。正因为如此,韩嘉川的作品不仅被70余种刊物选载,还被选为语文教材的范文,甚至被介绍到国外。

98. 李忠效主要创作了哪些海洋题材的作品?

15岁就在潜艇部队当水兵的李忠效,早在1974年就在解放军文艺等刊物上发表了文学作品,20多年来,一直用自己的笔描绘着蔚蓝色的大海。他写大海的壮丽景色,写保卫祖国的水兵风采,展现他们的美好心灵。他创作的有关海洋海军方面的文学作品先后被有关报刊转载,有的还获得了大奖。这其中有他创作的第一部海军题材小说集《升起潜望镜》,内有17篇作品20多万字。令人感兴趣的是,作品中竟没有正面描写一个女人,清一色的全是写男水兵的生活。而在1997年出版的长篇小说《翼上家园》中,20多个人物中,女性竟占了一半以上,出版后受到了广泛的关注。由于他有10年的海上航行经历,这使他成了一个姓"海"的作家,成了中国潜艇写作的专业户。他以中国核潜艇工程办公室主任陈右铭"亲历记"形式写出的20万字的长篇纪实文学《我经历的核潜岁月》也已出版,反映核潜艇部队生活的长篇小说《上浮下潜》也备受广大读者关注。

99.《金锚文学》丛书包括哪些作品?

被誉为"迈向文学第一方阵的蓝色编队"的《金锚文学》丛书,是首次展示中国人民解放军海军各大兵种风采的长篇小说系列。这套丛书由海政文化部部长王兆海担任主编,由海政文艺创作室主任刘玉琢担任执行主编,汇集了一批卓有成就的海军作家的作品。有着30年海军生涯体验的李云良,创作出了我国第一部反映当代中国驱逐舰官兵风采的长篇小说《海之魂》;在20世纪90年代由陆军加入到海军作家队伍的作家朱秀海,名副其实地"作秀""大海",创作了长篇小说《波涛汹涌》。以纪实文学《我在美国当律师》而名扬海内外的青年作家李忠效,凭其在海军航空兵多年的修炼,终于厚积薄发,写出了反映海军航空兵飞行员神秘生活的长篇小说《翼上家园》;因创作以《二嫫》为代表作的反映辽西风情的作品而在文坛独树一帜的青年作家徐宝琦,创作了反映人民海军初建时期海上剿匪战斗故事的长篇小说《青石门》,生动地描绘了我军当年解放沿海岛屿时艰苦卓绝的战斗经历,故事惊险曲折、扣人心弦而又意味深长。曾任南海舰队创作室主任的宋树根,集多年海军陆战队生活之积累,以独特的视角、质朴的笔调,创作了长篇小说《"T81"在海军陆战队》,首次展示了海军陆战队的精神风貌;曾先后荣获"庄重文学奖"、"中国文学奖"和"当代文学奖"的作家黄传会,独辟蹊径,与舟欲行联手创作了反映北洋海军兴衰的报告文学《龙旗悲歌》。这是一套非常有价值、有趣味的海洋文学丛书。

100. 《四下南极》是部什么样的作品?

1998年,由海洋出版社出版的高振生编著的《四下南极——一位考察队长的回忆》这部纪实性科普作品,终于了却了人类多年以来希望认识南极的心愿。作者曾专职从事南极考察工作十多年,先后四次去南极,其中三次担任南极考察队的副队长、队长,参加了中国南极长城站和中山站的创建工作,荣立过二等功和一等功。全书以纪实的手法,将作者在四下南极经历中的所见所闻、真情实感,摘取其精华奉献给广大读者,让人们从书中领略到南极那绚丽的自然风光、神秘的冰雪世界,从中了解到许多有关南极及其他的海洋科学知识。同时,书中还真实记录了10年南极考察的重大事件,具体描述了考察队员与惊涛骇浪、风雪严寒较量的惊险过程及如何在考察船上、南极大陆生活、学习和工作的细节,表现出作者这位远离祖国的"南极人"的内心世界和理想情怀。全书集知识性、思想性和娱乐性于一体,对开拓广大读者,特别是青少年的眼界、增长知识、激发青少年勇于探索大自然的精神和爱国热情大有裨益。

101. 有关海洋的《三字经》有哪些?

大家对《三字经》一定不陌生,它是旧中国流行较广的儿童启蒙课本,全书都是用三字一句的韵文写成,如

海洋文学

"人之初,性本善,性相近,习相远","养不教,父之过,子不学,师之隋",等等,读起来很顺口,非常适合儿童朗读和记忆。新中国成立以后,虽然又有几本《新三字经》问世,但是都出现了忽视我国约300万平方千米海洋国土的问题。对此,为提高少年儿童的海洋文化意识,由《中国海洋石油报》总编室主编的我国第一部以海洋为主要内容的《海洋三字经》,于1998年由中国少儿出版社正式出版发行,成为1998年国际海洋年奉献给孩子们的一份珍贵的精神食粮。《海洋三字经》共12节,3909个字,高度概括了海洋各方面的知识。本书正文加了汉语拼音和注释,另配有海洋故事20篇。原国防部长张爱萍为本书题写了书名,国家海洋局原局长罗钰如等海洋专家为本书顾问,军事科学院原政委张亭三为本书作序。

2002年12月由王兴章编著、中国海洋大学出版社出版的《海洋水产三字经》则从海洋动物人工养殖、海洋生物病害防治、海洋水产品捕捞加工以及海洋水产品食用四个方面,利用三字经通俗晓畅、简单易懂的形式,将海洋水产的科学性、海洋生物的知识性、海水养殖的实践性、海洋动物的趣味性和科普图书的新颖性巧妙地融为一体,成为开发海洋、开拓渔业、发展与应用水产品方面不可多得的科普读物。

102.《青岛海洋民间故事》讲了哪些有趣的故事?

由青岛市崂山区文化局主编、张崇纲搜集整理、刘耀辉为责任编辑并由青岛出版社出版的《青岛海洋民间故事》,分《海及海生物篇》《海岛、海礁篇》《龙的传说篇》和《渔村民俗篇》四个部分,图文并茂地对读者讲述了当地广为流传的民间故事和民间传说。其中有些故事传说,如:八仙过海、东海美人鱼、海龟驮道长过海、西施舌、东海鳌鱼变崂山、徐福岛、石老人和美人礁、秦始皇三上琅琊台、张三丰蓬莱仙岛背绛雪、东海龙王嫁闺女、龙女栽下崂山茶、龙子出家当道士、正月二十一祭海神娘娘等等,早已是妇孺皆知、家喻户晓。《青岛海洋民间故事》所搜录的这些极富地方海洋民俗特色的民间传说、民间故事,既短小精悍,又生动有趣,是不可多得的了解青岛地方海洋民俗风情、民间文化的经典作品。

103.《冬日看海人》写的是什么内容?

叙事散文《冬日看海人》是中国当代著名小说家刘心武(1942年—)创作的一篇叙事散文。作品讲的是在离大海非常遥远的大西北小镇上,有一个年纪已40多岁的乡村小学教师,这两年经常遇到学生们这样的提问"老师,老师,大海究竟是什么样啊?"小学老师因为没有亲眼见过大海,又不能回避学生们的提问,就总是根据自己从电影、电视上得来的印象,耐心地向学生们形容他想象中的大海,可是,学生们也从电影上看到过大海,小学教师的经验也未能超过他的学生们。于是,为了能给学生们描述一个真实的大海,他决心利用寒假亲自去看看大海。当小学教师在县城教育局宣布这一壮举时,连那已年近花甲的教育局局长都很羡慕,因为县教育局长也没见过真正的大海,你也许会问,他为什么不是在暑假去看海,而且还能洗上海澡,却偏偏在寒假里千里迢迢跑来看海呢?其实原因也很简单,冬日看海是可以省很多钱,也可以省很多事的。更让小学教师感到自豪的,是冬日的大海别有一番雄奇的景象。于是,他花掉了5年来所有的近千元的积蓄,来到了北戴河海滨,在近10天的时间里,从各个角度、在各种光线下,从容地唱着歌、跳着舞,把冬日的大海看了个够,带着一身大海的气息,带着看大海圆梦般的喜悦,心满意足地踏上了归程。从这个冬日看海的乡村小学教师身上,人们感受到了平凡的小人物以敬业精神点燃的追求的火把所闪烁的美丽的灵光。

104. 哪位中国作家被誉为"大海的女儿"?

在中国现当代文学史上,涌现出了许多享誉海内外的作家,他们以自己优秀的文学著作,丰富了中华民族的精神文化宝库。这其中,有不少作家都是描写大海的高手,而且,他们其中的一位著名作家,还被人们誉为"大海的女儿"。她就是中国现当代著名女作家冰心(1900—1999年)。

为什么称冰心是"大海的女儿"呢?这是因为冰心的一生都和大海有着不解之缘。冰心是福建人,原名谢婉莹。她的父亲谢葆璋曾经参加了中日甲午海战,并一直在海军中工作。冰心从小的时候,就和他父亲一起在烟台的北洋海军军营中生活,甚至梦想长大以后成为一名海军女兵。后来,在五四运动以后,冰心成为一名著名的作家,大海成了冰心取之不尽、用之不竭的创作源泉。冰

心也像依恋着母亲一样,终生爱恋着大海。每次拿起笔来,冰心头一件忆起的事就是大海;每次和朋友谈话,说到风景,大海的波涛总是不自觉地涌进谈话的海岸线里。在冰心的作品中,不知道有多少处写到大海:晨风晓色的海,夕阳晚霞的海,温柔多情的海,让你感到冰心不是用笔来写海,而是用心去呼唤大海、海上的清风、波涛与日出。在《往事》一文中,冰心和弟弟们谈大海、海潮、海风、海舟、海中的女神,并且一起共勉要成为一个"海化"的青年:要像大海那样温柔而沉静,超绝而威严,神秘而有容,虚怀而广博。在冰心的笔下,大海的千般容颜、万种风情,无一不显示着海的迷人的韵味,就像冰心在《繁星》诗集中所抒写的那样:"大海啊,哪一颗星没有光?哪一朵花没有香?哪一次我的心潮里没有你波涛的影响?"正是由于对大海的一往情深和忠贞不渝,所以,冰心在文学创作上才一直认为"中国的诗里,咏海的真不多","可惜这么一个古国,上下数千年,竟没有一个'海化'的诗人"。这使得冰心从内心深处生出了"恨不踊身千载上,趁古人

冰心在书房看书

未说吾先说"的豪迈气概。因此,冰心创作了大量写海的诗和散文,这些都成为中国现当代作家咏海的范本。正是在这个意义上,冰心才被誉为是"大海的女儿"。

海洋文学

外国古代海洋文学

105.《奥德修纪》记载了奥德修哪些海上历险经历？

《奥德修纪》是古希腊诗人荷马（约公元前9世纪—约公前8世纪）创作的世界著名史诗，主要记载了塔刻岛国王远征特洛伊的希腊联军中最有智谋的英雄奥德修在特洛伊战争结束之后，在海上漂泊了10年之久才回到故乡的故事。为什么奥德修在海上漂泊了10年之久才回到家乡呢？这是因为奥德修在乘船返乡的途中，在海上遇到了无数次常人难以战胜的灾难。他最终凭着超人的智慧和勇敢，才化险为夷，返回故乡。那么，奥德修在海

《奥德修纪》插图

上有哪些历险经历呢？还是看看《奥德修纪》是怎么记载的吧。据书上记载，战争结束以后，奥德修经过一段艰难的航行，暂时住在女神卡吕普索的岛上，奥林匹斯山的诸神便派赫耳墨斯来到这里，使奥德修离开了卡吕普索，乘船从海上返回家园。航海途中，奥德修又被海神波塞冬掀起的猛烈风暴打落海中，顺海漂流到了斯刻里亚岛。

这个岛的国王阿尔喀诺俄斯为他举行了盛大的宴会。席间，他应主人的请求，追述了自己参加战争后的种种遭遇。原来，在此之前，在从特洛伊回国途中，奥德修和他的同伴们首先漂到凶悍的喀孔涅斯人居住的海岸，同他们庞大的军队作战，并攻下了王城。随后，又来到了出产忘果的地方，他们中的一些人因吃了忘果而忘记了家乡，就永远留在了那里，只有奥德修和少数人逃过了劫难，来到了一座巨人岛上。在这里，奥德修用智慧弄瞎了海神之子独眼巨怪吕裴摩斯的眼睛，重又死里逃生。此后，他们又来到了风之国，得到风神的帮助，一路顺风驶向家乡。可就在家乡在望时，同伴却因好奇，打开了风神所赠的风袋，船又被风吹向远方。船队驶到吃人的莱斯特律戈涅斯巨人国，同伴们大半被巨人所食。在魔女喀耳刻的海岛上，奥德修破了她的魔术，还原了被变成猪的同伴，并在魔女的帮助下，游历了阴间，见到了在战争中阵亡的英雄的鬼魂。以后，他通过了以歌声迷人再把人杀死的女妖塞壬的身旁，经过了海中巨怪斯库拉和大旋涡卡律布狄斯，到了太阳神岛上。饥饿的同伴们不顾他的警告宰食了神牛，使太阳神降怒，同伴全部被淹死，只有他一个人漂到卡吕普索居住的海岛，被留住了数年，又来到了这里。阿尔喀诺俄斯听完奥德修的海上历险经历后，深受感动，赠给他很多礼物，并派人把他送回了故乡。

106.<u>《圣经》是怎样描写摩西使大海让路的</u>？

摩西是《圣经》中被全能的神耶和华选定为先知和上帝的代言人，接受了将被埃及人欺压数百年的以色列人领出埃及的使命。以色列人在摩西的率领下,在通向胜利的过程中曾出现过无数的奇迹,其中之一就是"让大海让路"的故事。原来,摩西率众出逃后,埃及法老调集600辆战车,在战马飞奔中,疾速追击摩西和众人,很快就逼近了他们在红海边的营地。这时,前有大海,后有追兵,摩西和众人身处万分危险的境地。怎么办呢?这时,摩西遵照耶和华的旨意,急忙赶到队伍前面,对着红海举起手杖。奇迹立刻出现在人们的眼前:只见天空中刮起强劲的东风,大风猛烈地吹着海水,海水翻滚着浪花向两旁分开,从海底露出一条平坦的大路,两边的海水如同砖石堆起的高大城墙,摩西率领以色列人沿着这条海底大路迅速冲了过去。当法老的追兵也追到海底大路的时候,只见摩西又将手杖一举,大路两边的海水一下子合拢在一起,埃及人被全部淹没大海中了。目睹了这一奇迹的以色列人,从此开始承认他们的唯一神和先知,耶和华的目的也达到了。摩西和众人庆贺红海大捷,同声唱起了赞美诗:"神风一吹,海就把仇敌淹没。"

107. 你知道"方舟"是谁制造的吗?

近代科学证明,地球在冰川末期,随着气候转暖,曾经有过世界性的大洪水。如何躲过这场大洪水,在世界各民族的远古记忆中都有创造"方舟"的记载。非常有意思的是,世界各民族对谁是方舟的创造者都有各自的说法。在希腊神话中,曾记载主神宙斯对人类不满,降洪水为灾,普罗修斯的儿子杜卡里翁得到父亲的指示,造了一只方舟,与他的妻子匹娜一同脱险;他们得到神示,把大地母亲的骨头(石头)抛向身后,创造了新人类。《圣经·创世纪》记载的希伯来神话里,则说是上帝看中了一个名叫诺亚的人,让他造了一只方舟,将全家和雌雄成双的动物都载入舟内。后来,下了四十昼夜的大雨淹没了一切,直到第十个月,山顶才露出水面,诺亚和方舟中的动物成了人类和其他动物的祖先。而在印度的神话传说中,则说是一个名叫摩奴的人,由于救了一条小鱼的命,小鱼为了报答他的救命之恩,就预先告诉他洪水泛滥的消息。摩奴就造了一条船,又用大麻造了一条绳子。后来地球变成一片汪洋,摩奴就将绳子系在鱼的尾巴上,在水天之中不知度过了多少日夜才躲过了这场灾难。总之,世界各民族差不多都有自己的祖先造船的故事。

摩奴的传说

108.《薛西斯和水手》写了哪些有趣的航海故事?

《薛西斯和水手》是古希腊罗马时期最著名的历史学家希罗多德创作的作品,希罗多德被后人称为"历史之父",他在叙述历史事实的过程中,时时插入一些轻松活泼的小故事,既诙谐幽默,又耐人寻味,因此,他的文章非常富有诗意。《薛西斯和水手》就讲了这样一个十分有趣的航海故事。国王薛西斯有一次乘坐一艘腓尼基船回亚细亚这个地方。开始时,一路顺风,海上风平浪静,风光迷人,不料,船行到中途,突然遇到了一场罕见的暴风,掀起的巨浪像是要把薛西斯的小船掀翻,薛西斯便高声问水手是否安全,水手回答说:"安全是绝对安全,不过除非要去掉船上的一些人才行。"怎么办呢?国王薛西斯急中生智,命令同船的波斯人忠心效主,弃船跳海,波斯人果然都跳进了大海,船减少了重量,风也减小了,薛西斯安全地到达了亚细亚。他刚一登岸,就用金冠赏赐水手,因为他救了国王的命。但是,也是因为这个水手的建议,才使很多波斯人跳海丧命,按罪应当判他斩头。于是,被赏赐的金冠被保留在国王那里,而水手的头却被砍了下来,国王依然还是国王。

109. 世界上第一部描写海战的戏剧是哪一部?

在中外戏剧艺术发展史上,曾有许多是叙述和描写战争的。那么,你知道世界上第一部描写海洋战争的戏剧是哪一部吗?这部戏剧就是被誉为"希腊悲剧之父"的剧作家埃斯库罗斯(公元前525—公元前465年),以希腊人歼灭波斯舰队的史实材料而创作的著名希腊悲剧《波斯人》。全剧只由一个歌队和一两个人物的表演来完成。全剧一开始,波斯王已率领大军出征希腊了,剩下的元老们都聚集在波斯都城苏萨的宫前,议论着前方的战争。这时,波斯王的母亲太后阿托萨出宫了,她向元老们讲了

埃斯库罗斯像

自己刚才做过的一场噩梦,认为梦是凶兆,波斯军队可能要受神的惩罚。这时,一个波斯士兵飞跑回来,告诉了大家波斯兵败的来龙去脉。原来,尽管波斯大军在人数上占有优势,攻占并烧毁了希腊的都城雅典,可是,由于上了希腊奸细的当,当波斯军队三路围攻萨拉米斯岛时,太阳燃着烈焰的战车出现在天空。希腊人突然齐喊:"起来,希腊的男儿们,必须为祖国和亲人,为保卫你们所爱的一切而战。"于是,双方开始激战。波斯战舰挤在狭窄的海面上,三路大军无法互相支援,不久,波斯军队就被希腊轻捷的战舰和勇敢的士兵各个击破,海路大军溃败千里,死伤无数。听了这些消息,太后失声痛哭,元老们也一齐请老国王大流士阴灵显现,给他们以暗示,而大流士的阴魂竟真的出现了,他告诉大家,千万不要再去和希腊人作战,否则还会遭殃。在这部戏剧中,埃斯库罗斯运用他非凡的戏剧语言艺术,通过报信人一人口述,将决定波斯和希腊两个民族命运的大海战写得栩栩如生,气氛悲壮,节奏紧张,形象生动,舞台上虽没有直接展现海战的激烈场面,但观众仍能感受那呼啸的海风,雷鸣般的战鼓,震天动地的喊杀声,仿佛身临其境一般,目睹了双方军舰攻击冲撞、敌我之间人仰马翻的海战情景。公元前472年,《波斯人》的上演,为埃斯库罗斯赢得了第一个戏剧桂冠。

110.《搅乳海》写的是什么内容？

《搅乳海》是印度神话。讲的是天神和妖魔恶神阿修罗经过长期的战斗后，达成协议，齐心协力搅乳海，以便取得可以长生不老的甘露。他们请巨龟沉在海底做底座，搬来了大山放在龟背上做搅乳棒，用一条巨蟒做绳索缠在山腰，天神和阿修罗分别抓住巨蟒的头尾，来回反复拉动。于是海水很快化成乳，并从乳海中浮出了10种宝物。都是哪些宝物呢？首先是月亮，接着是吉祥天女、宝石、酒神、乳牛、如意树、白马、大象，还有一团足以毁灭世界的毒药，被大神湿婆一口吞入咽喉，结果他的脖子被烧成青黑色，最后出现的是一个手捧甘露的神人。印度教的守护神毗湿奴为了不使阿修罗饮到甘露，命令天神和阿修罗分坐两边，他化作美女跳舞，与好色的阿修罗调情，天神们就趁机在一旁分饮甘露。这时，又一个阿修罗混在天神之中分饮甘露，被日神和月神发现，并告知毗湿奴。毗湿奴立即用手中的神盘将这个阿修罗砍成两截。可是，由于这个阿修罗饮了甘露，他的头得以不死，为了报仇，他的头经常咬噬或吞食日神和月神，这就是后来人们所看到的日食和月食现象。

111.《百喻经》中有哪些海洋题材的寓言故事？

《百喻经》是印度古代僧人伽斯那创作完成的，在南朝齐武帝永明十年九月由从中印度来到我国的法师求那毗地（意思是德进或安进）译成中文的。全书虽然号称"百喻"，但实际上只有98条，不足百条，主要是运用寓言故事来宣讲道理。书的结构形式非常简单,每篇故事短小精悍,由两部分构成,第一部分是讲故事,浅显易懂;第二部分是比喻的意义所在,旨在阐述深刻而抽象的道理。因此,具有浅显易懂、雅俗共赏的特点。《百喻经》被介绍到中国以后,曾产生了广泛的影响。中国现代大文学家、思想家和革命家鲁迅,曾在1914年出资60块大洋给南京的金陵刻经处,刊印100本《百喻经》赠送友人;中华人民共和国的缔造者毛泽东,也曾在他的革命著作中引用《百喻经》中的寓言故事来阐述中国革命的道理、经验和教训。《百喻经》中的故事都是以日常生活为题材的,其中有5篇寓言故事和海洋有关,分别是《乘船失盂喻》、《入海取沉水喻》、《见水底金影喻》、《口诵乘船法而不解用喻》和《小儿得大龟喻》。

112.《乘船失盂喻》讲的是什么寓言故事?

《百喻经》里的寓言故事《乘船失盂喻》的"喻",是比喻的意思。这个题目的意思是一个乘船丢失银器的比喻故事,说的是从前有一位乘船渡海的人,在海上航行时,不小心把一个银制的盆掉到了大海里。这个人想:"我现在就在水面上做个记号,丢下银盆先走,以后再来打捞。"两个月后,他到达了狮子国,看到一条小河,就跳进水中去寻找原先丢失的那只银盆。河边的人问他这是想做什么,他回答说:"我以前丢失了一只银盆,现在想把它捞上来。"岸上的人又问他是何时何地丢失的,他告诉说是两个月以前在渡海的船上掉进海里去的。岸上的人不解地问他为什么过了两个月却跑到这里来找银盆呢?这个人开始一本正经地回答说:"我丢失银盆时,马上在水面做了记号,而且原来在水面画的记号和这里没有不同,所以到这里来寻找。"岸上的人听了他的话,立刻哄堂大笑起来。你知道岸上的人为什么嘲笑他吗?他这样做能找到那只银盆吗?

113.《入海取沉水喻》的故事有什么寓意?

看了这个题目,你也许会感到有点奇怪,"入海取沉水"难道是打捞沉在海底上的水吗?谁要是这样想,那可就大错特错了。大家知道,一般来说,木头的比重比水轻,所以一般情况下,木头总是浮在海面上,不会沉入海底。可是有一种木质非常坚实的木材,比重比水重,一放到海水里,就会沉到海底,所以,人们就把这种木头叫作"沉水",由于它有一股特殊的香气,所以,又叫沉香。《入海取沉水喻》就是到大海打捞沉香木的比喻故事。说是在很久以前,有一位年长者的儿子,到大海中去打捞沉香这种木料。过了一年,才打捞了一车沉香,并把它运回家。当他把沉香木拿到市场上去卖时,由于价格昂贵,一直没有人买。因此,这个人感到万分苦恼和疲惫。他看到市场上那些卖木炭的,木材不好,价钱又便宜,但是全都很快把木炭卖了出去,于是他想:"不如把沉香木烧成木炭,这样的话,就可以很快地卖出去了。"于是,他就把沉香木烧成木炭,运到市场上去卖掉,但也只是卖了不到半车木炭的价钱。那么,你知道这个寓言故事有什么寓意吗?对了,它告诉人们,在生活和工作中,不能贪图一点小利或一时的痛快,而破坏事物的完美结局,人们在遇到挫折的时候,要耐心等待,全面地审时度势,如果凡事总是急于求成,只能事倍功半。故事用去大海中捞取沉香,比喻在茫茫人海和广阔的社会生活里去追求人生的理想,用沉香变炭比喻人做事缺乏恒心和耐力。

114.《见水底金影喻》讲的是什么故事?

《百喻经》中的《见水底金影喻》,讲的是从前有一个非常执拗的人,来到大海边,看见水底有纯金的影子,就喊着有金子,立即潜入水中。他抓搅淤泥寻找金子,累得筋疲力尽后便上岸坐下休息。过了一会,水又清澈见底,又出现金子的形象,他再一次跳入水底,却仍然找不到金子,如此反复多次。后来,他的父亲找到他,问他干什么累成这样,儿子告诉他的父亲说:"水底下有金子,我多次下水,想从水底的淤泥里找到它,因此累得不行了。"他父亲看了看水底下纯正黄金的影子,就知道金子是在岸边的树上。这是由于树上金子的影子倒映在水底的缘故。父亲对儿子说:"这一定是飞鸟衔来的金子,放置在树干上的。"儿子按照父亲说的,爬到海边的树上,果然找到了黄金。这则寓言告诉人们,看事物不应被它的表面现象所迷惑,要深刻认清它的本质,应当努力克服主观主义的倾向。

115.《口诵乘船法而不解用喻》讲了什么道理?

《口诵乘船法而不解用喻》讲的是一个人只会背诵驾船方法却不会真正驾船航行的比喻故事。从前,有位尊贵长者的儿子,和一群商人到海上采集珠宝。这位长者的儿子特别擅长背诵在海里如何驾船的方法,比如在海上航行时遇到旋涡、暗流、险滩等情况时,应当如何驾驶、如何航行。他对众人夸下海口说:"海中驾船航行的方法,我全都知道了。"大家一听,都对他的话深信不疑。后来,有一次船在海上航行不久,掌舵驾船的师傅突然病倒了,不久就死去了。于是长者的儿子就代替师傅驾船。当船在航行中遇到暗流和旋涡的时候,他只会大喊大叫"应当这样把舵,应当如此驾船",却一点也不会真正地驾船,船只能在暗流和旋涡中打转,一步也不能前行,更不用说是到达采集到珠宝的地方了。可想而知,全船的商人最后都葬身于汪洋大海之中。这则寓言故事形象地告诉人们,理论固然美好重要,最终仍需实践证明,轻易地听取夸夸其谈之人的话,小则误事,大则害身。在生活和工作中,人们应当注意理论和实践相结合,言行一致,不能纸上谈兵,否则是会误事害人的。

116.《小儿得大龟喻》对人们有哪些启发?

《百喻经》中的最后一则寓言故事就是《小儿得大龟喻》,讲的是一个小孩子捉到大海龟的比喻故事。它既有趣,又发人深省。说是很久以前,有一个小孩子,在海里玩耍的时候,捉到了一只爬上岸来的大海龟。他想杀死它,可是又不知道应该用什么办法来杀它,就去向别人请教杀死海龟的方法。有一个大人对这个小孩子说:"如果你把大海龟扔到大海里去的话,就可以立刻把它杀死。"于是这个小孩子相信了这个大人的话,立刻把大海龟扔到了海水里。大海龟一进到海水中就跑掉了,从此,再也没有人能抓住它。这则寓言故事对人们,特别是对小孩子们有哪些启发呢？首先，它告诉孩子们，凡事都要自己动脑筋思考，不要轻信别人说的话，否则就会上当受骗的。其次是告诉孩子们，当然也包括大人们，要注意保护环境和野生动物，动物也是人类的朋友。当然了，这则寓言故事给我们的启示并不仅仅是这些，相信你自己也会受到启发、得出自己的看法。

117. 水妖罗累莱是怎样迷惑船夫的？

有德国"父亲河"之称的莱茵河，在流经小城戈亚斯豪森右岸的地方，耸立着一块几乎是上下垂直的陡峭岩石，叫"罗累莱"。它有132米高，海拔194米，河流至此形成一个急转弯，最窄处仅有113米宽，水流特别快，船到了这里也是凶险异常。由于这里罕见的险峻风光和无数船夫在此不幸遇难，便产生了一个非常美丽

瓶画《罗累莱》

凄婉的传说。据说，这块岩石得名于美丽的水妖罗累莱。她妖艳无比，每当太阳下山时，便走出建在岩石高处的宫殿，目光忧郁地向下凝望着莱茵河水，一边用金梳子梳理长长的金发，一边唱歌，歌声绝妙动人，久久回荡在莱茵河上空。过往的船夫一听到歌声，就受到迷惑，无法控制自己，船也被莱茵河水吞没。有一次，几个勇敢的船夫聚在一起，决定亲身经历一下罗累莱的魔力，发誓不为她的

海洋文学

歌声所诱惑,为了不让自己听到水妖的歌声,他们都用棉花团严密地堵住耳朵。可是,当船夫们一见到罗累莱的身影,尽管他们努力想使自己集中精力把握好船的航行,可那令人心动的美妙歌声还是钻进了他们的耳朵。离岩石越近,他们的抵抗力就越弱。罗累莱用歌声和金发引诱着他们,他们都身不由己地一齐望向岩石,金梳在阳光下反射的光芒一下刺入他们的眼睛,除了一片黑暗外,他们什么也看不到,船只失去了方向,被急流冲向了岩石,所有人都没能逃脱厄运。后来,德国大诗人海涅还据此写了一首名为《罗累莱》的诗,被人谱曲后广泛传唱。

118. 最早记载英国海外扩张行动的作品是哪一部?

英国是典型的近现代海洋国家,具有一般近现代海洋国家所没有的深厚的文化积淀,同时它也是世界英语海洋文学的起始国度。不仅本土的海洋文明光辉灿烂,它还将蓝色气息四处传布,熏染了"不列颠英语文化圈"内众多的国土,与它们分享了美好的海洋文学传统,英国的海洋文学作品也因此成为英国历史发展的实录。那么,是哪一部作品最早记载了英国向海外推行扩张政策呢?这就是被视为古代英语文学最高成就的英雄史诗《贝奥武甫》。它自1000年前诞生后,一直流传至今。它记述的是发生在英伦三岛之外的事情。王子贝奥武甫为灭除骚扰丹麦王国酒宴厅——"鹿厅"的巨妖,不辞辛苦,率领随从从海上航行到丹麦去。这大概是历史上记载最早的英国"海外扩张"行动,而它真正的海外殖民活动则是从16世纪开始的。

119. 英国早期有哪些海洋文学作品？

英国是典型的海洋国家，因此，它的海洋文学作品也相对比较发达，除了最早的《贝奥武甫》外，到了地理大发现时期，英国人更加努力寻找通往东方的航道，许多海洋探险家和航海家成为海洋文学家。如傲慢、挥霍、名声不佳的雷利，却以远征圭亚那的赫赫战功以及所写的《圭亚那的发展》、《最后雪耻之战》等作品，在英国海洋文学史上占有一席之地。当时英国的地理学家哈克路特，也描述了早期英国人探求黄金大陆的历程。而最有影响的海洋探险小说当首推笛福的创作，尤其是他在年近60岁时写的《鲁滨逊漂流记》，因适应了众多心存探险梦想的市民和少年的阅读需求，而在创作上获得了极大的成功。你如果有兴趣的话，不妨翻翻英国文学史，那里面还有许多的海洋文学作品呢！

120.《一千零一夜》是怎样讲述渔翁的故事的？

在公元12世纪的时候，阿拉伯半岛上产生了在世界各地流传的民间故事集，这就是《一千零一夜》，中译本名称叫《天方夜谭》。主要讲的是，古代萨桑国的国王山鲁亚尔在一次出国远游时，看到一个神通广大的魔鬼受到一个女郎的欺骗，立即回宫杀死了王后、宫女和奴仆。而且，为了报复，他决定每日娶一个姑娘过夜，第二天就把她杀掉。三年后，全城百姓为此惶恐不安。一天，宰相正为找不到合适的姑娘而发愁，他的大女儿山鲁佐德才貌双全，自愿出嫁国王来拯救千万女子。她的妹妹敦亚佐德也按事先的约定来到宫里，要求见姐姐最后一面并要姐姐给她讲个故事。故事非常离奇,恰巧在天亮时留下悬念,国王因为既要去坐朝,又要听完故事,因此就没有杀她。这样,姐姐山鲁佐德就日复一日地讲了一千零一夜,终于感动了国王,拯救了其他女子。这其中就有一个关于渔翁的故事。这个故事说的是,从前有一个渔翁,靠在海上打鱼来维持全家五口人的生活。可是有一天,渔

《天方夜谭》插图

翁第一网只打到了一头死驴,第二网打上来的是两个满是泥沙的瓦罐,第三网打到一些破骨片、碎玻璃和贝壳,他又把希望寄托在第四网上。可收网时,他却怎么也拉不动,他求救安拉并诅咒那些带给他痛苦的人。祈祷完后,渔翁就潜入海水中,弄开渔网打开一看,只见里面有一个胆形的黄铜瓶。他带上陆地,撬开封口的锡块,希望里面盛的是宝贝,可里面空空如也,只是冒出一股青烟。刚开始,渔翁并不在意,可这青烟越涌越大,遮住了大地和天空,变成一个披头散发的魔鬼。他厉声问渔翁希望用什么方法去死。渔翁说,我把你从海里救到地上,又给你一条生路,你为什么这样报答我?魔鬼回答说,我本来就是个无恶不作的天神,因为没有听从大圣苏里曼的规劝,就被装进胆瓶,扔进了海底,整整400年了,始终没有人来救我。我就因此发誓,谁在这个时候来救我,我就要

杀死他。渔翁非常害怕,多次求饶也没有用。后来,渔翁想,我是堂堂的人类,他只不过是个魔鬼,凭着人类的智谋和勇气,是一定能战胜魔鬼的诡计的。于是,渔翁假装糊涂地问魔鬼,这么小小的瓶,怎么能够装得下像你这样庞大的身躯呢?魔鬼为了证明自己讲的是真话,就又摇身一变,化成一缕青烟,钻进胆瓶里。渔翁一看,赶紧拾起锡封堵住瓶口,高声问魔鬼是怎么个死法。魔鬼又装出一副嘴脸求饶,渔翁没有答应他,重新又把他扔进了深深的大海中。这个故事告诉人们,对魔鬼决不能心慈手软,而要凭借人的聪明才智同他们进行坚决的斗争,才能取得最后的胜利。

121.《天方夜谭》是怎样讲述辛巴达航海故事的?

《天方夜谭》中讲了许许多多生动曲折、引人入胜的故事,这其中就有航海家辛巴达的充满传奇色彩的故事。辛巴达先后进行了 7 次航海,每一次都遇到了不同的人和事,所见的景物也千差万别,历险经历也稀奇古怪。经过前两次的航海旅行生活,辛巴达过了一段幸福安宁的日子,随后,他又乘船离开了巴格达。航海途中,辛巴达忽见一个非常美丽的小岛,就兴高采烈地上去游玩,不料却突然睡着了。醒来时他发现只有自己留在了岛上,其他的人都不见了。他开始有点害怕,东张西望地走动,忽然发现

《辛巴达航海记》封面

海洋文学

远处有一个白色的影子,走近一看,原来是一幢巍峨高耸的白色圆顶建筑,表面光滑圆润,周长约50步,却找不到入口的大门。这时候,天色忽然暗下来,他再一看,竟然是一只庞大的飞行的鸟翅膀遮住了阳光。这只神鹰后来落在了白色圆顶建筑上面,辛巴达这才知道这个白色圆顶的建筑实际上是一只神鹰蛋。辛巴达赶紧解下缠头,搓成绳子,绑住自己的腰,再把身体绑在神鹰腿上。第二天,神鹰把他带向空中,降落到一处高原地带。辛巴达离开神鹰,又见它抓住一条又粗又长的大蛇飞向空中。这时,辛巴达才发现自己身处万丈峭壁悬崖的深谷之中,根本无法离开,他感到后悔。可仔细一看,山谷里到处是巨蟒和名贵的宝石。他逃进山洞,用石头堵住洞口,可回头一看,里面有一只大蟒蛇正在孵蛋。好不容易到了天亮,他出洞,见到从空中掉下一只羊。这是为什么呢?原来这是钻石商人的鬼主意。他立刻装满钻石,把剥了皮的羊身上沾满宝石,然后用缠头把自己绑在羊身上,一会儿,一只神鹰就把辛巴达当成一只肥羊抓到了山顶上,商人们赶跑神鹰后,救出了辛巴达,并送给他许多宝石。辛巴达拿宝石换货物,赚了许多钱,又回到了巴格达。

122. 辛巴达第四次航海是如何脱险的?

《天方夜谭》里说,大航海家辛巴达在第三次航海发财后,过了一段幸福的生活,就又离开巴格达,乘船远航海上。有一天,他们连人带船被风浪吹到了猿人山。猿人们不仅抢走了他们的钱财,就连船也被拖走了。后来,他们发现了一座坚固的高楼,就在里面休息。可是到了晚上,从楼上却下来了一个狰狞丑陋的黑色巨人,一把把辛巴达抓过去,张嘴就要把他吃掉,可把辛巴达送到嘴边端详了一会儿,又把他扔掉了,最后把又肥又胖的船长叉在火上像吃烤肉串一样地烤着吃了。以后,这个家伙每天都要吃掉辛巴达的一个同伴。怎么办呢?一天晚上,趁这个吃人的家伙熟睡之机,辛巴达用两把烧红的铁叉,用劲戳进他的双眼,然后拼命逃到海边的竹筏上。这时又来了两个更高更大更丑的巨人,他们用石头将辛巴达的许多伙伴砸死在海里,只有辛巴达和两个伙伴幸免。辛巴达他们乘竹筏子漂到另外一个海岛,本以为可以逃生,却不料他的两个同伴又被大蟒蛇吞食了,只有辛巴达急中生智,用木板把自己的整个身体绑起来,才保住了一条性命。辛巴达逃到海边,遇到了上次出海搭乘的船,才算回到了故乡。

123.《修辞学家和海员》阐述了什么道理?

《修辞学家和海员》是中世纪伊朗著名诗人莫拉那·贾拉勒丁·穆罕默德·莫拉维里(即鲁米)(1207—1273年)创作的一首海洋题材的哲理诗。莫拉维里是伊斯兰苏菲教派的宗教家,晚年主要从事宗教哲学研究和诗歌创作。他的诗歌多由寓言传说组成,故事生动有趣,具有深刻的哲理和浓郁的抒情气息,而且篇幅都比较短小精练。《修辞学家和海员》就是具有这种特色的代表性作品。原诗写道:修辞学家登上了一条篷船/在海员面前十分骄矜傲慢/"你可懂得修辞学?""不懂。"/"这等于你只有半个生命。"/海员强压住自己的愤懑悒郁/当时并未反驳而是沉默不语/突然狂风掀起惊涛骇浪/海员这时才对修辞学家叫嚷/"你可懂得游泳?也请说说。"/答道:"游泳我从来没有学过。"/"修辞家啊!你即将丧失整个生命/因为船儿很快就要沉入海中。"作者用修辞家只会空谈和海员的游泳本领作比喻,告诉人们不能纸上谈兵,而是要有真本领。同时,还要学会忍耐,这样才能取得成功。

124.《马可·波罗游记》是怎样诞生的?

马可·波罗像

马可·波罗是中世纪意大利杰出的旅行家,1254年出生于水城威尼斯。在威尼斯,"男人个个都有着天生的向着大海跑的性格",这是当地非常有名的格言,马可·波罗也把它作为自己的座右铭,渴望探险神秘的海洋世界。1271年11月,在马可·波罗17岁的时候,他和父亲、叔父踏上了漫长的周游世界的旅途。商船从亚得里亚海北岸起航,穿过奥特朗托海峡和爱奥尼亚海,横渡地中海,历尽艰险到达土耳其的伊斯肯德仑湾。他弃船登岸,从陆路来到霍尔木兹港,又经过三年半的陆路跋涉,在1275年5月到达中国元朝的上都(今内蒙古自治区多伦县西北),见到了元世祖忽必烈并受到重用。他在忽必烈身边供职达17年之久。1291年夏天,思乡心切的马可·波罗父子乘护送元公主阔阔真远嫁波斯伊儿汗国国王阿鲁浑之机,从当时的天下第一大港泉州出发,沿海上丝绸之路向目的地出发。船队向

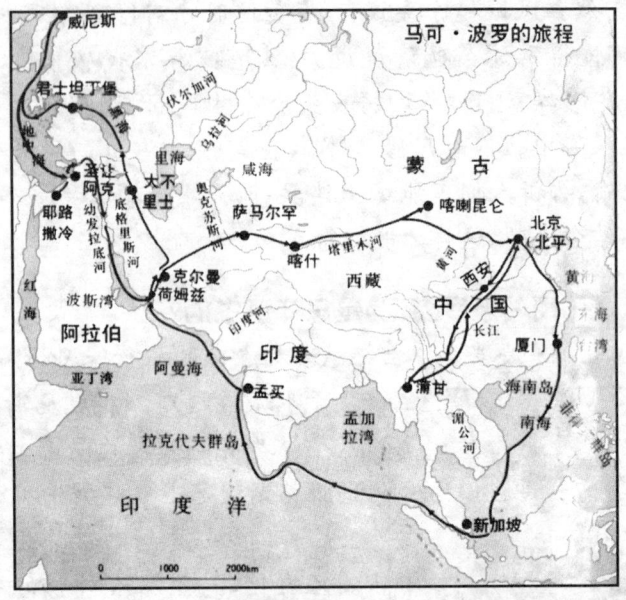

马可·波罗的旅程图

南穿越越南海,经过现在的越南、马来半岛、苏门答腊、爪哇、斯里兰卡、印度和伊朗,通过霍尔木兹海峡,进入波斯湾。在航行途中,马可·波罗记录了海上风光和沿途风土人情,从悲天悯人的佛陀到独角兽的描述,应有尽有。历经两年零两个月的无数艰难险阻和狂风恶浪的冲击,1294年他们到达霍尔木兹港,将公主送到波斯呼罗从,在1295年回到威尼斯,父子二人成为当时举国轰动的传奇人物。1298年,马可·波罗出资装备了一艘战舰支援威尼斯对热那亚的战争,并亲任舰长参加战斗,结果被敌人俘虏,投入到了阴暗潮湿的监狱。在狱中,马可·波罗将自己在东方的传奇经历,口述给同狱中一位叫鲁思梯谦的作家,由他笔录成书,这就是《东方见闻录》,即《马可·波罗游记》。从此,这部书在欧洲各地广泛流传,被誉为"世界第一奇书"。他所描绘的东方世界不仅极大地开阔了欧洲人的眼界,而且改变了欧洲人的世界地理概念。14世纪—16世纪的地理学家们就是根据此书的地理知识,绘制出了早期的世界地图。在地理大发现之前,它被航海家们奉为珍宝,成为海洋探险家的必读之书。

125. 吉尔伽美什是从何处盗得长生草的?

乌鲁克的统治者吉尔伽美什身体的三分之二是神,三分之一是人。他驯服了天神派来的原始人恩启都,两人结为密友,协力杀死怪物,救出女神伊什塔尔。他拒绝女神的爱情,并杀死前来复仇的天牛,遭到失去恩启都的惩罚。在极度悲痛之中,他决定探究人类永生的方法。他历尽艰辛,了解到当年大洪水时乌特纳比什廷得到永生的经过,并潜入海底,取得了长生草。可是归途中长生草被蛇吞食。回到乌鲁克后,他在神的帮助下与亡友亡灵相会,才明白人类不能永生。《吉尔伽美什》反映了古代人民对自然法则和生死秘密的探求以及对神权的鄙视。

126. 布兰特的讽刺作品《愚人船》写的是什么内容?

每年4月1日是愚人节,人们在这一天可以用假消息开玩笑、撒谎,目的是放松一下自己。有的人把这些假消息当成真的,这样的人,就叫愚人。可是,请你设想一下,要是有一大批各种各样的愚人一下子聚集在同一个地方,会有什么事情发生呢?德国人文主义作家布兰特(1485—1521年)的诗体讽刺作品《愚人船》,讲述的就是

布兰特像

这样一群愚人同时登上一艘船,要到极乐世界的愚人国纳拉高尼亚去的故事。这群愚人共有111个,各自有着不同的性格,每个愚人的性格都代表一种愚蠢或者一种社会弊端,如轻浮、抢劫、买卖官职、不敬上帝、荒淫无耻、贪得无厌、唯利是图、重利轻义等等,在文学史上,人们把这样的文学作品称为愚人文学,布兰特则成为愚人文学的创始人。

127.《卢济塔尼亚人之歌》是葡萄牙的"荷马史诗"吗?

熟悉世界文学的人,可能都读过《荷马史诗》,并被其中有关航海历程的描写所吸引,实际上它是对古希腊、罗马时代开创航海事业的人们的赞美。那么,人们为什么把16世纪葡萄牙诗人兼戏剧家卡蒙斯(1524—1580年)创作的《卢济塔尼亚人之歌》称为西班牙的"荷马史诗"呢?这是由这部作品的形式与内容决定的。卢济塔尼亚人就是葡萄牙人。这部史诗长达9000行,共分10章,通过西班牙航海家达·伽马开辟通往印度航线的事迹,写了一部葡萄牙的开创史诗,歌颂了葡萄牙的历史和葡萄牙人的聪明才智与不畏艰险的精神。史诗从对塔古斯河水中仙女的祈求和对国王塞巴斯蒂安的献词开始,描写达·伽马率领的船队航行在从未有人航行过的大海之上。天上诸神在奥林匹斯山会晤,其中维纳斯和马尔斯表示愿意帮助葡萄牙人,尼普顿十分妒忌,而巴克科斯则表示反对,要阻挠达·伽马开辟新航线。结果,船队在莫桑比克遇到蒙巴斯人的袭击。后脱险来到梅林德,受到国王的款待。达·伽马向国王讲述了葡萄牙人的由来和葡萄牙建国的历史以及历史上的重大事件和英雄人物。离开梅林德后,尼普顿在巴克科斯的挑动下,掀起一场风暴,企图使达·伽马的船队覆没。葡萄牙人在惊涛骇浪中英勇搏斗,终于在维纳斯的帮助下航海来到达莱克特,并在回国途中受到维纳斯的一路保护。维纳斯在海中创造了一个风景优美、物产丰富的小岛,让船队休息。岛上的仙女向葡萄牙人讲述了宇宙的构造,预言了葡萄牙的未来,并一直伴送他们回到里斯本。作者卡蒙斯为写此书曾亲自沿着当年达·伽马所开辟的东印度航线,来到葡萄牙在海外的殖民地生活,前后长达10年之久,因此作品对于海上景色的描绘、对风景和水手生活及他们与大自然斗争的叙述,真实而细腻,而对航海途中各地风土人情的描写,则洋溢着浓厚的浪漫主义气息,成为葡萄牙文艺复兴时期最杰出的海洋文学作品。

128. 莎士比亚创作的海洋题材的名剧是哪一部?

莎士比亚(1564—1616年)是英国大名鼎鼎的文学家,创作了许多不朽的诗歌和剧本,如《哈姆莱特》《威尼斯商人》《仲夏夜之梦》和《麦克白》等。但是,你知道莎士比亚创作的海洋题材的名剧是哪一部吗?这部作品就是《暴风雨》。它是莎士比亚晚年的作品,当时曾在宫廷表演过,也曾在公共剧院演出,后来被多次改编并被搬上世界各地的舞台。这出戏发生在罗马时代,地点是地中海中的一座孤岛。主人公是一对被流放海上的身世坎坷的父女。父亲是米兰公国的国王,是臣民眼中的明君。他的弟弟安东尼奥却为人阴险狡猾,暗中勾结那不勒斯公国的国王阿龙藻,把普洛斯伯罗和他的女儿米兰达放逐到海上。他们漂流到地中海中

莎士比亚像

的一座孤岛上后,父女相依为命,米兰达长成了一个相貌美丽、气质高雅的少女,除了他父亲外,从未见过任何人。普洛斯伯罗在岛上专心研究法术,一心一意想着复仇。后来,他收服了岛上的精灵,便命令精灵艾丽儿在海上掀起一场暴风雨,将12年前与他有恩怨情仇的1000人,全部吹到孤岛上来。这其中就有那不勒斯王阿龙藻年轻英俊的独生子斐迪南,那不勒斯公国品格高尚的宰相宫泽禄,普洛斯伯罗的仆人、模样奇丑无比的贾里班。普洛斯伯罗面对篡位的弟弟安东尼奥和夙敌阿龙藻,内心充满复仇的快慰。然而,慈悲为怀的他,最后并未以牙还牙,他原谅了所有的敌人,对他们以礼相待,斐迪南和米兰达由相恋而结婚,宫泽禄则成了普洛斯伯罗父女的救命恩人,只有总是试图反抗普洛斯伯罗控制的仆人贾里班一事无成,最后仍然被留在孤岛上生活。

129.《鲁滨逊漂流记》是根据什么事实写成的?

《鲁滨逊漂流记》是英国18世纪著名小说家笛福

海洋文学

(1660—1731年)创作的一部长篇小说。书中的主人公鲁滨逊以其在孤岛上的长期传奇生活而闻名于世,可以说是家喻户晓的人物。那么,你知道这部名著及主人公鲁滨逊是根据哪些真实的事件和人物写成的吗?那是在1704年,英国有一艘名叫"五港"号的货轮,船长名叫戴维,此人独断专横,听不得半点意见。不巧的是,船上新来的苏格兰籍副船长德尔克莱格也是一个自以为是的人,他们两个真算得上不是冤家不聚头。于是,在航行中两人闹口角就成了常事。当船在智利海域

笛福像

的一个群岛抛锚时,两个人的矛盾已达到了势不两立、不共戴天的程度。副船长德尔克莱格怒气冲冲地对船长戴维吼道:"谁稀罕你这条破船,我宁可上岸,也不愿整天受你的气。"他以为如此一来或许会使对方的态度客气一些。谁知对方偏不买他的账,他的话音刚落,船长戴维就让他立即离船上岸,这反而使德尔克莱格大感意外,左右为难,走也不好,不走更不好。但是,大丈夫行走天地间,讲的是一言既出,驷马难追,德尔克莱格无奈,只好硬着头皮乘着小艇上了岸。戴维立刻下令将大船开走,只把德尔克莱格一个人留在了荒无人烟的岛上。这样一来,德尔克莱格一下子就泄了气,并感到后悔万分。四周除了海水还是海水,根本见不到人的影子。不过,他毕竟是

个男子汉,为了赌气给船长看,在这荒无人烟的孤岛上,他历尽千辛万苦,艰难地度过了四年零五个月。终于有一天,一艘海船路过这里,在小岛上停泊休息时,搭救了德尔克莱格。回到英国后,他的传奇生活经历和事迹顿时成了头号新闻,被到处传诵。德尔克莱格做梦也没有想到,他倔强与赌气的结果,竟会引起如此巨大的轰动,还居然被小说家笛福写成了小说,《鲁滨逊漂流记》就是这样诞生并流传至今。

130.《鲁滨逊漂流记》写的什么内容?

笛福创作的长篇小说《鲁滨逊漂流记》,主要讲述的是一个名叫鲁滨逊的航海冒险家和商人的三次航海经历与在孤岛上独自生活了35年的传奇故事。青年时代的鲁滨逊渴望海上探险和经商,第一次航海船就被风暴打沉,他总算保住了性命;第二次航海到非洲做生意发了一笔财;第三次出航途中却被海盗劫俘,沦为奴隶,后来逃往巴西,准备和另一个庄园主去西非洲贩运黑奴,不料船却在南美洲海岸触礁,只有他一个人被海浪冲到了一座荒无人烟的孤岛上,他搭起帐篷生活下来,还制作了简单的家具,养了鹦鹉给自己做伴。就这样,他在岛上独自过了28年。有一天,鲁滨逊救下了被岛上另一群野蛮人准备杀死的俘虏,因为这天是星期五,因此鲁滨逊给他取名叫"星期五"。后来,他还救出了"星期五"的父亲。不久,鲁滨逊发现了一艘英国船在附近海岸抛锚,船长被叛变的水手赶下船,鲁滨逊就带领"星期五"帮助船长夺回了船只,自己也终于得到了离开孤岛的机会,而"星期五"的

《鲁滨逊漂流记》插图

父亲和几个闹事的水手却自愿留在岛上。离家长达35年的鲁滨逊虽然回到了英国北部的家乡,却谁也不认识他。由于当初他离开巴西种植园的时候,他的朋友们把他的钱存了起来,所以他一下子成了拥有5000英镑现款的富翁。他利用这笔钱成了家,有了孩子。若干年后,鲁滨逊又一次航海经商,以主人的身份又回到了他曾经住过28年的那个荒岛,还送去了许多工具和一些妇女移民,看到岛上的居民繁衍发展起来,鲁滨逊才满意地离开了这座令他终生难忘的小岛。

131.《格列佛游记》写了哪些滑稽可笑的故事?

《格列佛游记》是18世纪英国著名的讽刺小说家斯威夫特(1667—1745年)创作的长篇小说。书的主人公是一位喜欢冒险的医生,名叫格列佛。他先是受雇于"羚羊"号船,因其在太平洋触礁沉没,格列佛随海水漂到一座小岛上,醒来后成了小人国的俘虏。这些小人的身高只有15厘米,格列佛被1500匹马拉的车送给利立蒲特帝国的国王。此时,小人国正与不来夫斯古帝国进行战争,战火竟是因为吃鸡蛋时是先打破大头还是小头的分歧产生的。为了制止战争,格列佛打算访问不来夫斯古帝国,却因用尿扑灭了王后卧室的大火,而得罪了小人国王后,他只好逃到不来夫斯古帝国,乘小船返回了英国。不久,格列佛又乘"冒险"号出海,不料却被风暴吹到了大人国,这里的人身材都像10层楼那么高

《格列佛游记》封面

大,小麦长得有12米多高。人们把格列佛当做一个袖珍小玩具,被大人国的一个农民带着去全国各地展览,以此赚钱。后因获得大人国皇后的垂爱,格列佛才重获自由。三年以后,格列佛在大人国的船上装病,睡在像手提箱一样的房子里,不料小房子却被一头巨鹰叼走而落到海上,才被救回英国。不久,格列佛又随"好望"号出航,却遭到海盗劫持,格列佛孤身一人漂到一座叫"勒皮他"的飞岛。飞岛上的人相貌和服装都很古怪,有的人专门研究从黄瓜里提取阳光,有的开发把粪便还原成食物的荒谬项目。接着,格列佛又来到巫人国,与历史上名人的鬼魂进行交谈,发现许多历史是被颠倒的,后来经日本回到了英国。五个月后,格列佛又随"冒险家"号出海,途中水手叛变,他被放逐到"马国"。这里的统治者和居民都是马,马民们把人叫作"耶胡",并当作该国的畜生。格列佛又成了有思维的"耶胡"。这里的一切都和他以前所见所闻完全

相反,黑白颠倒。格列佛在马民们有理性、公正、爱和平的美德感化下,决心在马国住一辈子,可马民们最终要消灭"耶胡",格列佛只好又回到英国,从此,他终生只与马为友。

132.《塞维利亚的诱惑者或石客》写的是什么事?

在欧洲文学里的一些著名人物,常常是众多作家争相描写的对象,唐璜就是其中之一。而最早在作品中以唐璜为主人公的作家,是西班牙的莫利纳。莫利纳在他的剧本《塞维利亚的诱惑者或石客》中,让唐璜首次亮相。剧本内容和海洋有着密切的关系。在莫利纳的笔下,唐璜是个彻头彻尾的淫乱之徒。他为了逃脱恋爱中的责任,从海路潜逃,不料途中遇到一场大风暴,唐璜被一个渔家少女所救,唐璜非但没有知恩图报,反而诱骗了这个纯真渔家少女的爱情后,再一次抛弃了爱恋她的女子。你也许会关心这个不幸的渔家少女的最后命运会是怎样一个结局。这个渔家少女后来在英国大诗人拜伦的诗中演化成海盗的女儿,而唐璜也不是一个众人心目中的恶棍形象了。

133.《渔夫》为什么在丹麦家喻户晓?

看过电影《风云儿女》的同学们一定不会忘记在抗日战争期间,中华民族的优秀儿女为了挽救中华民族,在最危险的时候,被迫发出的吼声:"起来,不愿做奴隶的人们,把我们的血肉筑成我们新的长城。"后来,这首传遍大江南北、点燃抗日烽火的《义勇军进行曲》就成了中华人民共和国的国歌,最早演唱这首歌曲的影片《风云儿女》

也深深地印在每一个中国人的脑海中。无独有偶,在丹麦家喻户晓的悲剧名作《渔夫》,也有着和《风云儿女》相似的殊荣。原来,《渔夫》是丹麦著名作家埃瓦尔德创作的最后一部悲剧名作,其中的"克里斯蒂安国王站在高高的桅杆旁"这段歌词后来被定为丹麦的国歌,《渔夫》也因此在丹麦家喻户晓。

134.《杜里特医生航海记》中的杜里特为什么去航海?

《杜里特医生航海记》是英国作家洛夫汀创作的一部以航海探险为题材的世界儿童文学名著。作品叙述的是一个名叫杜里特的医生与鞋匠的儿子汤米、名叫吉普的狗、名叫玻利尼西亚的鹦鹉和名叫奇奇的猴子一起航海的故事。杜里特医生不仅能给人看病开药,而且还有一项特殊的本领,就是能听懂禽言兽语,还能用它写字,然后念给动物听。他用猴语写过历史书,用金丝雀语写过诗,还写过喜鹊唱的幽默歌曲呢。现在,他正在研究贝类的语言。因此,他要航海到远处去寻找能说话的大海贝。于是,杜里特医生就和汤米、狗吉普、鹦鹉玻利尼西亚和猴子奇奇一起乘坐一艘名叫"鹬"号的船,去南大西洋的库摩萨尔岛,先去寻找一只名叫加比丝利的甲壳虫才能找到大贝。

《杜里特医生航海记》封面

在航海途中,被杜里特医

生救过命的一条叫斐济特的鱼,用英语告诉杜里特医生,他们想找的大海贝,其实是名叫大玻璃的海蜗牛,住在深海中,有一栋房子那么高,声音特别大。可是,在航海途中,他们突然遭遇风暴,都掉进海里,幸亏杜里特原先救过的海豚把他们护送到了漂流岛上。在这里,杜里特找到了甲壳虫加比丝利,从山洞中救出了印第安博物学家龙格·阿罗,二人用秃鹰语交谈,得知漂流岛的居民是不会用火、也不知道火的民族,而且正漂向南极,离南极只有150千米了,气温低得要冻死人。这时,杜里特让海豚通知200条大鲤鱼用嘴把漂流岛顶回原来的热带附近,并率鹦鹉大军打败了强盗巴格·加格底拉格族的侵略,签订了鹦鹉条约,在"低语石"国,杜里特被选为国王。这时,阿罗研制出了"发笑豆",为了不使岛漂流,他们用"低语石"砸破了岛上的空气室,这使得大玻璃海蜗牛因尾巴受伤而来到了海滩边,杜里特医生终于找到了大海贝,从此解开了贝类语言之谜。最后,他们又全都乘着大海贝从海底回到故乡,完成了神奇有趣的海上航行。

135.《渔夫和他的妻子》讲述的是什么故事?

《渔夫和他的妻子》是德国民间文学作家雅科布·格林(1785—1863年)和威廉·格林(1786—1859年)两兄弟所创作的《格林童话》中的名篇,讽刺了那些贪得无厌的人。从前,在海边的一艘破船里,住着渔夫和他的妻子,他们过着非常穷困的生活,每天靠打渔为生。有一天,渔夫忽然钓着了一条很大很大的比目鱼。比目鱼向他说:"请你饶了我吧,我是一个被施了魔术的王子。"于是,善良的渔夫就把他放走了。渔夫回到家里,把这件事告诉了妻子。妻子说:"我们不能永远住在破船里,你快去叫他,对他说我们要一间草棚子。"渔夫不愿去,但不敢反对妻子,就来到海边,他呼唤着小王子比目鱼,结果,比目鱼真的游了过来,渔夫便把妻子的愿望告诉他,比目鱼说:"你去吧,她已经有一间了。"果然,他们有了一间草棚子,屋里有很好的家具,还有鸡鸭水果蔬菜等。但过了不久,妻子又对渔夫说:"你到比目鱼那里去,叫他送我们一座宫殿。"渔夫拗不过她,心里虽然难过,但还是去了,比目鱼再一次答应了他的请求。他们终于住进了宫殿。就这样,渔夫的妻子还不满足,仍是贪得无厌,逼迫渔夫一次次去向比目鱼请求实现她的一次比一次大的贪婪的欲望,比目鱼都满足了渔夫妻子的愿望。渔夫的妻子在有了宫殿以后,提出要当国王,比目鱼帮助她当了国王;她想当皇帝,比目鱼也帮助她当了皇帝;直到最后,渔夫的妻子提出要当教皇的请求,比目鱼也还是答应了她。可是,渔夫的妻子还不满足,她让丈夫去对比目鱼说,她要成为上帝,让太阳和月亮都听从他的命令。这一次,尽管比目鱼听了渔夫的呼唤还是来了,可他对渔夫妻子的无理要求再也忍无可忍了,就对渔夫说:"你回去吧,她又坐在破船里面了。"就这样,贪婪无比的渔夫的妻子和受她连累的丈夫,就一直住在破船里面了。

136. 谁是世界航海冒险小说的创始者?

美国作家库柏是举世闻名的海上冒险小说创始者。他在19岁的时候,就到船上学习航海,后来又到安大略湖畔的海军基地参加造船,曾被封为海军上尉。这些经历使他熟悉海上生活的惊险与刺激,目睹了无数次海上奇观,于是他轻车熟路地写出了以《舵手》为开端的一系列航海冒险小说。此外,他又以作家的身份写出一部可读性很强的《美国海军发展史》,也获得了成功。

137. 库柏写过哪些著名的海洋冒险小说？

库柏的边疆冒险小说和海洋冒险小说在美国文学史上占有重要的地位。他是第一个真正意义上的美国本土民族作家,在他笔下创立了一种纯粹的美国式的审美传统。在以《舵手》为开端的一系列航海小说中,他塑造了一个不畏艰辛、奉命前往大西洋彼岸的英国绑架敌军军官的"舵手"形象,使欧洲古典式救国的英雄被一个普通的船长所代替,显得可亲可近。而后,他又陆续创作了《红色强盗》、《女海妖》、《两位海军上将》、《陆地与海洋》、《海狮》等海上传奇小说。这些作品代表了美国早期浪漫主义海洋文学的最高成就,无论在情节的曲折动人方面,还是在语言的色彩瑰丽上,都是第一流的。

《舵手》插图

138.《在那不勒斯附近沮丧而作》是怎样描写大海的？

《在那不勒斯附近沮丧而作》是英国18世纪的著名诗人雪莱(1792—1822年)的一首写海的名诗。全诗共五小节,雪莱借海水的情态和色泽的变化来抒发自己的苦闷心情。诗中对大海的描写充满诗情画意,历来被人所称道。雪莱在诗中描写大海:"暖和的阳光,天空正明媚,海波在急速而灼烁地舞蹈/日午把紫色的、晶莹的光辉,洒在积雪的山峰,碧蓝的岛/潮湿大地的呼吸轻轻缭绕,缭绕着那含苞未放的花朵;像是一种欢乐

雪莱像

的不同音调。听!那轻风,那洋流,那鸟的歌,城市的喧哗也像发自世外那样温和。/我看到海底幽高的岩床上,浮着海葶,青绿与紫红交织/我看到那打在岸沿的波浪,有如星雨,光芒飞溅而消失/我独自坐在沙滩上憩息;日午的浪潮闪耀着电光/在我周身明灭,一种旋律/在海底起伏的运动之中浮荡。呵,多优美!但愿我这感情能有人分享!"

139. 普希金最著名的咏海诗是哪一首?

普希金(1799—1837年)是俄罗斯19世纪伟大的民族诗人,俄罗斯近代文学的奠基人和俄罗斯文学语言的奠基人,被誉为"俄罗斯文学之父"。在普希金短暂而辉煌的诗歌创作生涯中,他创作了许多被人传诵至今的诗歌,其中有不少是关于大海的,而最著名的就是《致大海》。原诗是这样写的:"再见吧,自由奔放的大海!/这是你最后一次在我眼前/翻滚着蔚蓝色的波涛和闪耀着

普希金像

娇美的容光。/好像是朋友的忧郁的怨诉/好像是他在临别时的呼唤/我最后一次在倾听你想念的喧响/你召唤的喧响。/你是我心灵的愿望之所在呀!/我时常沿着你的岸旁/一个人静悄悄地、茫然地徘徊/还因为那个隐秘的愿望而苦恼心伤!/我多么热爱的回音/热爱你阴沉的声调,你深渊的音响/还有那黄昏时分的寂静/和那反复无常的激情!/渔夫们的温顺的风帆/靠了你的任性的保护/在波涛之间勇敢地飞航/但当你汹涌起来无法控制时/大群的船只就会被覆亡。我总想永远地离开/你这寂寞和静止不动的身旁/怀着狂欢之情祝贺你/并任我的诗歌顺着你的波涛奔向远方/但是我却不能如愿以偿。人等待着,你召唤着……而我却被束缚住;我的心灵的挣扎完全归于虚枉:我被一种强烈的热情所魅惑,使我留在你的岸旁。有什么好怜惜呢?现在那儿/才是我要奔向的无一牵挂的路径?在你的荒漠之中/有一样东西它曾使我的心灵为之震惊。/这是一个峭岩,一座光荣的故墓在那儿/沉浸在寒冷的睡梦中的,是一些威严的回忆/拿破仑就在那儿消亡。/在那儿,他长眠在苦难之中。/而紧跟他之后,正像风暴的喧响一样/另一个天才,又飞离我们而去/他是我们思想上的另一位君王/为自由之神所悲泣着的歌消失了/他把自己的桂冠留在世上/阴恶的天气喧腾起来吧,激荡起来吧/噢,大海呀,是他曾经将你歌唱。/你的形象反映他的身上/他是用你的精神塑造成长/正像你一样,他威严、深远和阴沉/他像你一样,什么都不能使他屈服投降。/世界空虚……大海洋呀/你现在要把我带到什么地方,那儿早就有人守卫/或许是开明的贤者,或许是暴虐的君王。/噢,再见,大海!/我永不会忘记你庄严的容光/我将长久地,长久地倾听你在黄昏时分的轰响。/我整个的心灵充满了你/我要把你的峭岩,你的海湾/你的闪光,你的阴影,还有絮语的波浪/带进森林,带到那寂静的荒漠之乡。"

140. 雨果的《海上劳工》写的是什么故事?

雨果(1802—1885年)是法国著名的浪漫主义作家,他的《巴黎圣母院》、《悲惨世界》、《海上劳工》受到了各国读者的赞誉,成为不朽的世界名著。《海上劳工》写了这样一个故事:书中的男主人公叫吉里雅特,是一个诚实纯朴、富于自我牺牲精神的渔民。他家境贫寒,只有靠出海打渔维持生活。后来,他历尽艰辛得到了娶心爱姑娘的权利,可此时,他心中一直爱恋着的姑娘却对神甫埃贝里诺产生了感情。善良的

雨果像

吉里雅特为了成全姑娘和神甫的恋情,最终痛苦地放弃

了自己对爱的追求。故事的结局充满悲剧色彩,吉里雅特坐在岸边,任凭涨起的潮水将他吞没。

141.《基度山伯爵》讲的是什么故事?

《基度山伯爵》插图

《基度山伯爵》是法国作家大仲马(1802—1870年)创造的一部脍炙人口的世界名著,是有关金钱财宝和复仇报恩的故事。小说的主人公是19岁的邓蒂斯,他是马赛船主摩莱尔商船"埃及王"号的大副。在商船从叙利亚返回马赛途中,因病而死的老船长临终前让他到厄尔巴岛去会见被囚的拿破仑。拿破仑托他带一封信给巴黎的拿破仑党首领诺蒂埃。船到马赛后,邓蒂斯被提拔为船长,准备回家同美茜蒂丝结婚后去巴黎送信。但是,梦想当船长的邓格拉斯伙同追求邓蒂斯未婚妻的弗南向当局告了密,邓蒂斯在举行婚礼之际被逮捕。审案的检察官威利福特发现密信的收信人是他父亲,因害怕影响自己的前程,就把邓蒂斯投入死牢。在这里,邓蒂斯结识了神甫法利亚,就在二人准备越狱逃跑时,法利亚中风倒下,死前告诉邓蒂斯一个秘密,他发现意大利红衣主教斯巴达的遗书中记载,地中海一座名叫基度山的荒岛上藏有1.3亿法郎的巨大财富。邓蒂斯逃出监狱后找到了宝藏,一下子成了百万富翁。于是,他以金钱和上帝的名义发誓要去惩恶扬善。邓蒂斯了解了自己的被害真相后,首先帮助照顾他父亲而负债的摩莱尔还了债,并送他一艘新船让他重振产业。8年以后,邓蒂斯化名基度山伯爵来巴黎复仇。他让因告密而当上国会议员的弗南自杀而死,让已成为大银行家的邓格拉斯不仅破产而且名誉扫地,让审案的检察官威利福特被刺激得发疯,最后,邓蒂斯也就是基度山伯爵同总督阿里的女儿海蒂离开巴黎远走高飞,去过幸福的生活了。

142.《海的女儿》讲述的是什么内容?

《海的女儿》是丹麦著名作家安徒生(1805—1875年)创作的一部享誉世界的童话作品。说的是生活在海底王宫里的小美人鱼已经10岁了,她与父亲、老祖母及5个姐姐生活在一起。每天听老祖母讲关于人类的故事。因此,小美人鱼特别渴望看看人类是怎样生活的。这样等了5年以后,小美人鱼已经15岁了,老祖母告诉她可以浮出海面去看看人类生活的景象了。小美人鱼为此感到万分高兴。临行前,老祖母给她头上戴了一只百合花编的花环,每只花瓣都

安徒生像

是半颗珍珠做的。当她浮出海面时,正好看到16岁的王子在为自己开生日舞会。不巧的是,海上忽然狂风大作,

海洋文学

《海的女儿》插图

打翻了大船,小美人鱼救出了王子,也爱上了他。为了能和王子生活在一起,小美人鱼向老祖母请教可以获得永恒的灵魂的方法,老祖母告诉她,要实现这个目的,必须得到她所爱的人对她的全部的爱并和她永远生活在一起。于是,小美人鱼又向巫婆(就是海上的旋涡)请求怎样使自己变成一个美丽的少女,因为她现在只有头和上半身是人形,下半身却是一条鱼尾。巫婆给她煎制了一副像清水一样的药,告诉她在天亮前赶快游到海滩上,赶紧喝掉她煎的药,这样,她的尾巴就可以变成少女的美腿。但此刻她却疼痛异常,并再也不能回到海里。而且,巫婆让小美人鱼付的药钱竟然是割下她的舌头,但就是这样,小美人鱼也不害怕,她唯一害怕的是王子如果和别的女人结婚的时候,她的心就会破碎而死。果然,她来到了王子的宫里,她的美丽容貌和优美的舞蹈是任何人也无法相比的,但是,她却不能说话,只能用眼睛来表达自己的爱意。不久,王子娶了邻国国王的女儿,为此小美人鱼的姐妹们也赶来帮助她,给她一把剪刀,如果扎到王子的心上,让王子身上的血流到她的脚上,她还能长出鱼尾回到海中,但善良的美人鱼并没有这样做,而是自己心甘情愿地化成大海的泡沫。这样,再过300年后,她就可升入天国。而且,由于美人鱼的善良和牺牲精神感动了神灵,如果她能找到一个给父母带来欢乐的孩子,就可以从300年中减去一年。让我们都做个好孩子吧,这样,小美人鱼就会早日得到永恒的幸福和快乐。

143. 冈察洛夫是怎样写出《环球航海游记》的?

伊凡·亚历山大罗维奇·冈察洛夫(1812—1891年)是俄国19世纪著名的现实主义作家,他的《环球航海游记》(又名《帕拉达号三桅战舰》)具有广泛的影响。他的这部作品是怎样写成的呢?

冈察洛夫出生于辛比尔斯克一个商人之家,从莫斯科大学语文系毕业后,在政府机构供职,与此同时,他发表了大量作品。1852年,沙皇指派海军中将普提亚廷以"外交使节"的名义,率4艘战舰组成的舰队从喀琅施塔得港起航,到海外活动,进行以拓宽市场和搜集商业、军事和资源情报为目标的全球考察,最终达到打开闭关锁国的日本大门的目的,

冈察洛夫像

获取沙皇朝思暮想的东北亚商业利益。此时,年已40岁的冈察洛夫,早已是俄国闻名遐迩的大作家,而且在财政部外贸司有着收入丰厚的职务,但他不为名利所累,毅然辞职,以普提亚廷海军中将秘书的身份,随舰队出海,开

始了长达两年多的航程。《环球航海游记》真实地记录了他此次遨游大西洋、印度洋、太平洋及其沿岸岛屿国家的经历。书中内容丰富，人物众多，有水手军官、失足落海者、鄂霍次克海的捕鲸人、向中国贩卖鸦片的外国商人；描写了海上各种各样的生活如霍乱、晕船、大西洋热带的无风带、飓风的袭击和亚欧大陆的奇景；描写了鲸鱼的壮观场面以及东南亚岛上吞食鸭子的蜥蜴等珍禽异兽。正因如此，《环球航海游记》在世界海洋文学中占有着重要的地位。

144.《雾海孤帆》的深刻寓意是什么？

《雾海孤帆》是俄国诗坛上继普希金之后的伟大诗人米海伊尔·莱蒙托夫(1814—1841年)在18岁的时候于彼得堡创作的，是他早期的代表作品。诗中写到："看，一叶孤帆闪着白光，在雾麋麋的海面上。它寻找什么在那远方？他抛下什么在故乡？看，浪花翻滚，风儿呼嚷，那桅杆躬腰嘎嘎响。它不是寻找幸福的乐土，也不是逃离幸福港。下面的水波比蓝天清凉，上面有太阳金色的光。不安分的帆儿祈求风暴，仿佛在风暴里有安详。"在这里，诗人不安心于平静的生活，要与大海和风暴搏斗，

莱蒙托夫像

"雾海"是现实的缩影,"孤帆"是诗人人格和理想的象征,是不愿同流合污的叛逆性格的写照。全诗表现了主人公内心孤独、怅惘、倔强、高傲的性格和不屈的追求,反映了19世纪30年代俄国进步知识分子的思想、感情和处境。这首诗被俄国著名作曲家阿列克桑德尔·瓦尔拉莫卡以近似于民间歌曲的优美流畅的旋律谱曲后,成为著名的俄罗斯浪漫曲而到处传唱。

145.《水孩子》写的是什么故事?

《水孩子》是英国著名童话作家查尔斯·金斯莱(1819—1875年)创作的长篇童话小说,叙述了汤姆的传奇经历。汤姆是在英国北方大城市里长大的一个扫烟囱

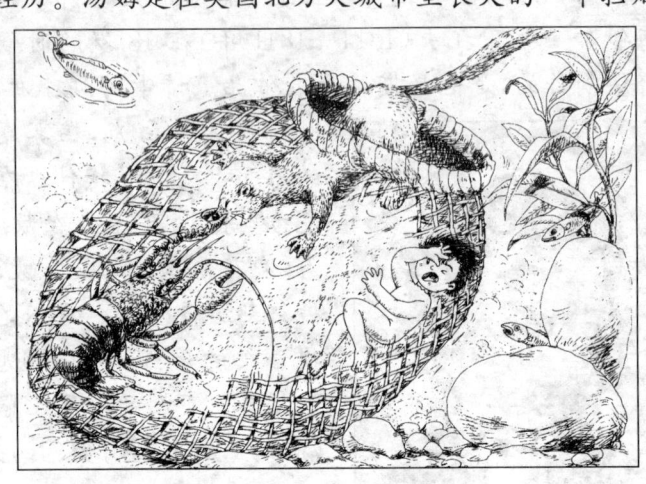

《水孩子》插图

的孤儿,他自私又胆小,顽皮又耍赖,浑身又黑又脏,整天受师傅格里姆斯虐待和打骂。在一次打扫公爵家的烟囱时,由于好奇来到了公主爱丽丝房间,被误作小偷,在逃

跑过程中,不慎掉进水里,汤姆从此变成了一个水孩子,身子只有10厘米左右高,脖子周围还长了一圈类似鱼鳃的东西。刚开始,成为水孩子的汤姆,经常捉弄水里的其他动物,像石蚕、螃蟹、鳟鱼都受过他的捉弄,后来,他因为帮助一只被困在笼子里的大龙虾而与水獭作对。为了见到鲑鱼,汤姆又向大海游去,中途遇见了成千上万条鳗鱼,还看见了爱丽丝在给孩子们上课。汤姆在水孩们的带领下,来到了仙女岛,这里有惩恶仙女和待善仙女,他们都是要把孩子们培养成干净卫生、懂礼貌、勤劳守纪律的人。爱丽丝也来到这里,成了汤姆的教师,而且,惩恶仙女还给水孩子们讲了逍遥国里面懒人的故事,他们懒到什么程度呢? 比如说:小猪长大了,会先把自己烤熟,然后一面跑一面喊:"快来吃我呀!"但就是这样,逍遥国的人也要等到小猪跑到他们的嘴边,才会张口去咬。由此,汤姆知道只有勤奋做事,才能成功,而且还应到外面去闯世界,学会帮助那些自己不喜欢的人。汤姆最不喜欢的人就是他的师傅格里姆斯了,而他却在天外天这个地方。要去天外天,必须先到光辉城。水孩子汤姆决心找到格里姆斯,使自己成为一个好孩子。于是,汤姆在海豚的指点下,经过鲱鱼的介绍,找到孤独的大海鸦,可她却老得记不清怎样去光辉城的道路了。这时,飞来一群海燕愿给汤姆当向导,经过千辛万苦来到了感恩岛,中途汤姆还多了一个小狗作伙伴,他们被一只老海鸦背着,来到了光辉城下。但光辉城四周一个城门也没有,只有跳进冰雪覆盖的水里,从浮冰下面游进去。汤姆和小狗一点也没犹豫,跳进冰冷的海水里,游了七天七夜,终于来到了俗称鲸鱼天堂的和平池,见到了坐在冰山上的慈爱仙女。慈爱仙女把一本通往天外天的护照挂在汤姆的脖子上,并告诉汤姆,因为狗总是走在他的身后,向前看反而看不清楚,只有倒着走,仔细看经过的地方,才清楚地知道下一步该怎么走。于是,汤姆按照慈善仙女的指点,前往天外天,看到了各种各样的人,有热情人、有聪明人,还在大头娃娃岛上见到了不学习而变成大萝卜的人,还到过胡说八道国,最后,汤姆终于找到了师傅格里姆斯,水孩子汤姆也变成了懂文明有教养的人,并和爱丽丝生活在一起。

146. 麦尔维尔写过哪些著名的海洋小说?

麦尔维尔(1819—1891年)是美国作家,他1819年出生于纽约,他的青年时代是在海船上度过的。20岁那年,他在一条去英国利物浦的商船上当服务员,两年后,他又一次航海远行。这回是在一条名叫"阿古希耐"号的捕鲸船上当水手,航行于南太平洋一带,曾到过波利尼西亚群岛、大溪地群岛、夏威夷群岛等。长期的海上生活,使他积累了丰富的有关大海、鱼类和水手海上生活的感性认识和理性经验,他的处女作《泰比》就是取材于在马尔萨斯群岛泰比族中的生活经历写成,具有浓厚的写实特点,随后创作的《欧穆》也是如此。后来,他又采用虚构的手法创作了《玛地》,主人公是一个叫塔纪的捕鲸船上的小水手,他在茫茫大洋上寻找心目中的女神伊拉,而伊拉就是永不可得的至善至美。这以后,麦尔维尔又陆续出版了描写海上经历的小说《雷得本》和《白外衣》等,而他的成名作则是1851年出版的《白鲸》,这部小说奠定了麦尔维尔在美国文坛上不可忽视的重要地位。作品以史诗般的规模和沉郁瑰丽的文笔,备受世界各国读者的推崇。《白鲸》写了捕鲸船"裴圭亚特"号的船长亚哈一心想找到咬掉自己一条腿的白鲸莫比·迪克,但他用尽各种办法却都不能如愿以偿,最后反被白鲸迪克弄得船毁人亡。小说充分展示了捕鲸的全过程,就像一部捕鲸的百科全书,而这一切都源于他亲身在捕鲸船上工作时所积累的丰富的捕鲸专业知识。小说中的白鲸实际上象征着一种不可扭转和改变的自然力量,麦尔维尔就是以此形象地表明人类自身的残暴与偏执是不可避免地要像亚哈一样遭受自然的惩罚的。

147.《白鲸》的内容有什么象征意义?

在北极海洋中,生活着一种小巧伶俐、浑身白色的鲸,叫白鲸。它体长5米左右,重达1500千克,雌性比雄性还要略小而轻。有趣的是白鲸的颈部可以来回扭动,它钻到6米深的海水下面,最少可以20分钟才换一口气,非常惹人喜爱。可是,就是这样的海洋动物,却在小说家笔下赋予了完全新的象征意义,最典型的要数美国浪漫主义小说家

麦尔维尔像

麦尔维尔创作的长篇小说《白鲸》了。它主要是描写人与鲸长期较量的故事。小说的主人公叫亚哈,是"裴圭亚特"号捕鲸船的船长,从事捕鲸业已40多年了。上次出海时,它被一只叫莫比·迪克的白色鲸鱼咬掉了一条腿。白鲸莫比·迪克非常厉害,它能在离船而去的瞬间,猛然潜回身给捕鲸人以致命的打击。亚哈受伤后,用鲸鱼骨做了一条假腿,又登上"裴圭亚特"号捕鲸船,和副船长斯达巴克及船员们发誓,不惜船破人亡,也要追杀莫比·迪克这条白鲸。从此,他们驾驶着捕鲸船在大西洋、印度洋和太平

《白鲸》封面

洋的无边无际的海面上,追捕白鲸,途中即使遇到被白鲸莫比·迪克咬掉手臂的英国船长,他们也不退却。一艘叫"拉吉"号的捕鲸船,在捕杀大白鲸莫比·迪克时,它的小艇不幸沉没;几名船员也因此失踪。这更坚定了亚哈追捕白鲸的决心。有一天,他们终于在海上发现了白鲸莫比·迪克。亚哈亲自带船员驾小艇追赶,不幸小艇被碰得粉碎,船员幸好脱险。第三天,亚哈又继续追杀白鲸莫比·迪克,它在身中数叉之后,仍撞翻了两只小船。第三天,白鲸莫比·迪克疲乏了,但当它的背部露出水面时,亚哈却不慎被拖着鲸鱼的两根绳子缠住而死去,全船

的船员不是死亡,就是失踪,只有一个叫以实玛利的水手幸存下来。小说的象征意义在于:白鲸莫比·迪克是大自然残暴的象征,也是世界上不义和凶恶的象征;亚哈则象征着反对凶恶、残暴统治的战士。小说既描绘了捕鲸水手的悲惨生活,也说明了依靠捕鲸而繁荣起来的城市是靠捕鲸人的尸体建立起来的。

148.《荒岛历险记》写了哪些有趣的历险故事?

《荒岛历险记》插图

英国作家罗伯特·麦登·巴利坦的《荒岛历险记》讲述了这样的历险故事:主人公是三个年轻的水手,18岁的杰克身材魁梧,头脑灵活,做事勇敢;15岁的赖利,他的最大梦想是当一名船长;最小的彼得才13岁,调皮淘气又可爱,他们三人在一次出海实习时,遇风暴袭击,全船覆没,只有他们三人随波逐流,最后漂流到一座无人的荒岛上。在这里,他们随手取材造屋、造船、打猎、摘果,以艰苦奋斗、百折不挠的精神建起了珊瑚岛乐园,创造了一个舒适美丽的生活环境。但尽管如此,他们的最大愿望还是返回家乡。有一天,他们三人登上了一条靠岸的船,不料这竟是一条海盗船。原来,土著少女艾帕恬亚被食人族的勇将塔拉罗抢走,正准备献给食人族的酋长,而杰克恰好救过塔拉罗的命。在维护正义的使命感召下,他们甘冒生命危险救出了艾帕恰亚,也化解了两个土著民族的纷争,战胜了打着商船名号却专做海盗勾当的海盗船船长,他们三人最后也实现了回乡梦。小说对印第安土著民族当地的风土人情、气候及动植物的描写细腻真实,故事情节曲折,趣味横生而引人入胜。

149.《木偶奇遇记》讲了哪些海洋趣事?

《木偶奇遇记》是意大利著名作家科洛迪(1826—1890年)于1880年创作发表的长篇童话,主要表现木偶匹诺曹的种种离奇经历,他的淘气、反抗的行为给他带来欢乐、希望和苦恼,表现了木偶热爱正义、痛恨邪恶、天真纯洁的品质。整部童话想象丰富,情节曲折,语言活泼幽默,寓教诲于生动的趣味故事之中,其中所讲述的海洋故事尤为引人入胜。书中写到,调皮淘气好闯祸的匹诺曹到海上去寻找父亲,不料却被一条大鲸鱼吞食,他以为从此再也见不到父亲,却发现他的父亲居然安安稳稳地在鱼腹中点着蜡烛在看书。书中类似的情节比比皆是,常常令人捧腹大笑。

海洋文学

外国现代海洋文学

150. 19世纪法国最著名的海洋科幻小说家是谁？

19世纪法国最著名的海洋科幻小说家是儒勒·凡尔纳。儒勒·凡尔纳1828年出生于法国海滨小城南特。小时候，他常坐在码头上听水手们讲航海的故事，幻想有朝一日能亲自到大海去探险。他12岁的时候，真的做了一次出海尝试，结果却被父亲从一艘前往印度的船上揪了回来。他向父亲保证，从此以后，只在幻想当中旅行和探险。终于，他用自己创作的100多部科幻作品，带领中外读者踏上了梦幻之旅。他书中的主人公乘坐着在当时来说是不可思议的交通工具，有气球、蒸汽坦克、火箭宇宙飞船、潜水艇，甚至还有无人驾驶的岛屿；去的地方有的是火山口，有的是未知的国度，甚至是月球和遥远的行星。当然，最多的还是大海，写海上航行和海底探险的作品也最多。人们被他非凡的想象力所折服。在他1905年去世多年以后，美国人终于创造了第一艘核潜艇，其命名就来自30年前凡尔纳的科幻小说中创作的一艘潜艇的名字，即"鹦鹉螺"号，以纪念凡尔纳的功绩。

151. 凡尔纳创作了哪些著名的海洋科幻小说？

儒勒·凡尔纳以其丰富的科学幻想和勤奋的创作，被誉为是"发明了未来的人"。在他的100多部科幻作品中，书中的科学预言如今大部分都已成为现实，凡尔纳的作品也因此受到了全世界读者的喜爱。凡尔纳以海洋为题材创作的科学幻想小说最著名的主要有：《格兰特船长的儿女》、《海底两万里》、《神秘岛》等。《格兰特船长的儿女》主要叙写格兰特船长的儿女们随"邓肯"号船出海，战

《海底两万里》插图

胜无数艰险,终于在太平洋的一个荒岛上寻找到他们失踪的父亲和海上航行的故事;《神秘岛》主要叙述探险者在荒岛上以集体的智慧战胜困难、努力劳动创造幸福生活的故事。《海底两万里》可看做是凡尔纳的海洋科幻小说的代表作品。它讲述的是阿龙纳斯教授出海追寻一头巨大的海中怪物,结果却发现它原来是一艘装甲潜艇。阿龙纳斯也被神秘的尼摩船长所俘,开始随着这艘由尼摩亲自设计的了不起的"鹦鹉螺"号开始了两万里行程的海底旅行。小说向人们展示了一个充满刺激和冒险的神秘世界:体长上百米的超大型独角鲸,坚硬的犄角可以刺穿木质船壳;太平洋底的漂亮海獭;海面上的电击战;建在300多米海底的珊瑚王国中的潜水员坟墓;印度采珠人与巨鲨的殊死搏斗;神秘的海底隧道和红海海底奇观;地中海海底的阴森可怕与无尽的财宝;奇异的水下光和南极的大冰栅等等,凡尔纳所描绘的这些迷人的海底风光,至今仍令人神往。

152. 凡尔纳的小说对海洋未来发展有什么启示?

儒勒·凡尔纳是世界著名的科幻小说大师,一生写了众多的海上冒险小说,他的《哈特拉斯船长历险记》自不用说,还有他的著名三部曲小说《格兰特船长的儿女》、《海底两万里》和《神秘岛》。这些作品不仅有文学上的意义,更有对海洋未来发展的科学启示录的作用。比如对交通工具的开发与利用;对海洋生物种类的认识;对海洋生态的保护与开发;特别是凡尔纳对未知世界的超乎寻常的想象力和对自然科技成果的高度结合,势必会给21世纪的人类提供无穷无尽的、不可估量的创造力量,这是凡尔纳的小说对海洋未来发展赋予我们的重要启示。

153. 美国小说家马克·吐温的名字是什么意思?

马克·吐温(1835—1910年)是美国现代著名的小说家,被誉为美国文学史上的林肯。他的原名叫塞得尔·朗赫思·克莱门斯。那么,他为什么又叫马克·吐温呢?这和他的水上生活经历密切相关。马克·吐温于1835年11月30日生于密苏里州佛罗里达镇,在密苏里的汉尼拔城长大。他父亲一生总是祈求有朝一日发财致富,但由于缺乏恒心和耐力,最后只当了乡村律师并同时靠开小店谋生。在马克·吐温12岁时,他父亲就离开了人世。马克·吐温因为没有经济来源,两年后,也辍学到印刷厂

马克·吐温学习驾船

当排字工人,这样一直干了8年之久。1857年,他乘船沿密西西比河南下,想转道到奥尔良去南美,跟随老舵工贺拉斯·毕克斯学习轮船驾驶,这样,他又成了航行于密西西比河上的水手和领航员,而且立志"以领航员终其

身,愿死在机轮旁"。他饱览了密西西比河的风土人情和自然风光,接触了各式各样的人,为他后来成为作家积累了丰富的素材。当时,轮船在密西西比河上航行,通常以3.6米水深为安全标准。当水手们喊出"马克·吐温两倍1.8米水深"时,处于高度警觉的掌舵手就有了安全感,从此就可以放心驾驶了。这段生活给他留下了难以磨灭的印象。1863年,他自荐在弗吉尼亚市《企业报》当记者,开始频繁地发表文艺作品,同时,他也更加眷恋当领航员的工作。为了永久纪念在密西西比河上的生活,他就选用了水手们测水的喊声"马克·吐温"这句话,第一次开始以"马克·吐温"作为发表文章的署名。两年后,马克·吐温以幽默故事《卡拉弗拉斯县驰名的跳蛙》开始闻名全国,并写下了一系列脍炙人口的作品。以马克·吐温作为自己的终生名字,表明了他对豪迈而艰苦的掌舵职业的热爱,就像他所说过的那样,舵手是美国密西西比河上的国王和主宰。

154.《哈克贝里·费恩历险记》讲述的是什么内容?

《哈克贝里·费恩历险记》是美国作家马克·吐温以密西西比河为背景创作的一部儿童小说,主人公是他的另一部小说《汤姆·索亚历险记》中汤姆·索亚的朋友哈克贝里·费恩。写他被寡妇道格拉斯收养后,过不惯那种所谓的文明生活,而且他也觉得汤姆的那些玩罗宾汉之类的游戏也不够刺激有味,决心另闯天地。有一年秋天,哈克贝里的父亲为了得到他的钱,胁迫他到森林边的小木屋去住。哈克贝里讨厌父亲的专横,就假装溺水,藏进了杰克逊岛。在杰克逊岛他遇上了当地出逃的黑人奴隶吉姆。为了逃避搜捕,两人开始乘木筏沿密西西比河顺流而下，一路上经历了许多离奇古怪的人和事情。如罗宾逊医生的被谋杀，强盗船"沃尔特·司各特"号的船沉人亡，特别是哈克贝里与吉姆经过离离合合的磨炼，结下了牢不可破的友谊，共同战胜了为诈取钱财伪装成法国国王和布里奇沃特公爵的两个骗子。这两个坏蛋为了取得赏金，交出了吉姆。为救朋友，哈克贝里在密拉斯·费尔普斯的农场找到了吉姆的行踪，同时也遇到了汤姆，汤姆决心以浪漫的方式"救出"吉姆。是什么浪漫的方式呢？最后，据汤姆透露，吉姆根本就不是奴隶，早就是一个自由人，因为他的女主人沃森小姐在遗嘱里解放了她的所有的奴隶。尽管汤姆的姑妈波利很想收养哈克贝里，使他成为有教养的孩子，但最终哈克贝里还是下定决心要再一次出走，去周游各地。《哈克贝里·费恩历险记》如今已成为美国小说中的经典作品。

155.《马拉沃里亚一家》有什么深刻寓意？

《马拉沃里亚一家》是意大利小说家维尔加（1840—1922年）创作的一部海洋题材的长篇小说，小说的主人公叫马拉沃里亚，是西西里岛小渔村的一个勤劳正直的老渔民，他想凭借儿孙的强壮劳力和一条渔船，摆脱世代贫穷的命运，但结果希望破灭，家破人亡：海上风暴使他的儿子和渔船沉

维尔加像

入大海；瘟疫夺去了儿媳的生命；孙子或在战争中丧命，或道德堕落，不可救药；老马拉沃里亚也在高利贷的剥削下破产，在医院里痛苦地死去。小说以意大利西西里岛的一个小渔村为背景，写它的萎缩和衰败，寓意深刻地暗示了一去不复返的海洋文明的风光。

156.《企鹅岛》写的是什么内容？

《企鹅岛》是法国现代小说家阿纳托尔·法朗士(1844—1924年)创作的一部具有讽刺风格的小说，它是根据北极圈地区的一则传说写成的。说的是圣徒马埃尔将一族企鹅变成人，并为他们洗礼，从而一反上帝用泥巴创造人类的说法，让企鹅成为人类的祖先。在天堂里，经过长时间的神学讨论，神们决定接受事实，把长蹼动物变成人。圣徒马埃尔把企鹅岛搬到阿尔莫尔古国的海域，并把文明生活的法则教给这些新居民，但不能让他们逃避魔鬼的诡计。从此，企鹅的历史就成为人类历史，或者说是法国人的历史，

法朗士像

企鹅民族就是法国的象征。随后小说叙述了封建制的起源以及克拉肯龙、假圣母、英雄德拉柯的故事。然后是企鹅岛在中世纪和文艺复兴时期的曲折经历及法国大革命和现代史。企鹅岛的文明分三个插曲来表示：一是布朗

热将军的遭遇,另一个是德雷福斯事件,还有一个是描写政治集团和财界的阴谋,最后盲目地投入战争,末尾写未来无尽的历史,循环往复,人类永远要犯以前的错误。小说中处处透露着法朗士特有的讽刺和幽默,并富有深刻的哲理,如他认为,洗礼虽然洗去了人表面上的原罪,但人类的罪恶的某种本性依然存在;在提示德雷福斯事件以假乱真的本质时,他却一本正经地说"作为证据,假货一般价值胜于真货,首先因为假货是特意制造出来的,是为了事业的需要,按照订单制作的,而且它们毕竟做得标准而合法",冷嘲热讽了人类社会中某些虚伪的文明假象,具有寓言般的趣味和深意。

157.《灯塔看守人》塑造了一个什么样的人?

《灯塔看守人》是波兰杰出的小说家显克微支(1846—1916年)创作的一篇以在海上看守灯塔的人的生活为素材的世界著名短篇小说。小说讲的是在离巴拿马不远的阿斯华尔岛外的灯塔看守人忽然失踪了,急需一个忠实可靠、不怕风险并甘于寂寞的人去做这项工作。可是,由于岛上的生活条件太艰苦,所以没有人愿做这项工作。正在这时,来了一个七十来岁的老人,他是波兰人,名叫史卡汶思基。他腰背挺直,精神矍铄,举止风度很像军人。他为什么喜

显克微支像

海洋文学

《灯塔看守人》封面

欢做灯塔看守这份对别人来说给多少钱也不愿做的工作呢？原来，史卡汶思基是一个参加了1830年波兰起义的英勇而热爱自由的战士。起义失败后，他不得不离开祖国，到各处去战斗。因此，凡是发生争取民族自由斗争的地方，他都去过：波兰、西班牙、法国、匈牙利他都曾获得过战斗勋章，而且因生活所迫，他还在一条捕鲸船上干过三年，他现在唯一需要的就是"安静"和"休息"，因而，他觉得这份灯塔看守的工作对他来说就是最大的追求了。所以，他对这项工作非常负责，甚至和小岛上的鸟儿都成了好朋友。他希望一生都在流浪的自己能在此长住下去，终老天年。于是，看过往的船只，看大海潮起潮落，看飞翔的鸟与游动的鱼，成了他最喜欢的事情。可是，有一次，他忽然得到了一本波兰大诗人密茨凯维支的诗集，这本书重又吹醒了他那已经平静下来的怀念祖国的赤诚之心。这一天，他如痴如醉地读着诗集，心里想念着祖国波兰，因而忘记了周围的一切，也忘了点燃灯塔中的灯。不幸的是他因此被开除，又重新过起了流浪的生活。小说以如诗如画的文字塑造了史卡汶思基这样一位虽然远离祖国，却忘不了祖国并始终热爱自己祖国的典型人物形象。

158. 史蒂文森写过哪些海洋名著?

史蒂文森(1850—1894年)年轻时非常喜欢航海生活,这些经历成了他进行文学创作取之不尽的源泉。他根据早年驾船在比利时和法国河流上旅行的经历写成了《内河航程》和《驴背旅行记》,这为他后来专门写海洋作品打下了基础。他的第一部长篇小说《金银岛》,描写青年吉姆到一座神秘的宝岛上寻找大海盗吉特所埋藏的财宝的探险故事,首开了以海岛探宝为主题的文学作品的先河,出版后引起了极大的轰动。他晚年居住在萨摩亚岛上,以当地居民生活为素材写了《岛上夜谭》,情趣盎然,富于人情味。正因如此,他去世后,岛上居民为他举行了盛大的葬礼,使他享受了一切英帝国海外移民从未获得的荣誉——土著人所给予的荣誉。

159. 皮埃尔·洛蒂创作了哪些海洋题材小说?

皮埃尔·洛蒂(1850—1923年)1850年1月14日出生于罗什富尔,年轻时学过绘画和音乐。由于住在海上,祖先又有许多航海家,所以他很早就想当一个水手。1866年他来到巴黎为准备报考海军学校而去中学读书,第二年,又进入布列斯特的船舶学校,得以游历法国的海岸。1869年他又被任命为准尉,登上"让—巴尔"号,从此,他开始了漫长的海上航行生活,从日本航行到大洋洲,从北部湾航行到阿拉比。1872年,他来到了塔希提岛,王后的女仆们送给他一个绰号叫"洛蒂",这是太平洋岛上的一种花,他从此就以此用作自己的笔名,而他的真名路易·玛丽·于连·维奥反倒不太为人所知。第二

海洋文学

年,他又航海到了塞内加尔和非洲的其他国家。1876年,他晋升为海军少尉,随同"王冠"号前往萨洛尼克,在土耳其的水域又待了一年半。1877年11月他返回法国里昂,开始文学创作。这些丰富的海上生活经历,成了皮埃尔·洛蒂宝贵的文学创作的源泉,写下了许多备受世人喜爱的海洋题材的小说作品。1880年,皮埃尔·洛蒂发表的《洛蒂的婚姻》,是他第一部以海洋和海岛为背景创作的海洋生活题材的小说。故事发生在塔希提岛,描写中尉皮埃尔·洛蒂爱上了当地野性而迷人的少女拉拉胡,并以当地的习俗举行了婚礼。几个月后,洛蒂重返大海,但拉拉胡因患肺病在痛苦的等待中离开了人间,航海归来的洛蒂只看到了一个小坟。1883年,他又发表了《我的兄弟伊弗》,描写一个可怜的布列塔尼水手因受到洛蒂的保护,在航海的长期生活中,表现出勇敢细腻和善良的品格,洛蒂原谅了他因爱喝酒而犯下的错误,水手最后回到他的故乡,过上了平静幸福的生活。1886年,他发表了代表作《冰岛渔夫》,描写冰岛人艰苦而危险的捕鱼生活,并因此享誉世界。此外,在1893年他还发表了一篇名为《水手》的小说。皮埃尔·洛蒂是法国现代文学史上一生只写一种类型作品即海洋小说的著名作家。

160.《冰岛渔夫》描述的是什么内容?

《冰岛渔夫》是法国作家皮埃尔·洛蒂于1886年出版的饮誉世界的长篇小说。故事的发生地是布列塔尼的班保尔湾,向世人第一次形象地展示了到冰岛附近洋面捕鱼的渔民们危险和艰苦的生活。他们每到冬天,就离开家庭,冒着浓雾和风暴,去北方捕捞鳕鱼。城里的一个名叫哥特的富家小姐和她父亲一起回到布列塔尼,不久,哥特小姐就爱上一个年轻力壮、俊美正直的渔夫扬恩。可扬恩独立不羁,桀骜不驯,好像不理会哥特的爱情,而哥特小姐出于羞怯和矜持,也不敢轻易做出流露自己情感的举动。九个月过后,出海的渔民又回来了。不料有一天,哥特小姐的父亲因破产而死,于是,她开始大胆地向扬恩表白爱情。扬恩虽然心里也喜欢哥特,但他以为哥特太富有,不会成为一个渔夫的妻子,所以也迟迟不敢向她求婚。经过一番波折,他们终于生活到一起。可好景不长,婚后仅一星期,扬恩又要出海,哥特开始过起渔夫妻子的生活,在耐心和等待中度日。捕鱼季节结束后,出海打鱼的渔船接连返港,只有扬恩的那艘渔船音信皆无,哥特仍然祈求和期待着,可扬恩从此再也没有回来。

皮埃尔·洛蒂借助这个以海洋为背景的爱情故事,以极大的同情心,描写了渔民的悲苦命运。在茫茫的海面上捕鱼的小船,只有六个人,分成两班轮流工作,遇上风暴便是九死一生,死亡的阴影总是笼罩在他们的头上,他们必须长久地忍受既没有理由也没有目的,如同生和死一样神秘的大海的暴怒,伊芙娜老奶奶的亲人都葬送海底,最后一个小孙子也在东京湾作战中受伤而死,只剩她孤零零一个人,扬恩甚至说他只能和海结婚。在洛蒂的笔下,最出色的要算是对阴沉、压抑的大海景色的描写,如一幅幅恢宏的画展现给读者,达到一种诗意和迷人的效果。

161. 康拉德有哪些著名的海洋文学作品？

康拉德(1857—1924年)在世界历史上有着双重的著名身份,他既是一个多产的小说家,又是一个闻名遐迩的航海家。他自幼就不愿接受正规学院教育的约束,向往海上生活。在舅父的帮助下,他先在商船上做徒工,后来又在"圣安托尼"号上当炊事员,他把在海上18个月的传奇经历,写进了他的小说《诺斯特莫罗》中。以后,对每一时期的航海生活他都用小说形式记录下来,成为多产的海洋文学作家。他的《海上镜子》和《金箭》描述了他在海上向西班牙偷运武器的活动;短篇《青年》则是他在"巴勒斯坦"号上遇到海难,货物起火、水手弃船逃命等种种事故的记载;小说名篇《水仙号上的黑家伙》是根据他在"水仙"号上航行的经历写成的,寓意隐晦,扑朔迷离。后来,康拉德成为航行曼谷的"奥塔格"号的船长,他以这些海上生活为素材,写成了小说《阴影线》和《流浪者》。后来,他又在"刚果"号上任船长,由于目睹了殖民掠夺的残暴行为,使他身心大受刺激,最终他放弃了航海生活。但是,他又根据这一噩梦般的经历写成了享誉世界的小说《黑暗之心》。可以说,大海成了康拉德取之不尽的写作矿藏,而

康拉德像

他本人所经历的航海生活的复杂、危险和不确定性与多变性,又使他的作品对读者分外富有吸引力。

162.《吉姆老爷》表现的是什么样的主题?

《吉姆老爷》是波兰籍的英国作家约瑟夫·康拉德于1900年创作出版的海洋题材的长篇小说。童年时期饱尝了和父母一起过流放生活的艰辛和磨难的康拉德,为了谋生和自由,来到了西欧。他先在法国马赛当了一名见习水手,随后又加入了英国的商船队。在漫长的海上航行中,他领略了世界各地的风土人情,经受了风浪和险礁的磨炼,通过读报和接触水手学会了英语,而且还通过考试当上了船长。后来,他因病而放弃了航海,开始文学创作。他的作品大多以海洋生活为背景,以对水手们与狂风恶浪的惊心动魄

《吉姆老爷》封面

的搏斗场面描写和展示异国海域的奇特风光而闻名于世。同时以主人公面对荒岛和森林中的文明与原始的撞击,启发人们对人的自然本性和现代文明的关系进行深刻的思考。《吉姆老爷》就是这样一部小说。主人公吉姆从小就对人生充满浪漫的幻想,当上英国商船的官员后,他更想干一番惊天动地的伟业,头脑里常常幻想着他如何会成为见义勇为、扬善除恶的英雄人物。于是,他混淆

了现实和幻想的区别,用是非分明、善恶迥异的幻想世界代替似是而非的现实。然而,现实残酷地粉碎了他的梦想。吉姆担任大副的那艘"派特娜"号在夜间航行时,突然撞上漂浮物,又遇上罕见的暴风雨,吉姆顿时陷入矛盾的境地:要是弃船自己逃命,良心和责任感不允许;如果在黑夜中随船葬身大海,死亡的恐怖和威胁又使他产生偷生的念头。慌乱之中,他内心的恐惧感和贪生欲骤然膨胀,终于违背航海员的道德准则,在乘客逃生之前而身不由己地跳海逃命,结果铸成了大错,被海事法庭判了罪。为了赎罪,吉姆来到马来群岛的土著部落中生活。他真心实意地为当地人民办事,他自己内心的负罪感也略有减轻,可死亡和罪恶再一次威胁到他,一股海盗侵入丛林中的部落抢劫财物。面对海盗的淫威,吉姆又一次感到软弱无能,错过了除掉海盗的良机,但最终吉姆还是正义凛然,用生命维护了他的人格和信誉,从而深化了小说赎罪的主题。

163. 《骑鹅旅行记》中的尼尔斯遇到了什么奇迹?

《骑鹅旅行记》是一部家喻户晓的长篇童话,它的作者是曾获得诺贝尔文学奖的著名瑞典女作家塞尔玛·拉格洛芙(1859—1940年)。书中的主人公是一个贪吃贪睡、顽皮淘气的14岁小男孩,名叫尼尔斯。由于惹怒了去他家偷衣物的小狐仙,他被小狐仙变成了一个拇指大的小人儿,而且从此开始能听懂禽兽的语言。不久,尼尔斯被一只名叫茅顿的白雄鹅带着,降落到一座名叫卡尔斯克鲁纳城的钟楼上。夜里,尼尔斯溜进市内,参观了著名的军港,而且在本市最大的造船厂里,观看了瑞典海军制作的各种舰艇模型和船只,他被瑞典海军的光荣历史和英雄人物的业绩感动得热泪盈眶。尼尔斯离家三个星期之后,正好是复活节,恰巧白鹳先生来访,就把尼尔斯带到一个荒凉的海岸上。尼尔斯在海边散步时,低头看见1枚破铜钱,就一脚把它踢开了。可就在他抬头的一刹那,他被眼前出现的奇迹惊呆了,只见一座城市出现在他的眼前。

《骑鹅旅行记》封面

正在他惊疑之际,他看见披金戴玉的男男女女,个个衣冠楚楚,在繁华的街道上川流不息。商人们拿着昂贵的货物恳求尼尔斯买下来,哪怕就只给1枚破铜钱也行,可尼尔斯搜遍全身也找不到1枚钱,富商阔佬们都急出了眼泪。尼尔斯也被他们的不安感动了,不顾一切地向海边跑去。等他找到那枚破铜钱返身跑回城堡时,眼前却除了大海以外,什么也没有了。尼尔斯大惑不解,这是为什么呢?白鹳先生告诉他,他所看到的是一座因骄奢淫逸而被罚入海底的城市,每隔100年才能在复活节的那天晚上以它原来的面貌出现,而且只能停留1小时。这期间,如果世上有人买了他们的东西,这座城市就会得救,否则就要沉入海底。尼尔斯听后大哭起来,他知道自己辜负了白鹳先生的一番苦心。尼尔斯后来怎么样了呢?当然,在尼尔斯经历了许许多多的历险以后,终于又恢复了原来的样子,于是按照和雁王阿卡的约定,来海边和大雁告别,不过,望着逐渐消失在天空的大雁们,尼尔斯依然还想再次变成大拇指,去跟大雁们一起快乐地飞越陆地和海洋。

164.《彼得·潘和温迪》讲述了哪些奇妙的故事?

《彼得·潘和温迪》是英国作家詹姆斯·马瑟斯·巴里(1860—1937年)创作的一部童话剧,1904年12月27日在伦敦剧场上演后,立刻引起轰动,1911年它又以书的形式出现,并风靡全世界。书中主要讲的是一个叫彼得·潘的男孩,穿着一套树叶装,带着一个小光团来到了达林夫人的育婴室,对她的三个孩子温迪、约翰和米歇尔每个人的身上喷一点仙尘后,在小仙女丁可儿·贝尔的帮助下,一起沿着成千上万的金箭头指引的方向飞向了"幻境岛"。幻境岛的居民感到彼得回来后,岛上

《彼得·潘和温迪》插图

变得混乱不安。他们遗失的男孩们去找彼得,海盗们去找遗失的男孩们,印第安人去找海盗,野兽们去找印第安人。这些人都以同样的速度在岛上团团转,却谁也找不到对方。幻境岛上今晚共有六个男孩,有最温和谦逊的

突特利斯、乐天派的尼伯斯、势利鬼斯莱特利、习惯责骂的柯利,还有形影不离的双胞胎。幻境岛上最令人可恨的是海盗船船长胡克,他长着蓝眼睛,做坏事时会露出两点红色的凶光,嘴里总是叼着一个奇特的玩意儿,同时吸两支雪茄烟。彼得·潘就是和胡克船长争夺着幻境岛的统治权,在前几次的搏斗中,彼得·潘砍断了胡克船长的手臂,并扔给了一条鳄鱼吃。从此,这条鳄鱼总是到处寻找胡克船长,想要把他整个吃掉。彼得·潘开始率领一群小男孩和美丽的温迪从事各种冒险活动,比如和人鱼交朋友,给幻想鸟下的蛋找个家,营救印第安少女。最有意思的是,他们在幻境岛上吃的是假想餐,而就餐的时间就是以胡克的手臂在鳄鱼肚子里变成的闹钟为准。当然,最后彼得·潘战胜了胡克,遗失的孩子们也找到了家,但彼得·潘只想永远做个小孩,向野兽挑战,与残忍的胡克船长领导的罪恶海盗斗争。

165. 哪位小说家预言了"泰坦尼克"号的悲剧?

1912年4月15日,"泰坦尼克"号沉没的消息传开后,英国举国哀悼。然而,在哀伤之余更感到万分震惊的,莫过于此前读过长篇小说《徒劳无益》的读者了,他们的脑海里立刻浮现出一个疑问:太不可思议了! 世界上难道真的有这么灵验的预言家吗? 他们之所以会产生这样的疑问,是因为摩根·罗伯逊写的小说《徒劳无益》所描述的内容与现实中"泰坦尼克"号的悲剧几乎一模一样。那么,《徒劳无益》写的是什么内容呢?

小说《徒劳无益》是"泰坦尼克"号沉没之前的14年,

也就是 1898 年出版的。当时的摩根·罗伯逊还是一个名不见经传的无名作家。他白天奔走于几家轮船保险公司,与各种各样的经纪人打交道,晚上则独自躲进顶楼的陋室写他的小说。罗伯逊喜欢写幻想小说,他作品的题材不是地球人征战外星人,就是现代人与古朝代的恐龙搏斗。可惜,他命运不好,没有哪家出版社愿意出版他的作品。于是,他转而考虑写一部接近现实生活的作品,他把故事发生的地点放在大西洋,还给小说起了一个很古怪的名字《徒劳无益》。小说讲的是英国有人建造了一艘硕大无比的大邮船,船名叫"泰坦",是"巨人"的意思。船主宣传说"泰坦"号邮船是世界上最舒适、最豪华、速度最快的客轮,而且是一艘永不沉没的世界第一大邮船。"泰坦"号的处女航是从英国驶向美国,横渡整个大西洋。有幸乘坐"泰坦"号处女航的人都是美英两国的百万富翁们。4 月,一个漆黑寒冷的夜晚,"泰坦"号由于迎面撞上在大西洋上浮流的冰山而沉没。由于这艘巨轮没有配备足够的救生艇和其他救生用具,大部分乘客不幸遇难,人数达 2000 多人。在巨轮即将沉没的一两个小时里,每个人的品质都经受了极大的考验,有人视死如归;有人贪生怕死;有人情操高尚,宁愿把死亡留给自己,把生的希望留给别人;有的人则低贱下流,使出各种卑鄙无耻的手段来逃命。寒冷的北大西洋,目睹了一场惨绝人寰的大悲剧,同时也目睹了面临生死考验时形形色色的众生相。因为英国人与航海有着天生的不解之缘,所以许多读者都对罗伯逊的这部如此沉重和压抑的作品并不感兴趣,长篇小说《徒劳无益》出版后不久也就被读者遗忘了。直到发生了"泰坦尼克"号的沉船之灾,人们重又想起了摩根·罗伯逊和他的《徒劳无益》。难道这其中真的有某种必然的联系吗?

166.《徒劳无益》与"泰坦尼克"号事件有何相似之处?

1898年由英国人摩根·罗伯逊创作的小说《徒劳无益》出版后,并没有引起读者的关注。直到14年后的1912年4月15日,英国客轮"泰坦尼克"号撞冰山沉船事件发生后,才令许多读者一夜之间想起摩根·罗伯逊和他的《徒劳无益》。书中所写的那些与现实生活的沉船事件几乎一模一样的描述,令读者感到万分惊叹和不可思议。那么,小说里所描述的故事内容与现实生活中的"泰坦尼克"号沉船事件都有哪些引人注目的相似之处呢?

还是让我们看看小说中的这段文字:1898年4月,英国南安普敦港,一艘豪华客轮即将开始她的处女航。这艘全长260米,排水量7万吨的巨轮,不但号称是全世界最大的客轮,还自夸是一艘"不沉之舟"。然而,当它在开始处女航不久,在经由大西洋驶向纽约时,在大西洋的北部海域不幸撞上了冰山而沉没。船上全部人员有2000人,但只有24只救生艇。因此船沉之后,船员和乘客大半都随船葬身海底。令人难以相信的是,现实生活中的"泰坦尼克"号也是在4月(只是时间迟了14年),而且也是在英国南安普敦港开始她的处女航的。而且两者的相似之处巧合得令人不可思议。你看:小说中巨轮的目的地是纽约,"泰坦尼克"号的目的地也是纽约;小说中事故的发生地是大西洋,"泰坦尼克"号的罹难地也是在大西洋;小说中惨案发生的原因是由于在航越大西洋途中撞上冰山,巨轮沉没而救生艇不够,致使乘客无法获救,这与"泰坦尼克"号事件的原因毫无两样;小说中的巨轮一心想刷新横越大西洋的航行记录,以夺取大西洋蓝带的锦标,现实生活中的"泰坦尼克"号周围的轮船曾五次打电报给"泰坦尼克"号,警告它周围有冰山漂流,但它根本不听,继续以23海里的速度行驶,结果招致厄运,而小说中的巨轮也是高速行驶,速度是25海里,与"泰坦尼克"号只有两海里之差;更有甚者,小说中的巨轮配有三支桨,同样被称为"世界上最大的豪华客轮",同样有"不沉之舟"的美称,这与"泰坦尼克"号也一样;小说中的巨轮长260米,"泰坦尼克"号长268米;小说中巨轮的排水量达7万吨,"泰坦尼克"号的排水量是6.6万吨;小说中巨轮的功率是5万匹马力,"泰坦尼克"号的功率是5.5万匹马力;小说中的巨轮的最快速度是25海里,"泰坦尼克"号的最快速度也是如此。更加离奇的是,小说中的巨轮叫"泰坦(TITAN)",现实中的巨轮则叫"泰坦尼克(TITANIC)"仅差两个英文字母,意思则都是"巨人"的意思。这些给人留下深刻印象的种种巧合随着"泰坦尼克"号事件的发生又一次引起强烈的震撼,默默无闻的摩根·罗伯逊一夜之间闻名遐迩,并被人视为灵验的预言家。更令人遗憾的是不但小说从此再未再版,而且就在"泰坦尼克"号沉没不久,摩根·罗伯逊就在美国新泽西州的阿多兰迪市举枪自杀。没有人能确知这些事实的真相,留给世人的是一个难解之谜。

167. 泰戈尔写过哪些海洋题材的作品？

泰戈尔(1861—1941年)是印度近现代著名作家，1913年曾获诺贝尔文学奖。他创作的海洋题材的作品有小说《戈拉》和《沉船》，另外还写下了大量咏海的诗篇。如他在一首歌颂船长的诗中这样写道："我们的航程开始了，船长，我们向你鞠躬/风涛狂啸，浪头狂暴，但是我们行驶下去。/危险的恫吓在路上等待着奉献给你他们的痛苦的礼物/在风暴中心有个声音呼叫：'来征服恐怖吧！'/让我们不要怀疑着去回顾那

泰戈尔像

些落后的人/或许恐惧和顾虑来使警醒的时间麻痹的人。/因为你的时光就是我们的时光/你的负担就是我们自己的负担/而生和死只是你游戏在生命的永存之海上的呼吸/让我们不要在挑选微小的帮助和慢慢地挑数朋友上枉费心思吧。/让我们首先懂得你是和我们在一起/而我们永远是你的。"诗篇充分地表现出了大海博大的宽容、胸襟和气度。

168.《高濑舟》的内容是什么？

森鸥外(1862—1922年)是日本浪漫主义文学的先驱作家，别号观潮楼主人、鸥外渔史等。《高濑舟》是使他获得广泛声誉的著名短篇小说。作品中的高濑舟是航行在京都高濑川的一种小船，专门运送在京都被判流刑的罪

海洋文学

犯到大阪去,负责押解的是京都地方行政长官属下的解差。30多岁的流浪汉喜助被控杀了弟弟而被判流放,这天也上了高濑舟。但解差羽田庄兵卫却发现喜助并没有以往罪人大都呈现的目不忍睹的可怜相和媚态,相反却显得非常愉快。庄兵卫想不明白这是怎么回事,就问喜助,喜助对他说,对别人而言,被流放到岛上去也许是悲哀的事情,那是因为他们在世上过着富裕的生活,而对他这种无处容身的人来说,能有一个落脚的地方就已经非常满足了。因为当时按规定,凡是流放到海岛上去的人,一律发给200文钱,对喜助这种豁命去干活也挣不到几文钱的人来说,把属于自己的200文钱装在自己的怀里这还是从来没有过的好事。虽然是去流放,但有饭吃,到了岛上,这200文钱还可以作为干活的本钱。喜助的话也引起了庄兵卫的思索,因为他虽然不是犯人,但却连200文钱的积蓄也没有,还时常担心被免了官或是患了大病自己还不知该如何是好,因此,庄兵卫看喜助就好像是在仰望着夜空笼罩下的喜助头顶上放射的光芒。通过谈话,庄兵卫了解到喜助原来和弟弟相依为命,弟弟不愿拖累哥哥而用刀割了自己的喉管,但刀柄却留在了外面。喜助想帮弟弟把刀拔出来时,却被邻居老太太看见,控说他杀死了弟弟。庄兵卫想,杀人无疑是犯罪,但为了把弟弟从痛苦中解救出来而使弟弟断气,这难道也是犯罪吗?庄兵卫想不明白,决定到目的地后去请教地方长官老爷。朦胧的夜色里,高濑舟载着默然相对的两个人,在黑色的水面上继续向前驶去。

169.《勇敢的船长》塑造了哪些船长的形象?

《勇敢的船长》是英国作家迪亚德·吉普林(1865—1936年)于1897年出版的儿童题材的长篇小说。吉普林出生于印度的孟买,但父母都是英国人。他在英国长大后,17岁又重返印度为一家报社撰稿,后来回国又娶了一名美国妻子,定居在沃蒙特。他曾于1907年获得了诺贝尔文学奖。《勇敢的船长》是他以在新英格兰的生活经历,以儿童为主人公创作的长篇小说,整部小说对大海和捕鱼过程的细节描写令人如痴如醉,大开眼

吉普林像

界。小说描写一个生活在百万富翁家名叫哈威的小男孩,因在轮船上逞强吸烟而头晕坠入大海,后来被一艘名叫"我们在此"号的捕鱼船搭救。这艘船的船长叫迪斯克,是一个正直的人,他儿子丹也在这艘船上给厨房当帮手兼做杂工。哈威由于在家娇生惯养被宠坏了,以为在船上用钱就可买到一切,没想到迪斯克船长根本就不把他当一回事,把他鼻子打出血后,便命令他去干活。他的儿子丹不但非常有同情心,而且熟悉海上驾船和捕鱼,他帮助哈威熟悉船上的生活,两人成为一对好朋友。在迪斯克船长和丹及船上众水手的帮助下,哈威勤劳、努力,终于成为全船人的好朋友。他扫甲板、拖污泥、刮鱼鳞、削土豆、搬煤块、系缆绳,什么脏活、累活都抢着干,还学

会了捕鱼和掌舵。船长迪斯克也不动声色地非常喜欢他。这期间,他们的"我们在此"号捕鱼船经历了"海上过山车"的风暴洗礼,目睹了"卡曼斯"号的惨剧,也举行了海上葬礼,这一切都使哈威逐渐成熟起来。终于,他们在迪斯克船长的带领下,在与别的捕鱼船进行的捕鱼竞赛中获胜。哈威的父亲切尼先生和母亲听说哈威还活着的消息后,也乘私人火车赶到码头看望儿子。切尼先生看到儿子哈威成为一个勇敢的男子汉后,非常高兴。这位拥有从圣弗朗西斯科到日本的铁甲运茶快船的工业船长与渔船船长迪斯克终于见了面,为感谢迪斯克船长的救子之恩,切尼先生决定让丹到他的铁甲运茶快船上当大副,不久以后,哈威和丹都成了切尼先生铁甲运茶船队的船长。

170.《在贝尔海滩》写的是什么内容?

《在贝尔海滩》是爱尔兰诗人、剧作家兼散文家叶芝(1865—1939年)创作的剧本,主人公非常富有传奇色彩。它讲的是国王康诺巴要把王位传给儿子,而不愿让给众望所归的英雄库丘林,他的借口是库丘林没有能够传宗接代的儿子,而且还要库丘林发誓听从他的旨意。库丘林考虑自己已经年老体弱,也就答应了国王的要求。后来,库丘林奉命去和苏格兰的武士决斗,并杀死

叶芝像

了对方。胜利回来以后,库丘林才知道他所杀死的那个苏格兰武士,竟是他自己的儿子。在失去儿子的痛苦和绝望中,库丘林冲向大海,在和海浪的搏斗中最终死去。整个剧本是借助一个傻子和瞎子来讲述的,他们分别代表库丘林和康诺巴的影子。

171.《漫长的旅途》的结尾有什么深刻寓意?

《漫长的旅途》是丹麦作家伊恩森创作的大型散文体史诗,全书共六部。伊恩森出生在菲英岛的斯文堡一个船长家庭,曾在哥本哈根大学学习,后来长年旅居意大利和其他国家。他创作的史诗《漫长的旅途》的目的是为日耳曼民族作传。这部史诗的结尾,非常富于隐喻色彩,文中出现了一艘永远在海上漂游的"飞行荷兰人"号幽灵船,它暗示了人类的未来将是在漫漫的旅途中,长久跋涉,永无休止。

172. 散文诗《海燕》的思想艺术成就是什么?

《海燕》是苏联伟大的文学家高尔基(1868—1936年)创作的一篇散文诗,主要描绘了海燕与狂风恶浪战斗的形象。在苍茫的大海上,狂风卷着乌云。云海相隔,海面上的波浪翻起白沫。在乌云和大海之间,一只海燕像黑色的闪电,在高傲地飞翔,一会翅膀碰着波浪,一会箭似的直冲向乌云。海燕兴奋而欢乐地叫喊,迎接暴风雨的来临,而那些海鸥、海鸭和企鹅却都惊慌失措,丑态百出,只有高傲的海燕,勇敢地自由地飞翔,大海中的波浪也高唱战歌去迎接雷声,海鸥、海鸭和企鹅已销声匿迹,只有海燕箭一般地穿过乌云,因为她深信乌云遮不住太阳。

暴风雨就要来临了。云海相接,天海不分,风在狂吼,雷声轰隆,乌云像青色的火焰在大海上燃烧,妄图把大海烧干涸,大海却抓住闪电,把它熄灭在自己的深渊里。最后,海燕在怒吼的大海上,在闪电中间,高傲地飞翔,预言家似的高喊:"让暴风雨来得更猛烈些吧!"《海燕》在艺术上以拟人化手法反映革命前夕人民与反动派搏斗的图景,表达了俄国人民渴望革命到来的共同心声。

173.《"莱蒂夫人"号上的莫兰》有什么特色?

《"莱蒂夫人"号上的莫兰》是被称为"美国自然主义之父"的小说家弗兰克·诺里斯(1870—1902年)于1898年出版的具有浓郁浪漫主义色彩的小说。这部小说以美国的加利福尼亚为背景,讲述一个身穿男装、能喝威士忌、性格桀骜不驯的女子莫兰在海上的精彩的冒险故事,塑造了莫兰坚定地维护自己的独立行事、不为任何人所左右的性格。其实,诺里斯还写过一部叫《章鱼》的

诺里斯像

长篇小说。作者用"章鱼"来形象地比拟太平洋与西南铁路公司,它们就像捕获猎物的章鱼一样,用自己的残忍触角,紧紧地钳制住加利福尼亚州贫穷的农民,成为垄断资本主义的象征。它是美国小说史上第一部以经济斗争为

主题的小说,却起了一个非常形象而富有寓意的名字。《一位男人的女人》则写的是护士劳埃德·西赖特不怕传染上伤寒病,而精心护理生病的北极探险家沃德·贝内特,终于使他起死回生。两人结婚后,劳埃德·西赖特放弃了自己的护理事业,帮助丈夫重新踏上了远征北极的险途。

174.《阿兰群岛》是关于什么内容的旅行纪实?

《阿兰群岛》是出生于德国的爱尔兰作家辛格(1871—1909年)以海岛和渔民为主要内容的一部旅行札记。辛格在1898年曾访问过爱尔兰西部的阿兰群岛,了解了当地的渔民生活,后来又去了威克洛、克时等地。《阿兰群岛》出版于1901年,全书共四节,采用新闻报道的形式描绘了阿兰群岛上的自然景色和岛民独具特色的生活。作者写到,在他去小岛的途中,看到了岛民简朴的生活,姑娘们胡乱地裹着头布,猪崽被随便地绑在口袋里,而且岛上异常的荒凉。这种荒凉使得人们经常意识到死亡的威胁气氛,可这种气氛又常被讲盖尔语的姑娘们的爽朗笑声所打破,小说的字里行间洋溢着辛格对小岛的强烈感情。在辛格的笔下,阿兰群岛就像沦落的天堂,岛民们保持着古老的文化和信仰,他们不懈地以丰

辛格像

富的想象力改变着现实,以实现他们的理想。后来,辛格还利用他在阿兰群岛的生活经历和当地富有特色的方言,创造出了一种崭新的像神话一般的戏剧。

175. 《骑马下海人》写的是什么内容?

《骑马下海人》是辛格于1904年出版的剧本,主要内容写的是阿兰群岛的渔民生活。玛丽是一个意志刚强的老妇人,她的丈夫和五个儿子都相继在海上捕鱼时遇难溺水而死。最小的儿子巴特利也不听母亲的劝告,执意要冒着风暴渡海去大陆集市卖马,结果也不幸遇难。渔民们把他的尸体用一块破帆布裹了,带回给他的母亲玛丽,但玛丽没有哭泣,也没有悲伤,只是说人注定要死亡,没有人会永远活着,活着的人应该感到满足。这部十分感人的悲剧,歌颂了老妇人的坚强性格以及阿兰群岛渔民和狂暴无常的大海顽强搏斗的无畏精神。它强调了神秘和超自然的因素以及人类终将遭到毁灭的结局,笼罩着希腊悲剧的气氛,同时,又具有幽默色彩。

176. 《航程》描写的是什么内容?

《航程》是美国杰出散文家与历史学家华盛顿·欧文(1783—1859年)创作的一篇散文。内容主要是讲作者作为一个美国人乘船去欧洲观光时,在航行的轮船上自己所见所闻的一些人和事,描述了迷人的海上风光。《航程》中记叙了船长讲述的一次海上遇难的故事,结尾又描写了船上一个病重的水手靠信念支撑和在岸上等待他的妻子终于相见的动人情节。这篇《航程》中最令人着迷的是作者对海上风光的如诗如画的描写,历来为人所称道。如作者

欧文像

对风和日丽的海上景色是这样描写的:"在风平浪静的日子,我喜欢懒洋洋地凭倚着船尾的栏杆,或者爬上大桅盘,一连几小时对着夏日里静谧的海面沉思默想;我喜欢凝望那刚刚露出海面的一团团金色的云彩,把它们想象成仙境,把我臆想的人物移至其间;我喜欢注视那微波漾漾的海面,那翻滚的银涛仿佛要消灭在幸福的彼岸。""从令人目眩的高处俯视水中怪物粗鲁地嬉戏,安全感和恐惧感交织心头,此中乐趣,颇堪玩味。成群结队的海豚在船头两边打滚,鲸的巨大身躯缓缓升出海面;贪婪的鲨鱼像幽灵一样穿破蓝色的波浪。"而黑夜风暴中的海洋则又是一番景色:"夜愈深,风暴愈猛。大海掀起巨澜,波涛汹涌澎湃,涛声阴沉恐怖,轰鸣回落,达于四方。电光闪闪,随着泛起泡沫的海浪颠动,把头顶的团团黑云扯碎,使随后而来的黑暗显得更加可怕。雷声隆隆,从狂涛上碾过,与洪涛和鸣呼应,声音拖得长长的。只见船在东摇西晃,跌入咆哮的浪谷,居然还能重新保持平衡浮出水面,简直像奇迹一般。帆桁时时浸入水中,船头也快埋在波涛底下。有时一股洪流汹涌而来,眼看就要把船淹没,但舵轮灵巧地一转,避开洪流的冲击,又复安然无恙。""狂风呼啸,吹过帆索,听起来像送葬的呜咽悲泣。海上波涛汹涌,船在艰苦跋涉,船桅嘎嘎作响,船壁在紧张地呻吟,此情此景,令人胆战心惊。浪涛冲击着两侧的船舷,咆哮声灌入我的耳中,我仿佛觉得死神在大发雷霆。围着这座浮动的监狱打转,寻找着它的猎物。只要松了一颗钉子,裂开了缝,死神就会乘虚而入了。""然而一到天朗气清,惠风和畅,波澜不惊,所有阴郁惨淡的愁思就迅即烟消云散了。海上阳光明媚,和风习习,畅快怡悦之情油然而生,无法抵挡。待到扯满风帆,每片帆都吹得鼓鼓囊囊,船划破涟漪轻快地前进,她是那样洋洋自得,威风凛凛,俨然是大海的主宰一样!"

177.《失去影子的女人》讲述的是什么故事?

奥地利作家霍夫曼斯塔尔(1874—1929年)的三幕歌剧《失去影子的女人》讲述了这样一个故事:有一个魔王的女儿,当她化作一只羚羊游玩时,被东南群岛的国王猎去,成了一个没有影子的皇后,从此,她到处寻找自己的影子。

178. 毛姆创作过哪些以海洋生活为背景的作品?

毛姆(1874—1965年)是英国文学史上具有重要地位和影响的作家,特别擅长描写异国风光,他于1919年出版的小说《月亮与六便士》就是以西印度群岛为背景创作的一部世界文学名著。毛姆最出色的作品是他的短篇小说,数量达150篇之多,内容上绝大多数都是关于东南亚海上旅行的生活,最著名的是《雨》,它写两对白人传教士夫妇同船去南太平洋的萨摩亚群岛,在一个由美国管辖的岛上停留。同船有一个美国妓女莎蒂也住在他们住的旅馆里,又在房间里接客。传教士台维生见此怒不可遏,一方面要当地总督限令沙蒂在几天内必须搭船回旧金

毛姆像

山;另一方面又不断同她单独谈话和祈祷,说是为了挽救她的灵魂。在此期间,岛上一直下着只有热带海洋才有的可怕的大雨,人们憋闷痛苦得快要发疯,全身的骨头也像散了架子一般。在这样的环境中,当地人生活得很平静,而白种人却露出了平时被压抑的本性。虚假的传教士台维生对当地人和下等白人的"罪恶"的惩罚显得残酷无情。就在他扬言已经把沙蒂的灵魂拯救过来的时候,在她即将被押送上船的头一天晚上,半夜两点钟当台维生从沙蒂的房间里出来后,却在海滩上自杀了。大家都弄不明白这个坚强的基督战士为什么会这样?从前出卖肉体的沙蒂,此刻却趾高气扬,穿上她平时接客用的全套花哨行头,以万分鄙夷的神情和深恶痛绝的语气,回答了向他问话的男人,并成为本篇最精美的名句,沙蒂说:"你们这些男人!你们这些肮脏下贱的猪猡!你们全是一路货,全都一样。猪猡!猪猡!"一语道破了人性的凶残、虚假和疯狂的情欲,富有批判现实主义色彩。

179. 杰克·伦敦为什么能创作出《海狼》?

1876年1月13日,杰克·伦敦出生于美国旧金山。他父亲虽然是一位知识分子,可他在加利福尼亚干一行败一行。杰克·伦敦13岁起就在旧金山湾学习当水手,15

杰克·伦敦像

岁时为养家糊口还当起"蚝贼",在黑夜里抢劫养蚝的海床,再把偷来的蚝拿到旧金山的市场或沙龙去卖,就在这种生活中,杰克·伦敦仍然如饥似渴地从图书馆借书来读。后来,他当上了加利福尼亚州渔警队的成员,专门逮捕非法捕鱼的人。17岁时,他在一艘捕海豹船上当水手,在太平洋上漂流了7个月。直到19岁时,他才到中学学习,并开始给学校杂志投稿,虽然被全部退回,但他仍然执著地写作,并获得了成功。1904年出版的长篇小说《海狼》,之所以一出版就成为畅销书并成为世界著名的海洋题材的小说,是和杰克·伦敦丰富的海上生活阅历与执著的文学创作信念紧密联系在一起的。《海狼》主要写的是具有"超人"性格的"海狼"劳森船长的故事。劳森的捕海豹纵帆船"魔鬼"号救起了在旧金山湾落水的亨甫莱,他被迫在船上当起了轮船服务员。经过观察,他发现劳森完全是一个原始人,从他身上可看到典型的返祖现象。后来,劳森又搭救了一群落海的难民,其中有一位文静美丽的女诗人玛丽,亨甫莱爱上了玛丽,"海狼"劳森也对她垂涎三尺,最后,亨甫莱与玛丽驾小船逃离"魔鬼"号来到一个小岛上,储备了海豹肉准备过冬。此时,"海狼"劳森也独自驾着"魔鬼"号来到了小岛上,先是双目失明,最后瘫痪而死。而《马丁·伊登》则带有杰克·伦敦强烈的个人自传色彩。主人公马丁·伊登原是一个年轻的水手,在朋友阿瑟·莫尔斯的妹妹罗丝的鼓励下,发奋自学,立志想成为一名作家。他边工作边学习写作,遭多次退稿而坚定不移。但他却与工人的生活格格不入,罗丝的父母还以他是社会主义者为由,取消了罗丝和他的婚约。不料,马丁·伊登终于在文坛上一举成名,罗丝想和他重修旧好,遭到他愤怒的拒绝。最后,他乘船去泰西提岛,准备过与世隔绝的平静日子,在航行途中,马丁因过度抑郁而跳海自杀。

180.《海狼》是一部什么样的作品?

《海狼》是美国著名小说家杰克·伦敦(1876—1916年)创作的一部描写海上船员生活的长篇小说。主要讲述的是我在"魔鬼"号帆船上同外号叫海狼的船长劳森及其他船员间的恩怨矛盾。我叫亨甫莱,是一个作家,在去旧金山的途中轮船被撞沉没,被驶往白令海峡的猎海豹船"魔鬼"号帆船搭救,但外号叫海狼的船长劳森却野蛮地用暴力胁迫我签订了在船上当茶房的契约,开始侍候海狼、大副和其他猎手们。我经常挨打受骂,他们也经常吵架,但海狼力气最大,也最残忍。有一次我打扫海狼的寝室,发现他竟有许多书,于是他便经常找我谈话,并向我灌输他的"强权便是真理,懦弱便是错误"的"超人"思想。我的顶头上司是厨子多玛,他很嫉妒我与海狼交谈,经常侮辱折磨我,可当我借一把刀并当着他的面磨起来时,他倒主动向我求和。一天晚上,曾挨海狼毒打的水手约翰生和李区把大副和海狼扔进了大海,但海狼却凭着过人的体力又游回了船上,并提拔我当大副,这使我学会了大副的工作。有一次,我们救起了在海上遇难的作家玛丽小姐。经过交谈,我和玛丽相爱了,这却引起了同样对玛丽垂涎三尺的海狼的嫉恨,他找个借口,将玛丽扔进海里让船拖着,结果被鲨鱼咬掉了脚。在一次海狼准备向玛丽施暴时,他的头痛病突然发作起来,我和玛丽乘舢板经过三天三夜的漂泊,来到了一个小岛上。有一天,已经双目失明的海狼也驾着"魔鬼"号来到了这里。在我们修船的时候,海狼虽然眼瞎了,但还破坏我们的工作,甚至还想掐死我,我们只好把海狼捆进舱底。当"魔鬼"号驶出海湾时,海狼死了,我和玛丽也被一艘查税的哨船搭救回国了。

181. 诺维科夫·普里波依创作了哪些海洋题材小说?

诺维科夫·普里波依(1877—1944 年)是苏联著名的海洋小说家,他写的故事,永远是对海洋、船舰、海上生活和祖国乡土的激情的颂歌。他在俄国海军的战斗生活经历和在各种商轮上当水手的历程,为他提供了丰富的写作材料,创作了一系列脍炙人口的海洋小说。他最负盛名的长篇海洋小说《对马》是以 1904 年爆发的日俄战争为背景,描述了在对马海战中,俄国海军几乎全军覆灭的真相,揭示了沙皇政府和沙皇军官的无能与腐败,表现了俄国普通海员的英勇顽强,被誉为是一部史诗式的作品,五年之内就被译成 38 种文字。1911 年,他在流亡途中在伦敦以自己在商船的客舱里充当偷渡者而亡命国外的冒险经历,创作了处女作《偷渡的人》,描写的是一男一女两个革命者在逃出沙皇俄国的旅行中,在船舱里被锁闭了许多天,最后以女革命家惨死、男革命家逃出虎口而结束。这部作品受到了高尔基的赞扬。这以后,他又创作了获得好评的《在南方的天空下》、《海在召唤》、《潜水艇员》、《海上的女人》、《错乱的航行》、《咸圣水杯》、《在奥特腊达湾》、《"共产党人"航行记》等中短篇海洋小说。其中《潜水艇员》是他十月革命后写的最著名的中篇之一,叙述了第一次世界大战中,一艘积极抵抗德国人的潜水艇"大海鳗"号的战斗生活。而他于1923—1924年写的中篇小说《海上的女人》则以欢快幽默近乎喜剧的笔触,通过年轻姑娘泰嘉纳来到"十月"号上后所发生的爱情故事,来反映轮船单调的远航和水手们的日常生活。水手们为了博得泰嘉纳的欢心,开始变得文明、好学和勤奋,特别是经历了与暴风雨的搏斗和海上火灾后,人们善良的精神本质得到了完美的表现。1925年,这部小说还被改编成同名电影而被搬上银幕。诺维科夫·普里波依的这些长、中、短篇海洋小说既写得诚挚而质朴,严格忠于生活,又充满着海洋小说特有的浪漫情调,向人们展现了一幅幅鲜为人知的海洋生活和优美的海洋风光图画。

182. 伍尔夫的海洋文学作品是怎样写成的?

弗吉尼亚·伍尔夫(1882—1941年)长年居住于英国西南靠海的康沃尔郡,日久天长,海风的吹拂与海浪拍岸的声响日夜感染着她,当地的风土人情和海洋奇观便在她的作品里打下了深深的印记。比如她写的《海浪》,每章前都有一段优美的散文诗

弗吉尼亚·伍尔夫像

般的海景描写,从日出到日落,尽管她的目的是象征小说人物从童稚到苍老的成长过程,但由于她对大海的钟情,所以,我们可以想象到她是怎样在无数个清晨与黄昏,依窗而作,面对无垠的大海,进入文思之中的。

183.《到灯塔去》的内容有什么象征意义?

《到灯塔去》是英国女作家弗吉尼亚·伍尔夫的一部海洋名著,出版于1927年。伍尔夫的小说创作多以康沃尔郡海滨生活为背景,《到灯塔去》也是如此,主要内容写的是兰姆西教授一家和几个朋友在海滨度假的情景。小说分三部分。第一部分《窗口》,围绕一次晚餐,写了九月末的一个上午和晚上发生的人和事。第二部分《岁月流逝》,用几个回忆性镜头,叙述了这座别墅的主人因战争无暇来度假而破败下来,交代在此期间兰姆西的夫人、长女先后死去,长子也在战争中阵亡。第三部分《灯塔》,写兰姆西和小独生子詹姆斯、女儿卡姆乘小船来到了灯塔上,实现了10年前詹姆斯的愿望。画家丽丽·勃里斯终于完成了9年前就已经开始却停顿下来的那幅画——兰姆西夫人和小詹姆斯。小说中的情节因具有强烈的象征意义而引起广泛的评议。那么,《到灯塔去》到底有什么象征意义呢?主要有这样几点:首先,有人认为孤独地耸立在大海上的灯塔本身就是个人的象征,是不断变化中的历史的一部分。其次,由于灯塔是建立在光秃秃的岩石上的坚实物质,象征了兰姆西先生的理性和物质的现实。最后,也有人认为从灯塔内发出的闪光,象征的是兰姆西夫人所代表的精神现实,而这正是生活的本质所在,它表现了伍尔夫本人的两种现实观,即物质的现实和精神的现实。

184. 《海浪》是部什么样的作品?

《海浪》是英国女作家伍尔夫用意象和象征手法精心结构的一部小说。书中的六个人童年时一起住在海边的一所宅子里,同受一位家庭教师的教育,到青年时进入不同的学校,毕业后又在伦敦一家餐厅重逢,然后各自走上不同的人生道路,中年时他们又重新相聚在一起。在结构上,全书共分九个部分,每一部分的开始一段都具有强烈的抒情诗风格,对一天的某一时刻的海边景物进行描写,从日出到日落,分别象征这一部分中人物的年龄。其中的每一个人物都象征着一个人的六个不同的方面:理智、情感、欲望、想象、精神、判断。它以此来说明每个人看到的只是一个整体的某一部分,代表了现实与想象的某一方面,而只有包括了一切方面,才能构成时间、空间、生活和现实的全貌。《海浪》以结构的独具匠心和人物形象的深刻象征意蕴以及出色的海景描写而饮誉世界文坛。

185. 让·吉罗杜的海洋小说反映哪些深刻的哲理?

让·吉罗杜(1882—1944年)是法国20世纪上半叶著名的戏剧家兼小说家。在他一生所创作的文学作品中,有一部分是以海洋生活为题材而创作的,并且努力借助于作品中人与自然、人与人之间的关系的描写来传达作者对这些问题的思索。因此,他的小说富有哲理而耐人寻味。这其中较有代表性的小说有1919年出版的《埃尔佩诺》和于1921年出版的《苏珊和太平洋》。《埃尔佩诺》叙述尤利西斯在巨人岛的故事和埃尔佩诺死而复生的传奇经历。菲阿西人之王将埃尔佩诺误认为是尤利西斯,让他组织一次"刚跑即停"的体育竞赛和一次赛诗会,最后尤利西斯重又出现,返回家乡。这部小说的深刻含义在于:吉罗杜借尤利西斯与埃尔佩诺被菲阿西人之王相混的故事,暗示人的面目难以辨认,而原因就在于人与人之间的难以沟通,人只能逃避现实,龟缩到自己的内心世界中。这一深刻的哲理也同样反映在吉罗杜的最著名的小说《苏珊娜和太平洋》中。小说写年轻的苏珊娜离开故乡贝拉克,想去周游世界,但在海上遇难,来到一座荒岛上。但她没有像鲁滨逊那样去重新组建一个文明家园,相反,她充分利用这难得的孤独,习惯于在幻想的世界中构筑一个想象的现实,就像作者所写的那样:"你想发现世界吗?罗斯蒙德,闭上眼睛吧。"这就是诗意的世界接触现实的最好的方式。从此,苏珊娜的内心就像这座孤岛一样,任何人都无法接近她。小说充分展现了苏珊娜从地球最"真实的"国家法国出发,终于到达真正能逃避现实的地方,发现了内心世界的曲折过程。

186.《浪之歌》的主要特色是什么?

《浪之歌》是黎巴嫩著名作家纪伯伦创作的一篇短小精悍的散文诗。它用充满浓郁感情色彩的笔墨,采用拟人化的手法和第一人称的叙述角度,将浪花美丽、温柔、多情、善变的种种情态惟妙惟肖地展现在读者面前,灯下阅读此文也会让人产生浪花就在眼前脚下、涛声就在耳边脑海的艺术感觉,而那音韵和谐的文字,仿佛浪花在和你诉说着悄悄话一般:"我和海岸原是一对情侣;激情使我们亲密,大气又使我们分离。当天空露出蔚蓝色的晨曦,我就来到这里,把自己银白色的浪花和他那金黄色的砂粒搅在一起,我们用自己的水分驱散他心头的暑气。黎明时分,我在恋人耳畔悄悄地许下了誓愿,于是我们紧紧地拥抱。傍晚,我带着祈祷爱情的诗篇,他于是吻我的嘴唇。我很任性,心情总是不能平静,可是我们的恋人却永远容忍,而且又是那样坚定。涨潮的时候,我拥抱着他;潮退了,我就扑倒在他的脚下。每当海洋的女儿从龙宫来到海面,坐在山崖上欣赏那点点繁星的时候,我围绕着她们跳过多少次舞。我听过多少恋人爱情的倾诉,我陪他们一起,思念美人,伴随他们同声叹息。我对山崖讲了多少话语,可它们原都是哑巴,我对它们微笑、献媚,它们却置之不理。我从深渊里救出无数生命,使他们得以复生。我从海底盗出无数珍宝,将它们献给了美神。寂静的夜晚,当众神拥抱了大地万物,惟独我难以入眠——我有时唱有时叹息。多么伤心!失眠折磨着我,可是我在恋爱啊!而爱情的脾气是不喜欢睡眠的。这就是我的生活,只要我一息尚存,我就是这样消磨岁月。"真像一首如泣如诉的浪花小夜曲啊。

187.《大西洋岛》描述的是什么传奇故事?

《大西洋岛》是法国小说家皮埃尔·博努瓦(1886—1962年)于1919年出版的一部著名的海洋幻想小说,曾获得法国科学院小说大奖。小说以主人公的手稿形式写成,描述有两个法国军官圣·亚威和莫朗日在撒哈拉沙漠探险时迷了路,来到一个神秘的地方,沙漠中居然出现了海潮汹涌、巨浪奔腾的奇观,这就是传说中的大西洋岛。在柏拉图的著作中曾提到过它,据说在94年前已沉没到海水中,如今却又出现在撒哈拉沙漠之中。随后,他俩被人带到了一个仙境般的世外桃源,外人想进去和出来都极其困难。大西洋岛上的女王叫昂蒂内阿,美丽妖冶,异常迷人,却是一个杀人不眨眼的魔王。她专门把在沙漠中观光的旅行者吸引到她的魔窟中,让他们爱上她,待她满足了自己的淫欲以后,就毫不容情地杀死他们并制成木乃伊。不久,圣·亚威疯狂地爱上了她,但莫朗日对她却无动于衷,昂蒂内阿觉得自尊心受到了伤害,便想报复他们。她非常毒辣,养了一头凶恶的猎豹和一群打手,为她的淫威效力。她先使圣·亚威神志不清,然后让他在无法控制自己的状态中,用银锤打死自己的好朋友莫朗日。圣·亚威清醒后,要杀死昂蒂内阿,却被她抓了起来。他在女奴杰妮·塔尔佳的帮助下,虽然逃离了这个可怕的地方,却终因干渴无水而死去。小说因主人公们曲折的冒险经历和传奇色彩,收到了异常良好的喜剧效果而备受世人喜爱。

188.《在海湾》是一部具有什么风格的海洋小说?

凯瑟琳·曼斯菲尔德像

《在海湾》是英国女作家凯瑟琳·曼斯菲尔德(1888—1923年)的海洋题材短篇小说佳作。小说以她在新西兰度过的童年与少年时期的生活为背景,具有清新、优美、欢快的风格。《在海湾》主要叙述的是一个普通的新西兰家庭一天的生活,每一小节描写了一天中的某一时刻,既是一天经历的一个组成部分,本身又都是一幅优美的画面。清晨乳白色的海雾,树丛和花瓣上的露珠,清癯的牧羊老人,拂面的轻风,飞向朝阳的金雀,将海湾家庭生活的情趣惟妙惟肖地展现在读者面前,文笔简洁而流畅。

189. 奥尼尔写过哪些航海剧本?

对于大海的描绘和赞美,除了画家和小说家之外,也有一些有航海经历的作家把它搬到了戏剧舞台上。美国唯一获得诺贝尔文学奖的戏剧家奥尼尔(1888—1953年)就是其中著名的一位。奥尼尔在普林斯顿大学学习一年之后就离开了学校,在海上经过了六年多的飘零生活,酗酒并企图自杀。后来,他把这段经历称为真正接受教育的人生体验,这种体验成为他早期戏剧创作的第一手资料。奥尼尔从此创作了四个关于航海的剧本,即《东航加地夫》、《在这一带》《漫长的返航》和《加勒比的月亮》。而他在 1920 年创作的名剧《琼斯皇帝》,则塑造了一位狡猾的黑人,来到一个未开化的岛上,自称为神人。后来,他又创作了《毛猿》。剧中主人公叫扬克,是邮船上的一个司炉工,在总被视为劣等人的情况下,他不停地抗争,结果却被投入动物园,成为一个真正的猿人。这些或愚昧或可怜的"海上人"成为奥尼尔剧作

奥尼尔像

人物中相当出色的一群。

190. 波特的长篇小说《愚人船》写的是什么内容?

《愚人船》是美国当代著名女作家凯瑟琳·安妮·波特(1890—1980年)创作的唯一的一部长篇小说,出版于1962年。波特最初为小说定的名字是《理想之地》,后来在杂志上连载时用了《不安全的港口》,最后出版时则改定为《愚人船》。这是因为波特深受法国作家布兰特作品的影响,不惜借用布兰特在1494年出版的道德寓言小说《愚人船》来做自己的长篇小说的书名。波特的《愚人船》的故事发生于1931年,有一艘名叫"真理"号的船从墨西哥凡拉克鲁兹港开往德国的不莱梅海港。在这艘船上的乘客有拉丁美洲人、日耳曼人、一家瑞士人、四名美国人、一名印第安保姆、一位墨西哥政治鼓动家、一位巴斯克人和六位古巴赴法国学医的留学生,共有40多个人物。作品既表现了占乘客大多数的德国人自以为是"优等"民族的趾高气扬的架势,也反映了犹太人受歧视的痛苦境地;既充分指出了西班牙人的热情奔放,也表现了被古巴驱赶回国的900多名西班牙农工在舱里的骚动、愤懑和反抗。书中的"愚人"有两层讽刺含义:一是人与上帝的智慧相比是愚蠢的,他们都是上帝的"愚人";二是船上表演的种种荒唐代表了现代存在主义所刻画的人类行为的荒诞。从任何意义上讲,人都是可怜虫:一方面挣扎着竭力克服自身的局限性,另一方面又为着一种不能实现的梦想而费尽心机。小说分"登船"、"在海上"和"入港"三个部分,每一部分前面都有一段引语。三段分别是:"你什么时候为幸福而出航?"、"没有房子,没有家"和"我们除此地以外再没有其他城市可去",这三段引语连在一起就构成了《愚人船》的主题,最后以一组西班牙舞蹈家为船长组织的一场狂欢节目结尾。书中精彩的对白历来为人所称颂,这就是:"爱我吧,不顾一切地爱我吧!不管我爱不爱你,也不管我是否值得你爱;不管你是否有爱的能力,即使世界上根本没有爱这回事,你也得爱我!"

191.《神秘岛》讲述了哪些海上冒险故事?

马丁·魏克拉玛辛珂像

《神秘岛》是斯里兰卡著名作家马丁·魏克拉玛辛珂(1891—1976年)于1944年创作出版的一部以儿童为读者对象的优秀海洋题材的中篇小说,1963年在中国出版时改名为《蛇岛的秘密》。书中的主人公是个11岁的小男孩,名叫乌帕里。他7岁的时候失去了母亲,继母却不喜欢他。所以,乌帕里常常逃学和小伙伴到海边游泳,而且非常调皮淘气,常常令人哭笑不得。他用黑布蒙住脸想尝尝当强盗的滋味而去抢劫,却被主人发现逃之夭夭;他想当猎人,就故意把去打水的女孩子当成小鹿而射伤了她们的大腿,为此,他父亲叫他去学校读书,乌帕里又和校长的孩子一起把四只青蛙扣在校长吃饭的瓷盆里吓唬校长。为了逃避校长的处罚,他藏在了一条渔船里,睡着后无意中跟渔民一起出海打金枪鱼。在海上,由于乌帕里沉着勇敢,机灵勤快,渔民赏他吃双份饭,这第一次冒险,令他终生难忘。出海归来后,乌帕里回到家中,又和伙伴偷了村中"最坏的坏蛋"阿普家的山枣。为躲避追捕,他和小仆人吉纳逃到了驿站老板波迪家里,帮他耕地打猎,半年后他们就能打野猪了。这附近有许多小岛,其中有一个岛名叫"马多尔",传说岛上森林密布,毒蛇出没,近百年间没有人敢去。由于村民们不敢打死闯进家中的毒蛇,总是用草席包住毒蛇再划船送到小岛上去,所以"马多尔"岛又叫"蛇岛"。在好奇心和波迪的帮助下,乌帕里和吉纳决定去蛇岛探险。结果到了岛上,他们发现这里不但连一条毒蛇也没有,而且到处都是茂密的红树林和成熟的果实,充满了神秘感。他们决定在小岛上开荒种田。可是,接连几个晚上,他们都看见岛的另一端有火光浮动,相传这就是神出鬼没的害人妖魔。乌帕里决心探个究竟。在经过千辛万苦的探险之后,结果真相大白,原来岛上还住着一个满脸胡须的人,名叫巴拉普,由于杀死了抢劫的暴徒而沦为杀人犯,到小岛上藏身。那么,那团浮动的火光又是怎么回事呢?原来,巴拉普为了迷惑村民,让他们相信蛇岛上有妖魔而不敢前来,就用瓦锅装油渣,点着火后,顶在头上走动,就成了浮动的火光。从此,他们就在小岛上辛勤耕耘,每周把白薯和蔬菜运到集市上去卖,生意非常红火,一年就挣了 200 卢比,小岛开始变得繁荣起来。一天,村长带着一名政府官员来到小岛上,说他们私自在岛上垦荒砍林违法,实际上是想霸占乌帕里的劳动果实。

村长的阴谋被波迪给揭穿。在律师的帮助下,乌帕里以每年25卢比的租价,获得了蛇岛的开垦权。后来,岛上又来了一个小少爷,乌帕里收留了他,但小少爷好吃懒做,慢慢地才变得能劳动了。这时,波迪告诉乌帕里他父亲病危想见他,乌帕里回到家中办完丧事后又回到小岛上,随后,他决定把小岛上的一切托给小少爷照料,然后和吉纳一起回家看望继母去了。《神秘岛》就是这样叙写了乌帕里的种种富有传奇色彩的冒险趣事。

192.《苍海茫茫》是根据哪部文学名著创作的?

看过小说或看过同名电影《简·爱》的人,可能都还记得男主人公罗彻斯特的疯妻,并对她充满怜悯与同情。但是原著《简·爱》和电影中对这个人物的介绍都过于简单,《苍海茫茫》就是英国现代女作家琼·里斯(1894—1979年)根据夏洛特·勃朗特的名著《简·爱》中罗彻斯特的疯妻进一步发展创作出来的。里斯出生于西印度群岛的多米尼加,母亲是英国血统的克里奥尔人。因此,她把自己对西印度群岛的了解,把夏洛特《简·爱》中未加发展的这个来自西印度群岛的克里奥尔姑娘的故事重现出来。里斯从社会、历史和经济等方面探索了罗彻斯特和安托万内特·伯萨婚姻悲剧的根源,叙说了英国殖民者的后裔,特别是妇女在西印度群岛这具有迷人风光的岛屿上,如何过着与世隔绝的生活。里斯在小说中采用罗彻斯特和安托万内特·伯萨这两条线索进行结构全篇,同时配以浓郁的色彩描写热带岛国风光和人情习俗。《苍海茫茫》出版于1966年,获得当年英国皇家文学会奖和 W. H. 史密斯奖。

193. 哪位小说家创作了以冰川爆发为题材的小说？

大家知道，人类居住的地球环境正在逐渐变暖，海平面也因南北两极冰川的融化而升高，人类将来该会是什么样子呢？其实，小说家早在上个世纪就已经形象地描摹和回答了这个问题，是哪部小说具有这样超前的眼光呢？这就是法国现代著名小说家让·季奥诺（1895—1970年）的长篇小说《大山中的战斗》。小说讲述一个暖和得不正常的秋天引起冰川爆发，有几个村虽然彼此相距几千米，却形成一大片地域，但都被冰川淹没了。有个叫博罗梅的老人，高傲而富有，几年前隐居在农庄里。萨拉和她的女儿跟他住在一起，他们生活得平静而幸福。灾难开始时，他向游荡的布拉什预告了灾难要到来。布拉什不愿待在他家，也不要别人帮助，并说服他们和他一起到下面的湖中闯一闯，因为湖水并不深，可以涉水过去。农民让他的母亲坐在马上，在泥泞、坑洼的冰水中跋涉。在他们迷路时，皮埃蒙人造了一个木筏，被安东尼·克洛什找到。这时，博罗梅跌断了腿，被抬到一棵树下，但他不愿与别人分享他的羊。克洛什早就想离乡背井，只是一直舍不得这些朋友们。一天夜里，他来到一座大山，遇到一个邮差并跟他一起来到山口，得知附近所有的山谷都被冰川淹没。另一个有木筏的人圣让暗中爱着萨拉，劝她离开博罗梅跟他走。这时，圣让获悉，在冰山爆发之前，工人在山里安装过炸药，萨拉的女儿玛丽知道炸药安放在哪里。圣让和萨拉艰难地上山找到玛丽，带着炸药到湖边与克洛什汇合。最大胆的人跟随着他们,他们挡住汹涌的洪水。洪水退后,大家重返村里。圣让找到博罗梅,老人却说如果萨拉抛弃他,他就自杀。小说表现了冰暴的灾难,也体现了人能够战胜自然的伟大精神。

194.《海上扁舟》讲述的是什么内容?

《海上扁舟》是一部享誉世界的著名短篇小说。他的作者是美国人克莱恩(1871—1900年)。他是个报社的记者,1896年前往古巴采访,途中他所乘坐的轮船不幸遭遇风暴,面临船沉人亡的危险。最后,他被营救出来。这次生死难忘的经历促使他写出了短篇小说《海上扁舟》。小说讲述了四个同舟共济的海难幸存者如何在茫茫大海中挣扎求生的故事,反映了人与自然之间的斗争。凭着这一短篇名作,克莱恩奠定了在美国文学及世界文学史上的地位,《海上扁舟》也被列为美国最佳短篇小说之一。

克莱恩像

195.《老人与海》为什么会成为美国精神的象征?

在一望无际的蓝色大海上,一位身材魁梧、满头白发的古巴老渔民,正握紧手中的钓鱼绳,和一条重达680多千克的大马林鱼进行着搏斗。和小船一样大的大马林鱼,咬着鱼绳拼命地挣扎、摆动,一会儿忽地跃出海面,一会又深深地潜入海底,试图弄翻小船,甩掉老渔民。但小木船上的老渔民尽管双手已被鱼绳勒破手心,鲜血直流,但仍用全身力气,紧紧地抓住鱼绳,控制着水下左冲右突做垂死挣扎的大马林鱼。这就是美国著名作家海明威(1899—1961年)创作于1952年的小说《老人与海》中的一个精彩的片断。老人名叫桑地亚哥,一直以在海上捕鱼为生,是远近闻名的渔夫。可是他却在海上连续捕鱼84天,竟连一条小鱼也没捕到。周围的渔民认为他晦气缠身,不愿和他一起出海。他在城里工作的女儿也劝他享享清福,可他执意不肯服输,还是在第85天又坚持去远海捕鱼,终于捕到了这条大马林鱼。可是,在回来的路上,又发生了意外,遇到了风暴不说,还遭到了一群鲨鱼的袭击。老渔夫桑地亚哥用鱼叉、船桨奋力同鲨鱼搏斗,但终因寡不敌众,系在船边的大鱼的肉都被鲨鱼咬掉,只剩下一副大鱼的骨架。桑地亚哥虽然觉得损失惨重,但收获也是巨大的,而且他坚持认为"人并不是生来就是要被打败的","人可以被消灭,但却不能被打败"。桑地亚哥由此重又受到周围人的尊敬。海明威就是试图以此来

电影《老人与海》海报

说明,在人类发展过程中虽注定遍布灾难,人在自然面前

有时会显得渺小和无助,但人类仍需对未来充满希望,而这种对战胜困难充满乐观和信心的精神,正是象征了一种美国精神,《老人与海》也因此被誉为"海洋文学之王"。

196.《岛在湾流中》写的是什么内容?

《岛在湾流中》是美国著名作家海明威创作的一部富有浓郁海洋生活气息的长篇小说。小说题目的"湾流",是墨西哥湾流的简称。它是北大西洋西部最强盛的一股暖流,从墨西哥湾出佛罗里达海峡后,沿北美洲东海岸自西南向东北方向流动,对北美东部一带居民的生活有着极大的影响,这里同时还是一个鱼类最理想的繁殖场所。小说的主人公是一个画家,名叫托马斯·赫德森,一生醉心于作画,又酷爱钓鱼,中年以后选择居住在巴哈马群岛中的比美尼,其中一个重要的原因就是因为这些岛屿正好都处在湾流之中,这恰好也满足了他能时时望见那一片深蓝的极其壮观的湾流的愿望。

海明威像

从这个画家的形象上,我们可以看到海明威的许多影子。海明威经历了第二次世界大战,其中令海明威引以为自豪的有两件事:一是他曾以战地记者的身份去欧洲报道过诺曼底登陆和解放巴黎的战斗,还同游击队一起搜集过情报;另一件事是海明威曾在1942年改装了他的钓鱼船,在古巴沿海一带巡逻,搜索德国潜艇。甚至,作品中托马斯·赫德森的婚姻也和海明威一样,两人都经过几次婚变,并始终对第一个妻子念念不忘,也都有三个儿子,大儿子是第一个妻子生的,另外两个则都是第二个妻子所生,都有钓鱼、打猎、赛马、喝酒的爱好。所以,小说中托马斯·赫德森的海上猎潜活动,完全是作者生活经历的反映。小说写托马斯·赫德森经历了一系列婚变后,孤身一人来到了比美尼岛上。他原来有三个儿子,二儿子和小儿子刚来岛上同他欢聚后,就在返回的路上遇车祸双双身亡,大儿子在第二次世界大战爆发后,去支援英国空军,在一次飞行任务中牺牲。这时,托马斯·赫德森已放下了手中的画笔,担负起一个特殊的任务,就是带上一些志愿人员伪装成科学家,驾着他的船在古巴北部沿海一带巡逻,对付在那一带海域出没的德国潜艇,因为在当时,不仅古巴岛上的亲纳粹势力气焰相当嚣张,而且附近海域里的德国潜艇的活动更是猖獗。在得知大儿子牺牲以后,他把悲痛深深地埋藏在心底,更加坚定了要去完成任务的决心。一次,在追踪一股犯有屠杀无辜平民罪行的纳粹潜艇残余分子时,他终于实现了战胜邪恶的愿望,不幸的是他为此流尽了自己的最后一滴鲜血。小说在给读者展现一个硬汉形象的同时,也如画般地描绘了迷人的海洋风光。

197.《船歌》写的是什么内容?

《船歌》是朝鲜现代作家金东仁(1900—1951年)创作的一部短篇小说,发表于1921年1月。金东仁的小说具有唯美主义的倾向,注重剖析人物内心深处的矛盾,反映永恒的人性,被誉为朝鲜现代短篇小说的奠基人。小说《船歌》一开始,是从渔夫出身的"他"讲述自己背井离乡的原因展开的。他出生在一个小渔村里,虽然早年失去了父母,但一直过着比较美满的生活。在他十五六岁时,家里只有他们夫妻和毗邻的弟弟一起过日子。在全村,他们哥俩不仅富有,也最能捕鱼,过着有难同当、有福同享的生活,嫂子跟小叔子的关系也非常融洽。不过,弟弟和他媳妇的关系有时会引起他的怀疑和不满,为此难免发生口角,他有时因此而喝醉了酒打自己心爱的妻子。

有一天,他从街市上给妻子买回了她盼望已久的一面镜子,可当他拿着镜子回到家门口时,却被屋里弟弟和媳妇的情景惊呆了。只见房子中间摆着一桌馒头,弟弟正站在墙角,头巾耷拉在脖子上,上衣的飘带已经解开。他的妻子也头发蓬乱,裙子也已耷拉到肚脐下面。弟弟和妻子看到他回来了,都呆呆地站着不知所措,三个人默默地对视着,过了一会,弟弟说了句"那该死的耗子跑到哪儿去啦"?听了这话,他气不打一处来,觉得他俩是在欺骗他,就对他俩拳打脚踢,断定弟弟和妻子有过不正当的行为,并把他俩赶出了家门,他并不知道自己从此铸下了大错。天黑以后,他找火柴点灯时,被从旧衣服中跑出来的老鼠吓了一跳,他非常懊悔,盼望着弟弟和妻子早点归来。第二天,海边上发现了妻子浮肿的尸体,弟弟也从此杳无音信,他明白弟弟和妻子的关系是洁白无瑕的。他离开渔村,唱着哥俩往日打鱼时的船歌,开始去找弟弟。有一天,船遇风暴,他被海水冲到岸上,醒来后,看到弟弟正在旁边精心护理自己,他只向弟弟说了几句话就又昏睡过去,再醒来时,火虽然烧得很旺,却找不到弟弟。从此以后,为找到心爱的弟弟和他失去的宝贵的东西,他又唱着船歌,继续过着漫无目的的流浪生活。

198.《瓦鲁纳》的故事表现了人性的哪些内容?

《瓦鲁纳》是1900年出生的法国现代著名小说家朱利安·格林于1940年出版的一部以海洋为主要背景的幻想小说,叙述三个人在不同世纪的故事。第一个故事发生在中世纪,写渔夫之子奥埃尔小时候在海滩上拣到了一条项链,挂在脖子上,他做了一个梦,这条项链以前的主人都出现在他面前。奥埃尔后来在一个隐修士的劝告下,要把项链扔到海里,但海员却劝他留着,因为项链会给他带来财富和莫尔加娜的爱情。这样,奥埃尔失去了机会,他到了丹麦,年老才返回,在船上他遇到了魔鬼。有一天晚上,他住在一个富有的老女人莫尔加娜的家里,他说自己一辈子空等了要等的人。奥埃尔以为她的项链是宝贝,便趁她睡着时砸死了她,这时她发现了这条项链,想起往事。他在被行刑时看到人群中有一个姑娘像莫尔加娜一样,向他微笑,他知道她原谅了他。这个故事象征人往往与机会失之交臂,走上一条自以为是的不顺利的道路。第二个故事发生在文艺复兴时期的皮卡迪。主人公爱伦娜16岁,她的父亲贝特朗丧妻后得不到安慰,爱伦娜长得很像她母亲。贝特朗糊涂了,去问他的表弟克罗什。克罗什告诉他这是他妻子还魂,让她来到她父亲房里,但贝特朗在乱伦之前,看到爱伦娜脖子上挂着小贩给她的项链,被雷劈死了。这个故事象征人的乱伦心理是天理不容的。第三个故事的主人公是20世纪的一个小说家,叫让娜。克罗什的把戏被揭穿后被处以火刑,而受害者爱伦娜却只能在修道院里终其余生。让娜从档案中得知这一悲剧,最终把自己等同于爱伦娜,她和丈夫在博物馆看到这条项链后都以为曾经拥有它,她从自己和丈夫的身上看到的是爱伦娜与贝特朗、奥埃尔和莫尔加娜,并梦见修女爱伦娜把项链送给了她。格林意在说明人具有共同性,他们的命运不受自己支配。小说以三个故事,象征性地提示了人性的三个层面即盲目性、具有邪恶的欲念和对美好归宿的不懈追求。

199.《船的故事》里的"船"有什么象征意义?

《船的故事》是1901年出生的联邦德国当代知名女作家玛丽·卡施尼茨创作的一篇著名的海洋题材的短篇小说,以书信的形式描述了维奥拉在一艘"怪船"上航行的奇特经历。事情是这样的:米格尔先生送妹妹维奥拉乘船回家后,才发现维奥拉坐的不是他为她挑选的那艘簇新的巨轮,而是一艘样式过时的旧船,而这条船从来没有在南美和欧洲之间的正常航班中出现过。无奈之下,他只好等妹妹的来信。

不久,米格尔收到了维奥拉的来信,却没贴邮票,也没盖邮戳,前后次序也混乱,也不见寄信港口的名字。在一种奇怪与不安之中,米格尔叫家人一起和他看信。信中写道:我(就是维奥拉)乘的船上人特别多,而且都像难民,可是却没有战争发生,船上也没有等级差别。乘客们尽是些白日做梦和胡诌瞎扯的人,不能理智地回答任何问题,彼此互不往来。船上的摄影师是个大饭桶,吹嘘照片拍得多么好,可无论人们怎么看,也看不见上面照的是什么。令人奇怪的是,在船上根本就不可能知道日期、钟点和船的位置。船上的报纸今天报道是18世纪的事,明天却描述金星正在举行的迎宾典礼,船上的水手在夜里把邮袋里的信件全倒进大海,我讲给别人听,他们都认为水手的行为完全正常。我问警官船到底什么时候到目的地,他却反问我"到达,到哪里?"这时,饭厅不开饭,钟表也都停了,回到舱房,却见所有的舱房门都开着,行李也都不翼而飞。我们的船从一队渔轮中穿行而过,他们却对我们视而不见。我只好把写给你的信和香粉盒捆在一起扔到从近旁开过的船上,可他们接了信,却看不见我们的船。念完最后一句,米格尔先生伤心地说,维奥拉回不来了。小说《船的故事》像谜一样讲述了"怪船"上发生的种种怪事。其实,这样的怪船是并不存在的,作家只是用"怪船"来象征人们所处的世界,她认为世界是荒唐的,但却没有想去改变它,只是把它揭露出来而已。

200.《海的沉默》是怎样巧妙地表现爱国精神的?

《海的沉默》是法国现代作家让·布吕莱于1942年用"维尔科"的笔名发表的中篇小说。故事叙述1940年冬天,在一所老房子里,一个老人和他的侄女接待了一个德国军官。每天晚上,德国军官都下楼来到主人默默待着的大房间里,谈论他的国家、音乐和对法兰西的爱。主人们的沉默倒不像是敌意的。年轻军官很感安慰,他觉得必须战胜这种法国人的沉默。半年过去,一天晚上,他下楼告诉主人,他要出发了。少女这次只回答了他一句话:"再见。"德国军官终于明白了,法西斯要消灭法国和法国文化是不可能的,善良的法国人现在的沉默就像沉默的大海一样,总有一天是会爆发的。所以德国军官感到自己的信念破灭以后,要求调往别处。这篇小说就是以沉默无语这一别致手法,歌颂了法国人民执著的爱国主义精神,并成为"二战"时期法国抵抗文学中最为成功的小说之一,曾被改编成电影。

201.《金杯》是以哪个海盗为原型创作的?

《金杯》是曾经获得普利策小说奖和诺贝尔文学奖的美国现代小说家约翰·斯坦贝克(1902—1968年)创作的第一部长篇小说。小说的主人公是以17世纪英国著名的海盗亨利·摩尔根的传奇故事为原型创作而成的。亨利·摩尔根15岁时就离开家乡威尔士去到海上冒险,后来成为臭名昭著的大海盗。有一次出海,亨利·摩尔根从事海盗活动失败,被俘以后又被卖到了一个叫巴巴多斯的岛上当奴隶。可是他的主人却懒散无能,亨利·摩尔根凭着自己的狡猾和阴险的手段,成了这个岛上最具有实际支配

约翰·斯坦贝克像

权的炙手可热的人物。他趁机大饱私囊,并当上了一个海盗船队的大头目,从此,他更加肆无忌惮地靠海盗船队在海上的打劫来从中获取巨额的财物。他还征服、掳掠、毁灭了巴拿马一个号称"金杯"的富城,最后,摩尔根为了独吞财物,竟把下属抛弃到一座荒岛上而独自带着劫来的不义之财,乘船离去。在这部小说里,斯坦贝克还化用了英国散文作家托马斯·马洛礼写的《亚瑟王之死》中的亚瑟王的传奇故事和歌德《浮士德》中浮士德的形象,借以批判早期资产阶级那种丧失人性靠暴力手段掠夺他人而暴富的罪恶。《金杯》借古讽今,非常富有浪漫色彩,人物形象也鲜明生动。

202.《科尔特兹之海》的创作背景是什么?

《科尔特兹之海》是斯坦贝克于1941年出版的一部小说。在此之前,斯坦贝克曾以充当报纸记者和干体力活维持生计。1927年,他靠着在一艘船上当水手通过巴拿马海峡回到加利福尼亚,并从20世纪30年代起和一个名叫爱德华·里基茨的著名海洋生物学家结下了忘年之交,他使斯坦贝克对海洋生物学产生了异常浓厚的兴趣,生物解剖学的科学理论和实践对他的生活产生了深刻的影响。后来两人还曾一起合作对加利福尼亚湾进行了考察和研究。《科尔特兹之海》就是在这样的生活背景下创作完成的,代表了斯坦贝克的小说创作观念,即他把人们的生活世界看作是一个巨大的有机体,虽然人们总是赞扬仁慈、忍耐、利他主义与宽宏大量等优点,但是,在现实生活中,许多具有这些优点的人总是失败,而那些歹迹斑斑毫无道德的人却能很好地生存下去,《科尔特慈之海》的深刻寓意也正在于此。

203.《珍珠》有什么深刻的寓意?

《珍珠》是斯坦贝克于1947年出版的一部获得世界性声誉的中篇小说。斯坦贝克称这部小说是有趣而富有寓意的"民间故事"。它是根据作者在加利福尼湾探险考察时听到的一则故事写成的。《珍珠》说的是珍珠采集人金诺,家境贫寒,终日靠采集珍珠为生,却长期不能改变生活的现状。有一次,他时来运转,采集到一颗举世罕见、价值连城的特大珍珠,他想拿这颗宝珠换取财富来供养家庭,使孩子们将来得以受到良好的教育。可是,命运偏偏总是无情地捉弄金诺,他所接触到的商人、富翁、地痞、恶棍都是唯利是图,一副贪得无厌的嘴脸。他们不择手段地想夺走金诺的这颗大珍珠,而且,金诺为了保护这颗大珍珠,在与歹徒的斗争中不幸失去了自己的儿子。痛苦之中,金诺最后将他辛苦采集到的、对它充满希望并盼着给他带来好运和财富的那颗大珍珠,远远地扔到了大海之中。那么,《珍珠》有什么深刻的寓意呢?在这部充满抒情色彩的寓意小说中,斯坦贝克以珍珠象征奇迹、神秘和美好,大海则是人的命运主宰的象征。小说文笔清新简练,语言充满炽热的感情,成为斯坦贝克创作的海洋题材小说的精品佳作。

204.《莎尔卡·瓦尔卡》表达了一种什么生活理念?

《莎尔卡·瓦尔卡》是冰岛著名小说家和戏剧家哈尔多尔·基里扬·拉克斯内斯(1902年—)获得国际声誉的

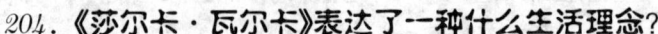

长篇海洋题材小说,体现了作家善于用对话和动作来表现人物内心世界的高超技巧,作者本人也于1955年荣获诺贝尔文学奖。《莎尔卡·瓦尔卡》讲的是11岁的小女孩莎尔卡·瓦尔卡,跟随守寡的母亲西古尔利娜乘邮轮来到了位于阿克斯拉尔峡湾的奥谢伊镇,由于母女二人身无分文,又举目无亲,因此,西古尔利娜只得出卖自己的肉体,在史坦因托尔那里找到了住处,莎尔卡·瓦尔卡则找到了刮鱼鳞的活儿,但她挣来的钱却全被她的母亲买衣服花掉了。由于她浑身腥气,小伙伴们既不和她玩耍,又骂她,而她则爱上了阿尔纳利杜尔。然而,不幸的是,已经和西古尔利娜订婚的史坦因托尔却在一次醉酒后奸污了莎尔卡·瓦尔卡,并逃之夭夭,阿尔纳利杜尔也厌弃了她,去了远方。莎尔卡·瓦尔卡并未被不幸击倒,相反却显得更加强大,而且从此认为,假如一个人遇到困难,就别指望上帝和别人的帮助,只有自己才能帮助自己摆脱困境。几年后,阿尔纳利杜尔给她来了一封信,并回到了镇上,两人又重新恋爱起来,同时,阿尔纳利杜尔开始组织镇上的渔业工人斗争,但结果却失败了,莎尔卡·瓦尔卡不但没有丧失斗志,反拿出自己靠刮鱼鳞挣的多年积蓄资助阿尔纳利杜尔出国去追求自由和理想。命运之船送走了莎尔卡·瓦

哈尔多尔·基里扬·拉克斯内斯像

尔卡的心上人,在轮船舷梯旁,莎尔卡·瓦尔卡听到阿尔纳利杜尔对她说:"我临死时一定会呼唤你的名字——莎尔卡·瓦尔卡。"小说就是这样塑造了一个永不向困难和不幸的命运屈服的女子的形象。

205.《江华岛》写的是什么内容?

《江华岛》是朝鲜当代五幕话剧,作者是宋影(1903—1979年),他是朝鲜现代著名戏剧家、小说家和评论家,是朝鲜民主主义人民共和国新文学的创始人之一。《江华岛》出版于1953年。它以19世纪70年代美军从海上入侵朝鲜的"辛未洋扰"事件为题材,表现了朝鲜人民不畏强暴、抗敌御侮、誓死保卫祖国的民族气节和爱国主义精神。《江华岛》的戏剧梗概是:1870年初秋的某一天,美国决定动用军舰从海上入侵朝鲜,朝鲜的民族败类南益相奉命潜回朝鲜,收集情报,为美军陆战队登陆做准备。一年以后的春夏之交,江华岛渔民张天锁在家祭祖,所祭人物一个是当年为抗击法军而战死的洪善九,另一个是张家的大儿子。洪善九牺牲前寄养在张家的女儿洪锦兰此时已长大成人,将父亲的诗歌绣在红旗上悬于高堂,令前来祭奠的乡亲激动万分,决心向英烈学习,准备打击侵略者。此时,美军的派遣特务南益相也出现在江华岛上,引起了洪锦兰的怀疑,南益相怕露了马脚,带上朝鲜军中内奸白永镇提供的情报连夜逃回美国军舰,行前两人决定陷害张天锁一家。此时,江华岛战役一触即发,两艘担负侦察任务的美国军舰遭到朝鲜炮击后,美军总指挥罗佐斯决定向朝鲜进攻。白永镇也拘捕了洪锦兰和张天锁的二儿子张大成,张天锁逃脱了。这时,江华岛海战已进行到了白热化的程度,双方伤亡惨重,江华岛海岸炮阵地失守,炮队长战死。此刻,张天锁突然出现在审判洪锦兰的大院,揭发了白永镇的投敌叛国罪行,白永镇被当场斩首,张大成就任炮队长,百姓也自带武器前来参战。最后,入侵江华岛的美军除少数逃回军舰外,其余全部被歼,江华岛军民取得了抗击美军舰入侵的巨大胜利。

206.《蟹工船》是怎样描述渔工悲惨的海上生活的?

小林多喜二像

《蟹工船》是日本杰出的无产阶级作家、日本无产阶级文学的奠基人小林多喜二(1903—1933年)在1929年创作出版的一部描述日本海上渔工充满苦难的悲惨生活的中篇小说。小说发表后,在日本文坛引起强烈震撼,同日本另一作家德永直的长篇《没有太阳的街》一起,被誉为日本无产阶级文学的双璧。小说描述的是,在日本北海道的函馆,一艘名叫"博光丸"的蟹工船(即在海上捕捞蟹并加工成罐头的工厂船)即将出海。一些失业工人、破产农民和失学少年被资本家骗上船,住在散发着烂水果的酸臭味和大粪似的臭气的沉闷船舱里。出海后,遇到了狂风,监工浅川让渔工顶着狂风巨浪的冲刷,让船员和渔夫不惜丢掉性命也要把船外面捕蟹用的小帆船系牢,并扬言几条渔工的命也换不回买一条小船的钱。在暴风雨中行进的"博光丸"号,在半夜接到蟹工船"秩父"号的紧急求救信号,却被浅川下令制止了救援,并称"秩父"号由于订了很高的保险费,沉了船老板不但赔不上还能赚上一笔钱,因为这是日俄战争时受伤后搁置了20多年的报废船,"秩父"号沉没后,船上425个人生死不明。为了提高劳动效率,浅川特地在船员和渔工、杂工之间组织劳动竞赛,一面向得胜方发奖品,一面向干活少的人施以"烙刑",说晕倒的学生是装病而把他捆在铁柱子上。渔工们无法忍受这地狱般的生活,双方都开始磨洋工。渔工死了,浅川也只是草草地把人扔到海里。一个渔工警告浅川"不要狂",并同一个结巴和另外一个学生三人结成了渔工的核心,提出了"不愿宰割的人们,联合起来"的口号,一次次消极怠工。面对浅川火烙、扔进大海甚至荷枪实弹的恐吓与威胁,在又一次风暴来临前,渔工们在船上高呼"罢工万岁"的口号,打掉了浅川的手枪。天黑后,和浅川相勾结的军舰逮走了作为罢工代表的渔工,工人们从此明白资本家和帝国主义军队是如何勾结在一起的,为了不让一个工人被折磨死,他们决定团结一致,再一次举行罢工,终于取得了第二次罢工的胜利。《蟹工船》就是这样形象地描写了海上渔工的苦难生活,热情地歌颂了他们的觉醒和斗争。

207.《皮塔尔一家》写的是什么内容?

《皮塔尔一家》是比利时籍的法国小说家乔治·西默农(1903—1989年)于1932年出版的一部著名的海洋题

材的长篇小说。在此之前,西默农主要是写侦探小说,并用这些侦探创作的收入买下了一艘游艇,通过水道周游法国,《皮塔尔一家》的故事就是与此生活背景有关。小说描写拉奈克为了买下旧货轮"天主之雷"号,把他富有的岳母叫来。他的妻子玛蒂尔德要求作第一次航行,拉奈克却很不乐意,因为他的船要装500吨货物到汉堡。出发那天,她果然来了,大家都很不自在。她什么都看不顺眼,而她的要求又无法实施。拉奈克责备她在这里监督皮塔尔家的财产。玛蒂尔德故意表示赞赏冈城一间啤酒店的小提琴手的投资,拉奈克于是打了她一记耳光。到了汉堡以后,拉奈克将两个妓女带上船来。有人建议拉奈克将废铁运往爱尔兰,船员都赞成。玛蒂尔德却激烈地指责拉奈克利用皮塔尔家的钱跑航运赚钱,如果她不在,拉奈克还会同情人会面。在风暴中,货轮去救援"弗朗索瓦丝"号,结果28个船员中只救出7个人。玛蒂尔德被援救的可怕场面刺激得发疯,最后竟投水死去。最终,她被葬在了皮塔尔家的墓地里。西默农创作的这部小说因出色的海洋景色描写和细腻的人物性格刻画使他曾被有的评论者誉为是和巴尔扎克齐名的作家。

208.《天平之甍》描写了中国哪位航海家的故事?

《天平之甍》是日本现当代著名作家井上靖(1907—1991年)创作的第一部以航海人物为题材的历史小说,描写了中国唐朝唐玄宗天宝十二年(公元753年)鉴真和尚东渡日本传播文化的航海历险事件。小说从公元732年(日本圣武天皇天平四年、唐玄宗开元二十年)日本第九

次派遣唐使来中国写起。为了广泛地学习唐朝的政治、经济和文化,日本此次派出了580余人的使团,僧人普照和荣睿受领的一项重要任务,就是聘一位德高望重学识渊博的传戒师来日本传授戒律,以实行正规的戒律仪式。来中国的航海途中,在四个多月的时间里,船队经常遭遇风暴袭击,几次差点船毁人亡,最后

井上靖像

漂到了苏州,并得到唐朝廷的热情接待。来唐十年以后的天平十四年,荣睿突然产生了回日本的念头,早先来到唐的僧人业行,也带着30年来抄写的无数经卷来访问普照,让他想法换船带回日本。荣睿通过中国僧人道航在扬州大明寺结识了中国高僧鉴真,鉴真当时已经55岁了,身材魁梧,额门开阔,颚骨恢张,显出坚强的意志。听明来意后,鉴真表示:"为了佛法,纵使海天远隔,沧海浩渺,也不应恋惜生命。"然后,点了祥彦等17位弟子与他同赴日本。这期间,由于海盗出没,地方官员阻挠,鉴真及其弟子和日本僧人,五次启行,五次失败,三次渡海,两次覆舟,最惨的一次,他们从扬州出发,结果被漂流到了海南岛,鉴真也积劳成疾,双目失明,祥彦在荣睿死后不久也坐化了。普照不忍鉴真再为此受苦,决心只身东渡。为阻止鉴真东渡,官厅加强了警戒。在弟子的秘密安排下,公元752年11月,鉴真随同4艘遣唐船东渡日本,几

海洋文学

天后,船队被大风吹散,大卷经书被卷入墨汁似的海潮中,最终只有两船平安到达。日本朝廷隆重迎接鉴真来到了京城奈良,下宿东大寺。鉴真在此举行盛大仪式,为日本天皇、皇后受戒。天平胜宝七年,天皇下命为鉴真修建精舍,命名"唐招提寺"。落成后,规定出家人必须先到此研习学律,盛极一时。写到这里,你也许会问,这《天平之甍》的字面是什么意思呢?这里的天平,是日本天皇的年号,"甍"的意思是有浮雕做装饰的屋脊。"天平之甍"的意思就是天平年间一块带有浮雕的屋脊。这又是怎么回事呢?原来,鉴真东渡日本成功后不久,日本的遣唐使从唐带回不知谁送给普照的一个甍,即安装于唐朝寺庙屋脊两端的鸱尾,引起他无限的感慨,为纪念这次渡海经历,普照把这块甍送给唐招提寺,安排在唐招提寺屋脊的两端,象征着中日两国文化的血肉联系和两国世代友好的愿望。鉴真在唐招提寺落成后的第四年,面西而寂,享年76岁。《天平之甍》生动地展现了鉴真东渡的真实历程和历史面貌。

209.《海百合》讲述的是什么内容?

《海百合》是出生于1909年的法国现代作家安德烈·皮耶尔·德·芒迪亚格于1956年出版的一部中篇小说。小说描写撒丁岛海边长满了海百合,主人公是两个性格相互补充的姑娘,一个是伦巴第人瓦妮娜,另一个是瑞士人朱丽叶。朱丽叶粗鲁、壮实,满足于热沙、海水浴、跳舞和喝酒。而瓦妮娜则需要发号施令,生活中喜欢叛逆,她看中一个沉默寡言的漂亮小伙子,新婚之夜

213

要按她认为应该的那样进行。因为小伙子缺乏阳刚之气,只得对她唯命是从,结果却使新婚之夜显得乏味而平淡。作者用海百合来象征人的宁静与狂野的性格。

210. 为什么说《恶心》代表了现代海洋文学的理念?

《恶心》是法国存在主义作家萨特(1905—1980年)创作的一部著名的中篇小说。由于萨特本人是存在主义哲学的代表,因此,他的所有的文学作品都无一例外地成为他哲学观点的形象阐释。《恶心》也是如此。作品写的是一位有历史癖的单身汉罗庚丹,为了证实自身的存在,而把自己弄得筋疲力尽。有一天,他一边在海滨散步,一边继续思考着他的问题,无意中他拾到

萨特像

了一枚有着阴阳两面的石头,他拿在手中,仔细察看、揣摩,突然,他感到一种无处不在的、彻头彻尾的"恶心",从此"恶心"的阴影一直笼罩着他的全部生活。萨特以此表达出对现代的资本主义工业文明的虚伪和腐朽的揭露和批判,也正是在这个意义上,人们认为萨特的《恶心》代表了一种真正意义上的现代海洋文学的理念。

211. 为什么说盖菲莱克是描写海洋和邮船的能手?

亨利·盖菲莱克是法国著名的小说家、散文家和诗

人。他是布列塔尼人,1910年出生在布列斯特,1929年高师毕业后,获得文学学士学位,1935年又到瑞典的乌普萨尔大学任教,开始写诗,1942年终于放弃教职,专门从事写作。盖菲莱克的小说创作几乎都是以海洋和邮船为主要创作对象,描写渔人和大海的性格和变化。这些作品有《风暴袭击杜阿纳奈》、《寻找太阳的人》、《海底下的王国》、《浓雾的兄弟们》、《孤独》、《张开帆》、《海鸥和十字架》、《灯塔》等,其中最有代表性的小说是《散岛上的小学校长》。小说描写了一个荒凉的岛上住着几户渔民,他们靠打捞海上遇难船只的漂浮物为生,他们的敌人即是暴风雨和沿海船只。小说围绕一个圣器室管理人员展开,因为缺乏候选人,主教无法任命小学校长,只能让一渔民去代理。渔村虽小,可既有物质需要,也有精神需要,这使这个普通的渔民既做宗教圣事,做庆典,还要听忏悔,出海捕鱼,还要同那些信教、犯罪、迷信和崇高集于一身的人作斗争,因为这些人的心灵在做了坏事以后,需要宗教和神圣。小说对浓雾、狂风和大海的景色的描写非常迷人,岛民的勇气和粗野,也给读者留下了难以忘怀的印象,使这部小说具有雄浑的色彩,也正因如此,他在1958年获得了法兰西科学院小说大奖,并被誉为是写海洋和邮船的圣手。

212. 盖菲莱克笔下的海洋有什么特色?

在亨利·盖菲莱克的笔下,无论是气象万千的大海,还是蓝色波涛下畅游的鱼儿,都描绘得栩栩如生,甚至连那些令人恐怖的海潮、风暴等异常的海洋景色,也写得十分动人。同时,他还赋予大海某种传神的思想与情感,读来令人感到特别心驰神往。比如在《孤独》这篇小说中,船长西尔班从无线电获悉他妻子得病,不久就要离开人世,此刻,船底下正有一条大鳕鱼。西尔班此刻展开了丰富的想象和深刻的深思:"大海,比富可敌国的财阀更加有钱,强大豪爽的大海,你忘掉我有时愚蠢地说你任性吧,在我们向你张开的拖网形状的深钵中放上大把的钱吧。请为了雷纳托的情人……请为了所有的男人、女人、孩子,他们在法国、亚洲等待着鱼肉和钱。大海先生,请给我们许许多多鳕鱼,第五、六、七吊滑车的鱼,第八吊是给我们的姑娘备嫁妆,第九吊是给我们要出生的孩子做衣着用品……"用虔诚的祈祷表达出渔民的共同心愿。

而且,在盖菲莱克的笔下,大海的形象和渔民之间既相互依存又互相敌对,大海极具人性,大海蚕食着小岛,渔民呢,他们制服着大海的鱼儿。他们居住在大海的背上,就像虱子寄居在狗的背上一样,渔民靠大海的物质为生,而大海总是力图打败他们。渔民和大海之间永远是和平与战争的连续蓝色奏鸣曲。最终,大海是伟大的,渔民们偶尔不得不寻求天主的保佑。这些生动的叙述和描写,使盖菲莱克笔下的大海充满神秘、生命和美丽,令人神往。

213.《荒凉岛的幸运者》的主题是什么?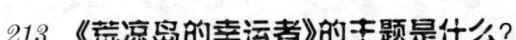

《荒凉岛的幸运者》是出生于1911年的法国当代小说家埃尔韦·巴赞创作的一部海洋题材的现实主义小说,出版于1970年。"荒凉岛"是南大西洋的英国属地特里斯坦·达·昆哈岛的别名。由于它长年遭受风暴的肆虐,成为一个不毛之地。一个半世纪以来,岛上居住着各种国籍的移民,他们信奉基督教,实行平等的原则。岛上的男女老幼对极其残酷的生活环境都自愿忍受并蔑视文明的恩赐。1961年10月,这里火山爆发,264个岛民被迫避居到英国。荒凉岛上的人们从中世纪的生活方式中,一下子跳到了20世纪的现代文明环境中。但是,现代消费社会不久就使他们感到恐惧,而不是令他们感到惊奇。从1963年起,这些从荒凉岛上来的人们再也忍受不了现代消费文明的生活方式,冒着火山还会随时爆发的危险,又返回了荒凉岛,但他们已经在荒凉岛上开始利用文明人的技术,却绝不接受这些现代科学技术的支配。作者利用这样生动的故事,从某一侧面深刻地批判了欧洲文明社会的弊端。

214.《蝇王》写的是什么内容?

《蝇王》是英国"二战"以后著名作家威廉·戈尔丁(1911—)创作的一部以海岛为背景的儿童文学名著,出版于1954年。《蝇王》里的主人公是一群6岁~12岁的英国小学生。为了躲避一场残酷的原子战争,他们乘机出逃,后因飞机失事而漂落到太平洋中一个荒无人烟的小岛上。这群孩子中有一对好朋友,名叫皮吉和拉尔夫。肥胖的皮吉患有气喘病,又戴着深度近视眼镜,所以,在学校里他经常成为孩子们的笑柄。拉尔夫的父亲是皇家海军的一位官员,因此,拉尔夫懂得快速救生知识。为了能使他们尽早获得营救,必须立刻在岛上生起一堆火。拉尔夫用一只海螺把分散在岛上的孩子们都召集到一起。海螺成了权威的象征,拉尔夫被公推为孩子们的首领。但是,杰克和他带领的唱诗班的孩子们很快形成了另外一个团伙。他们不愿意服从拉尔夫的领导,更不愿意整天忙于搭窝棚和看管那个作为信号的火堆。他们学着野蛮人的样子把脸抹黑,开始在森林中打猎。而且,在尝过了火烤的、带有血腥气的野味之后,他们就再也

戈尔丁像

不愿意拿水果作为主要食物了。拉尔夫和杰克两伙孩子为了争夺权力展开了激烈的争斗。可是,忽然有一天,两派中一些年幼的孩子突然被密林中出现的一个"怪兽"吓得晚上睡不着觉,杰克和拉尔夫决定停止争斗,共同进山搜寻。可当他们看到悬挂在树上的那个神秘的怪物时,他们被吓得争先恐后地逃回了各自的营地。为了征服怪物,杰克和他的那群"猎手"杀死了一头正哺乳小猪崽的母猪,并把猪头砍了下来插在一根木桩上,作为奉献给林中怪物的祭品。其中一个名叫西蒙的孩子被猎手们的血腥举动吓坏了,他逃进了密林,碰巧发现了那个"怪兽"。原来,这"怪兽"是一具早已腐烂了的飞行员的尸体和他那仍挂在树梢上的降落伞。但当西蒙跑回来报告时,那伙已经走火入魔的猎人竟把他错看成是一头祭奠用的小猪,扑上去把他砍死了。从此,杰克和拉尔夫两个团伙之间的暴力行动不断升级。一天晚上,在夜幕掩护下一伙

海洋文学

猎人偷袭了拉尔夫的营地,抢走了皮吉那副已经摔裂了的近视眼镜。当拉尔夫和皮吉第二天去讨还眼镜时,一个猎人用弹弓击中了皮吉,使他滚下山坡坠海而死。很快,拉尔夫手下的孩子全被杰克拉拢了过去,他自己则成了猎人们围追的"猎物"。就在这个危急的时刻,一艘路过这里的英国巡洋舰,把这群已经堕落成野人的英国孩子带离了荒岛。在这本充满道德说教的寓言体小说中,魔鬼的形象既指腐烂了的飞行员的尸体,也指作为祭品的猪头。同时,也是这群孩子心灵深处固有的邪念的象征。《蝇王》还被改编成电影在世界各地放映。

215.《继承人》写的是什么内容?

《继承人》是英国获得诺贝尔文学奖的作家戈尔丁于1955年出版的一部小说。写的是在远离现实生活和现代文明的一个神秘的岛屿上,两个被称为"人们"和"其他人"的原始部落之间为了生存而进行着连续不断的争斗。"人们"是旧石器时代尼安德特人的一个分支,是一群没有思维能力,仅凭直觉和有时闪现在他们头脑中的影像来支配行动的低等原始人。而"其他人"则已学会用兽皮遮体,并掌握了制造箭和木筏及酿酒的原始技术。在为生存而进行的斗争中,"人们"处于明显的劣势。在他们的首领麦尔死后,勒克是唯一幸存的男性。一个名叫法的年轻女人劝勒克和她一起逃离这个地方,但勒克则坚持要从"其他人"手中救出被抓的两个孩子。他们藏在大树上,勒克和法目睹了"其他人"的生活。食肉、杀人和放荡的性生活对勒克和法来说简直不可思议。一个和法交上朋友的"其他人"部族的女孩子也被她的同族人作为狩猎的祭品而杀死。最后,在救孩子的过程中,法坠河身亡,勒克成了"人们"这个低等部落的唯一幸存者,"其他人"也乘船离开了这片散发着血腥的土地,并为死于他们刀剑下的人们感到难过。他们认为这种血腥行动应归罪于"恐惧"和"愚昧"这两个魔鬼。小说着力描写了人类生存的强烈欲望,突出了人性本恶的主题。

216.《挡住太平洋的堤坝》是怎样成为海洋名著的?

《挡住太平洋的堤坝》是法国现代女小说家、电影剧作家玛格丽特·杜拉斯(1914—1996年)创作的描写人与大海斗争的长篇小说。那么,它是如何创作这一海洋名著的呢?原来,这和杜拉斯的家庭和自身经历有关。杜拉斯生于印度支那的佳定,在她4岁的时候,当数学教师的父亲就去世了,她和当小学校长的母亲相依为命,为了补贴家用,她母亲靠在电影之家弹琴来养活三个孩子。后来,她母亲花掉自己20年的积蓄在柬埔寨买下了一块不能耕种的土地,并在这片地上建起了平房。不幸的是,三个月之后,连同种下的稻子一起都被水淹没了。她母亲因此破了产,差点死去。这段生活给杜拉斯留下了永世难忘的印象。18岁时,杜拉斯到巴黎学习法律、数学和政治。1943年,杜拉斯开始创作,她就以母亲的这段生活经历为素材,创作了她的成名作《挡住太平洋的堤坝》,于1950年出版。小说写在印度支那,土地管理部门把一块地让给了一个小学女教师,她在儿子、女儿和仆人的帮助下辛勤地开垦这块土地。连续两年,海水都在插稻秧时淹没了土地,她才明白自己被欺骗了。但她仍然不愿换地,而是在邻居的帮助下,坚持修起了一条挡住太平洋漫进来的海水的堤坝,其实,这条堤坝是根本不管用的。她把希望寄托在大儿子身上,可大儿子又非常不争气。贫穷潦倒的现实迫使母亲开始算计别人,她害怕孤独,幻想杀死土地管理处的职员,把女儿嫁给富人,苏姗娜17岁,用答应同客栈老板的儿子睡觉的办法开始骗钱,而已经20岁的儿子约瑟夫,最后又被一个富婆夺走。根据这部小说,内·克莱芝于1957年将其搬上了银幕,并获得了巨大的声誉,《挡住太平洋的堤坝》也就成了一部描写人与大海斗争的海洋小说名著。

217.《直布罗陀的水手》有什么寓意?

《直布罗陀的水手》是法国现代著名女小说家杜拉斯于1952年出版的两卷本长篇小说。第一卷写一个过着平庸生活的男人,他已厌倦了情人,对自己的工作职业也失去了兴趣。这时,他开始寻找自我解放的方法和行动的勇气。第二卷描写他遇到一个漂亮富有的女人,她越过大海重洋不辞辛苦地寻找离开她的情人,那个直布罗陀的水手。这个水手年轻、有吸引力,最后,她来到了加勒比海。杜拉斯创作这部小说的寓意在于表达这样一种思想:幸福是在寻找幸福之中,爱情是在寻找爱情之中。如果他们找到直布罗陀水手,那将是他们爱情的结束。

218.《塔吉尼亚的小马》写的是什么内容?

《塔吉尼亚的小马》是杜拉斯于1953年出版的一部小说。主要描写第二次世界大战后,一伙在意大利海岸的村子里度假人的生活。天气非常炎热,在海水浴、打球和舞会之间,男男女女互相询问、讨论、了解丈夫与妻子彼此之间产生的厌倦。他们谈到爱情、友谊、政治,也谈到山里被炸死的一个年轻扫雷员和他的双亲;他们找到了儿子的尸体,待在那里,固执地不肯签署死亡证明书。主人公萨拉则在船上和一个男人产生了短暂而炽热的爱情,而现在,她正发疯般地爱着她4岁的儿子。她开始意识到世界上并不存在完美的爱情,所有的爱情,都只不过是爱逐渐消失的过程。于是,她毅然与丈夫一起旅行,去塔吉尼亚看那美得难以形容的小马。小说描写海滨生活的秀丽景色和风光,给读者留下了深刻的印象。

219.《懒惰哲学趣话》讲的是什么内容?

《懒惰哲学趣话》是曾获得1972年诺贝尔文学奖的德国著名作家海因里希·伯尔(1917—1985年)写的一篇带深刻哲理意味的海洋题材的散文。它讲的是在欧洲西海岸的港口上,停着一条渔船,船上躺着一个衣衫褴褛但身体健壮的渔夫,头戴红色的渔夫帽,在太阳底下打盹。一个穿着入时的外国游客被眼前由湛蓝的天、碧绿的海中泛起的雪白的浪花、黝黑的船和红色的渔夫帽所构成的美丽画面吸引,连忙取出照相机拍照。不想,照相机的咔嚓声惊醒了渔夫,于是,游人就问渔夫天气这么好他身体也没有病为什么不去出海打鱼。渔夫却回答说他今天早上已经打到了4只龙虾和20多条青花鱼,甚至连明天后天的鱼都打够了,所以用不着出海。而这个游客却对渔夫说,他不应该这样懒惰,如果他每天都出海打鱼的话,那么,渔夫每天就可以打到100多条青花鱼,不出一年他就可以买摩托,两年就可买一条船,三四年间可能会有渔轮,如果够的话,渔夫就可以建一座小冷库,盖一座熏鱼厂,甚至可以开着直升机去找鱼群,并把龙虾运往巴黎。就在游人急不可耐的劝说中,渔夫却轻声问游客,有了这些以后会怎么样呢?游客以兴奋的心情说:

海因里希·伯尔像

"这样的话,渔夫就可以逍遥自在地坐在海边,一边欣赏美丽的大海,一边在太阳下打盹儿。"听了这话,不料这个懒惰的渔夫却说,他现在就这样做了,是游客照相机的咔嚓声把他打扰了。这个渔夫的话使游客思绪万千,因为他以前曾以为只要好好干一阵,那么有朝一日就可不用再干活了,而此刻在游客的心里剩下的只有对渔夫的羡慕。

220. 英国文学史上专门写海岛的作家是谁?

在英国文学史上,乔治·麦凯·布朗是专以描写海岛而闻名的作家。他的长篇小说代表作《格林伏伊》就是一个记述海岛上的居民点的生活的作品。故事分成六大章,前五章都像"古骑士神秘典礼"中引进仪式岗位那样,留有晚上归宿和次晨起行的处所,而第六章的岗位则不再提供归宿,相反,却隐藏着一个大威胁。这一天,有一个神秘之客来到岛上旅馆,整天关着房门在忙些什么,最后,有一个印度挑夫识破了他的阴谋,原来这个神秘的人在制订一个"黑星行动"计划,这个岛将被这个计划所征用。因此,岛上世代居住的渔民和家属全都被迫离开这里。书中还通过一个马克思主义者之口,对岛的历史进行了回顾。原来岛上的居民最初来自地中海,经过维京人入侵、封建主义到资本主义,最后将是共产主义的大同世界,他等待着听到"太阳之子"的音乐。可是,他还没有等到那一天,就被大海吞没了,而"黑星行动"在实施了15个月以后又被政府放弃了,岛在荒废了10年后又有8个原来的居民重返此岛,而且带回了种子要重新种植庄稼。这样,他们也就完成了古骑士神秘典礼引进仪式的第六站的使命。岛及岛上渔民的命运成为人类历史的一个缩影。

不仅如此,乔治·麦凯·布朗还是一个著名的海岛诗人,而且他写海岛和渔民多用白描手法,表现从北欧海盗发展至今的岛民的粗犷而纯朴的性格。《冬天新娘》是他海岛诗歌的代表作品。

221.《鱼王》的主题是什么？

《鱼王》是维克托·阿斯塔非耶夫创作的,他是前苏联作家。1924年出生于农民家庭,在儿童教养院长大,是反法西斯卫国战争参加者,后来毕业于高尔基文学院。1951年开始发表作品。1978年因小说《鱼王》获苏联国家文学奖。他的创作多以对西伯利亚生活富有独特乡土气息的描写,进行现代道德的探索为主要特色。

《鱼王》是一部由几篇各自独立又互有联系的中短篇

组成的长篇。每篇各写了一个故事,各自有标题,情节虽不相同,但主题和风格基本一致。全书的命名篇《鱼王》,它描写偷鱼者伊格纳齐伊齐在与一条大鱼的生死搏斗中险些丧命时终于良心发现的故事。揭示一切破坏践踏大自然的和谐、宏伟和完美的行为都是罪过,必将导致人性格的堕落及良心和道德的惩罚。作者有意虚化社会背景,对人物的确切的社会面貌也只简单一提,而他把重要笔墨用来渲染气氛和刻画人物的心理,既有对传统乡土文学和抒情自白小说的继承发展,还有对现代派文学艺术中艺术家们的意识流的明显吸收。

222.《礼拜五　　太平洋上的灵薄狱》是写谁的故事?

《礼拜五——太平洋上的灵薄狱》是法国当代著名小说家米歇尔·图尼埃创作的第一部小说,出版于1967年,这部获得举世好评的海洋名著曾获得法兰西科学院大奖。图尼埃这部小说是根据英国作家笛福的海洋题材小说《鲁滨逊漂流记》改写而成的。故事发生在太平洋上,鲁滨逊乘坐的"弗吉尼亚"号船在风暴中触礁沉没,他是全船上唯一幸存的人。"弗吉尼亚"号正好搁浅在一个小岛,鲁滨逊就在这个岛上安顿下来,他把船上的食品、工具、炸药等物品用木筏运到岛上。他想先造一条船,却没有想到船该如何下水。他自己建造起一个

鲁滨逊在孤岛上

家,开始种粮食,驯养野山羊,还为这个岛起名叫作希望岛。他幻想有一天能遇到援救他的帆船,可是远处海面上过往的船只根本不理睬他为了指引救援船而点燃的火堆。他制造出一种红墨水,不断写下他在希望岛上的"航海日记",记录下自己的深思,认为孤独对人起着腐蚀性的、毁灭性的作用,在孤独中只有语言以一种基本的方式提示人类世界的本质。在孤独中他感到绝望,梦想山崩地裂,让海洋把希望岛淹没。有一天,他发现忽然岛上来了一群野人,一个女巫作法,由一个拿大刀的砍死了被她诅咒的一个野人,鲁滨逊猜想这大概是为了消灾。过了一段日子,这些野人又来了,又要杀死一个野人,但这个不幸的人相当机灵,一翻身朝鲁滨逊这边逃来,鲁滨逊本想向他开枪,不料被狗撞了一下,却打死了其中另一个追赶而来的野人。鲁滨逊把这个被他无意中救下的野人起名叫礼拜五,并教他学英文。因为没有教材,鲁滨逊在教礼拜五识字时,采用了见到什么就教什么的方法。一天,礼拜五指着草地上晃动的白色斑点对鲁滨逊说是"雏菊",鲁滨逊作了肯定的回答。刚说完,不料这"雏菊"竟拍着一对白色的翅膀飞起来了。鲁滨逊纠正说:"我们看错了,那不是雏菊,而是一只蝴蝶。"可礼拜五却反驳说,一只白蝴蝶就是飞着的雏菊,这使鲁滨逊认识到世界上看似风马牛不相及的东西,其实是联系在一起的,礼拜五就成了他的奴仆。鲁滨逊为了统治这个小岛,还煞有介事地制定了"希望岛宪章"和"希望岛刑法",俨然在实施总督的权力。礼拜五虽然摆脱了原始人的一些生活习惯,但他仍具有原始部落的生活本领,如礼拜五知道红蚂蚁会吃掉腐烂的东西,这样就解决掉了环境污染的问题;他能把三块圆石间隔开绑在一根绳索上,形成一个套索,起名叫"流星锤",这种武器既能猎取动物,又能打击敌人;他还会用海龟的贝壳做盾牌,用山羊皮做风筝,这风筝还能钓鱼;他能用山羊脑壳做出一种能在大风中发出既是大地晦暗的声息,又是天体和谐之音的原始音乐,礼拜五驾驭自然的本领让鲁滨逊甘拜下风。有一次,礼拜五偷偷抽烟,由于害怕鲁滨逊的责骂,竟把烟斗扔在了火药上,结果引起大爆炸,鲁滨逊辛辛苦苦建起来的家被炸得粉碎,他俩只好睡到了树上。有一天,他们终于盼来了一艘英国帆船,叫"白鸟"号。船长告诉鲁滨逊当天的日期,鲁滨逊这才知道他在希望岛上已度过了28年。"白鸟"号上的船员们来到岛上后,发现了大爆炸后鲁滨逊散落在岛上的金币,便拼命追逐财富,相互抢夺;大副得意地大谈如何贩卖黑奴,可获得巨大的利益,而且残酷地对待孤儿似的小孩。和这些人接触过以后,鲁滨逊对文明人的生活深感厌恶,表示不想离开希望岛,而未经文明社会生活的礼拜五却被"白鸟"号帆船上眼花缭乱的生活景象所吸引,在晚上偷偷离开鲁滨逊溜上了船,等待他的只是奴役和被贩卖的凄惨命运,而"白鸟"号上那个受虐待的小孩子则溜到岛上,表示愿和鲁滨逊生活在一起,鲁滨逊为他起了一个名字,叫作礼拜五,两人继续在希望岛上过着幸福的生活。

223.《礼拜五——太平洋上的灵薄狱》富有哪些哲理?

法国当代作家米歇尔·图尼埃创作的长篇小说《礼

拜五——太平洋上的灵薄狱》，围绕着鲁滨逊和礼拜五在希望岛上的生活故事，给人展现了丰富的18世纪的航海知识、太平洋岛屿上的动植物、当时的印第安人达到的文化水平，同时，也表现了图尼埃对生活意义的执著探索和思考，这就使小说具有丰富而深刻的哲理。首先，小说描写鲁滨逊独自在希望岛上过着寂寞生活，由于没有可以和他交流的对象，作者因此借鲁滨逊之口，对孤独和语言的用处与本质进行深刻的思索。其

《礼拜五——太平洋上的
灵薄狱》插图

次，小说借鲁滨逊和礼拜五的生活，特别是鲁滨逊制定的所谓"希望岛宪章"和"希望岛刑法"，表明社会生活中人的社会意识和统治欲，以及文明人与野蛮人之间的文化冲突和表现。最后，小说通过鲁滨逊教礼拜五学习英语和其他知识，再现了人认识世界过程的各个阶段以及人与世界之间的关系，表明了人通过认识世界也同时认识了自己的深刻道理。

224.《"水手长，接替我！"》写的是什么内容？

《"水手长，接替我！"》是美国作家奥斯卡·希斯高尔创作的一部著名的海难题材的小说。与以往海难题材小说作品不同的是，他没有冗长陈套的有关海难发生的原

海洋文学

因、海难逃生时的惊慌失措和获救以后的欣喜若狂的描写,而只是抓住海难发生后获救前一天在一艘小小的救生艇上遇难人员围绕喝一小口淡水的细节,用第一人称展开描写和叙述,读来却同样收到令人惊心动魄的艺术魅力。小说写的是一艘叫"蒙塔拉"号的轮船在20天前不幸在大西洋上失事沉没,人们纷纷向救生艇上逃命,我当时是这艘船上的三副。在奔向救生艇时,我出于本能急速地抓起了一枚德国造的鲁格尔牌半自动手枪,并用它来保护救生艇上仅有的一壶淡水。救生艇上除我以外,还有9个水手,我们已经在海上漂流了20天,也没遇到救援船只,此刻离阿森松岛有60多米。船上已没有任何食物可以补充消耗的能量,大西洋早晨的阳光又热得灼人,水手为能喝到一口淡水都用愤怒的目光看着我。而我知道他们一旦把水喝光,我们就只能等死,而只要有一点水,我们就有生的希望。尽管我用手枪护着那壶淡水,可个头大、秃顶、脸上有伤疤、一副凶相,曾经当过水手长的巴雷特却仍然不断威胁我,要喝掉剩下的淡水。他白天因为睡了一觉,我却20天来没敢有太多时间合眼,而此刻我已昏昏欲睡。就在我要倒下去的时候,我对巴雷特轻轻地说"水手长,接替我!"。而就在当夜也就是在海上漂浮的第二十一夜,我们得到了"格罗汤"号货船的搭救。当我醒来仰望巴雷特那张可憎而冷酷无情的脸时,他手中仍拿着那只手枪,局促不安地对我露齿一笑,因为他听了我对他说的"水手长,接替我!"后,他自认为自己是救生艇上的指挥,而且他已认识到:当指挥就要对其他人负责,看问题就不能一般见识。

225.《前进！包迪渠》是部什么样的海洋文学作品？

《前进！包迪渠》是美国作家珍·李·拉珊创作的一部海洋人物传记，主要叙述18世纪美国天文学家、航海家奈特·包迪渠自学成才的动人事迹。书中的主人公奈特·包迪渠，1773年出生于一个家道中落的航海世家，初上小学时，就表现出数学方面的天才。11岁时，由于家境贫困，不得不辍学在家帮助干活，这对于一个一心想要进入哈佛大学深造的孩子来说，无疑是一个沉重的打击，但他并没有因此而放弃学习的热忱，父亲友人的一句"白杨微风照样走快船"的话，使他深信命运掌握在自己的手中。

《前进！包迪渠》插图

于是，他利用在五金店当学徒的业余时间，自修数学、天文、测量和航海学，并以《圣经》为工具，无师自通地学会拉丁文、法文和西班牙文。奈特·包迪渠将他阅读所获得的知识，用来指导自己的水手工作，以此来丰富自己的航海知识。由于理论与航海实践的相互印证，使他在20岁出头的年纪，就获得两项杰出的成就：发明夜间航海辨位法和修订18世纪航海权威慕尔书的错误，从而凭此当选美国科学院院士，获得哈佛大学颁发的硕士学位，完成了《最新实用航海学》，获得了当时国际科学界和航海界的推崇。《前进！包迪渠》在我国出版时译名为《航向光明》,书中除了塑造奈特·包迪渠的形象外,还描述了奈特·包迪渠的大姐玛丽和二姐莉莎对他的爱护和帮助,描写了他的两个妻子伊丽莎白和葆丽对他的支持。此外,还塑造了普博士、普林士船长和炮手哈威的感人形象,而奈特·包迪渠在作品的最后所说的一句话,"狂风暴雨是免不了的,但我从来没被它们困住过"经常成为人们战胜困难、走向光明的座右铭。

226. 《灯船》讲述的是什么故事?

《灯船》是德国作家西格弗里特·伦茨(1926—)于1961年创作出版的海洋题材的长篇小说,讲述了一个船长用自己的生命保护船只,与劫匪作斗争的故事。作品描述的是,在波罗的海的基尔湾口外,长年停泊着一艘火红色的旧灯船,警告着往来的船只避开变迁不定的沙洲,指引它们通过布有水雷的海域。船长弗莱塔克是个上了年纪的人。十几年前,他曾驾船到受饥荒的希腊爱琴海的小岛上去运送小麦,但到目的地后却接到命令不准进港。在海上无奈绕圈子的生活中,他因与船员进行角力赛作弊而总感到脸上无光。他的儿子弗雷德从此认为他父亲是胆小鬼,二人虽然同在一条船上,却没有话说。这一天,他们救了一艘失控的小艇上的三个人:卡斯帕里博士、库克和埃德加,不料他们竟是在逃的通缉犯。灯船上的其他人想要报警,却被船长制止了,因为弗莱塔克认为,在不顾一切宁愿往枪口上送命的想法深处,隐藏着最恶劣的利己主义,所以,他既不想当英雄,也不想当殉道者。因此,他制止了船员们对逃犯的告发,但也警告逃犯不准把灯船开走。这样,僵持了三天三夜之后,逃犯们杀害了瞭望员楚姆佩,而库克也被厨师扔到了海里。就在逃犯卡斯帕里博士准备开走灯船逃路的时候,船长弗莱塔克为保卫灯船而中弹倒下,这时,他的儿子弗雷德和其他水手制服了逃犯卡斯帕里博士和埃德加,弗雷德最终原谅了他的父亲,但弗莱塔克已经光荣殉职了。

227.《未见过大海的人》中的主人公看见海了吗?

《未见过大海的人》是法国当代小说家、诺贝尔文学奖获得者勒·克莱齐奥(1940—)创作的一部著名的海洋题材短篇小说,出版于1978年。他的小说善于通过人与自然的沟通去表现现代人的生存状况和生存方式,认为大自然——大海是人离开社会后的最终归宿。《未见过大海的人》也是表现这一主题的短篇佳作。小说所描写的主人公是一名中学生,名叫丹尼尔,生活在沙原之中。有一次他读到了一个阿拉伯故事,被故事中所描绘的神奇的大海所吸引,梦寐以求地要亲眼看一看

勒·克莱齐奥像

现实中真实的大海的壮丽景色。于是,有一天,他离开家人,偷偷地爬上一节货车,然后来到沙原的尽头,终于看到令他朝思暮想的大海,他开始沉醉到大海的怀抱之中。面对壮丽的大海,那咆哮的浪潮,退潮后的浅滩,各种各

样叫不上名字的海洋植物,大章鱼和其他的海洋贝壳生物,他如醉如痴,特别是大海日复一日的潮涨潮落所呈现出的千姿百态,更是那样富有魅力。他看到大海似乎来自海角天涯,高高的,带着白沫,向前直盖过来,冲过光滑的岩石,扑进所有的缝隙里,就像是一场没完没了、永不停歇的奔放的舞蹈。海潮退后,盐粒飞舞;海潮来了,雪浪翻飞。这一切都令他对大海流连忘返。丹尼尔开始对他以往所生存的社会文明感到厌倦,开始向往大海的自由,而且这种念头一天比一天强烈,最后,他决定独自一人永远生活在这美丽的大海里。

228. 琼斯创作了哪些海洋题材的小说?

特里斯坦·琼斯既是一位英雄的海上探险家,又是一个优秀的小说家。他生在浪花翻滚的大海上,一生都与大海结下了不解之缘。他从小就跟着当水手的父亲,在大海上扬帆远航,浪迹天涯。他未满18岁,就成了英国皇家海军的水兵。在第二次世界大战中,他经历过3艘战舰的沉没,几次死里逃生,甚至被鱼雷炸去了左腿。但他仍凭着坚强的毅力,进行了单人海上航行。台风曾从他手中夺去了两条船,他与在救生圈上找到的一只3条腿1只眼的拉布拉多犬一起在格陵兰东北部的冰层上过了365天,靠渔叉捕获海豹为生。到1984年10月17日,琼斯又开始了他为期18个月的第四次环球航行。在这以前,他创下了9项世界航海纪录,18岁横渡大西洋,3次环球航行,是世界上单人航海记录的保持者,相当于地球到月亮的距离即563150千米。在这长期艰苦的海上生涯中,不论是疯狂的海啸、咆哮的台风、危险的雪崩,还是营养不良、疟疾及吸血蝠和毒蛇的进攻,都没能阻止他的海上航行,而且还成为他文学创作上宝贵的生活素材。他据此经历创作了小说《冰》、《神奇的航行》和《水手的悲剧》等一系列海洋题材的文学作品,以简练优美的语言和富于传奇性、自传性与预见性的思想内容,成为描写海上生活的佳作,读来妙趣横生,引人入胜。

229.《海洋的乐音》写的是什么内容?

西班牙作家马奴叶·维森的小说《海洋的乐音》2000年4月获得了由西班牙丰泉出版社斥资举办的第二届"国际小说文学奖"这一殊荣。这部小说以马奴叶·维森的故乡之海——地中海为背景,表现了回归自然山川和大海母亲的主题。他所展示和眷恋的地中海是旅游观光事业尚未开发以前的地中海,是还未被资本主义与人工化侵蚀之前的海港、渔村,停立海边的是等待航船归航的妇女和儿童。小说的主要故事情节是讲述爱情的。马奴叶·维森援引荷马史诗《奥德赛》的故事结构,将奥德赛漂泊10年后才返回故乡的故事挪用到了《海洋的乐音》中。在一个暑热的8月,地中海的东岸漂浮着两具尸体,男女均着礼服。新郎似乎是10年前在海上遇难失踪的尤里斯·阿苏瓦拉,女主角则是他的情人。故事从此处倒叙回10年前,小说有两条故事线索:一条是通晓拉丁语和希腊语的教授尤里斯·阿苏瓦拉爱上渔港酒吧的老板的女儿玛丁娜,两个背景悬殊的人如何发展他们的爱情故事;另一条是渔港是怎样被一个投机商人开发的故事。小说浓墨重彩地抒写了前面的故事,细腻地描写了尤里西斯·阿苏瓦拉为爱情牺牲的命运和玛丁娜对爱情的忠贞,谱写了一曲感人肺腑的大海和爱情的颂歌。

海洋文学

中外海洋影视文学

230. 《祖国的海疆》是部什么样的影片？

1954年,著名电影导演严寄洲与电影摄制组成员,东自安东(现丹东)旅顺口,西至海南岛崖县(现三亚)北仑河畔;从渤海经黄海、东海直到南海,行程1万千米,在祖国的万里海疆体验生活,了解大海,拍摄大海,终于完成了表现我国浩瀚无垠、风情万种的祖国海疆的大型影片,这就是电影《祖国的海疆》。从此,中国人第一次从银幕上完整地看到了祖国万里海疆的美丽风采。

231. 严寄洲执导过哪些海洋题材的电影？

严寄洲是我国著名的电影艺术家和导演,先后共拍摄了像《战斗里成长》、《英雄虎胆》、《万水千山》、《二泉映月》、《死亡集中营》等25部电影力作,但鲜为人知的是,从1954年他执导拍摄反映祖国万里海疆风貌的电影《祖国的海疆》开始,他的艺术生涯就和海洋密切地联系在一起。1958年为国庆十周年献礼而拍摄的《海鹰》,影片中909号艇"人在艇在"的英勇团结的战斗精神,不仅对20世纪50年代末的青年以至于对今天的青年都颇有影响和感召力,从而深深地留在人们的记忆里。之后,他又拍了《赤峰号》;1965年7月严寄洲又将广州军区话剧团的《南海长城》搬上了银幕。"文革"中,他受到迫害,粉碎"四人帮"以后,他又以海南岛为背景拍摄了《死亡集中营》。离休前,他又以烟台和威海为外景地,拍了最后一部片子叫《海豹出击》。可以说,海洋成了严寄洲艺术生涯的重要创作源泉。

232. 电视连续剧《林则徐》是何时拍的？

150多年以前，民族英雄林则徐领导了震惊中外的虎门销烟，向全世界人民昭示了中国人民捍卫国家主权和民族尊严，反抗外国侵略的决心和勇气，揭开了中国近代史的序幕。为纪念这位民族英雄，在林则徐的家乡福建，于1993年初由福建省宣传部将《林则徐》列为省重点创作项目，拨出专项经费资助剧本创作活动。剧作家郑怀兴创作了剧本，导演是宋昭，饰演林则徐的是西安话剧团的徐正运。20集大型电视连续剧《林则徐》于1996年5月12日开拍。连续剧以林则徐虎门销烟前后的历史事件为主要内容，剧中四场大海战选定在福建海面实景拍摄。《林则徐》是福建省精神文明"五个一工程"重点项目，由福建省电视台和福建华兴信托投资公司及林则徐基金会联合摄制。

233. 毕克导演了哪些海军题材的影视作品？

毕克是中国长春电影制片厂的导演，在他执导的一系列影视作品中，有关海军题材的影视占了大多数。1994年底，他接受福建瞭望影视传播公司拍摄《血洒江阴》的导演任务。这是中国第一部反映中国海军将士抗击日寇的电视连续剧。《血洒江阴》反映的是1937年中国抗战时期，以福建籍海军将领陈绍宽和陈季良为代表的海军战士，在长江咽喉要塞地江阴海面，与高出我军数倍兵力的日本海军所展开的海空大战。该剧中人物众多，海战场面宏大，剧中的海空激战的场面大部分是在闽东的都澳拍摄的。《血洒江阴》以真实的历史感和画面感

海洋文学

突出了中国海军将士不惜自沉舰船而捍卫民族尊严的高尚情操,是一部进行爱国主义教育,弘扬主旋律的作品。其实,早在《血洒江阴》拍摄之前,毕克就与海军结下了不解之缘,由他导演的电影《蓝鲸紧急行动》在全国放映后,曾引起强烈反响,毕克也因此一举成名。从此,他深深爱上了这片蓝色的国土。此后,他又向广大观众捧出了一部充满海味的电视连续剧《情壮天涯》,讴歌了海军官兵以岛为家、无私奉献的高尚情怀。

234. 中国第一部反映海军生活的电视剧是哪一部?

《驱逐舰长》是中国第一部反映中国海军军事生活的电视连续剧,共5集。1997年由海政电视艺术中心和中央电视台联合摄制完成。这部电视剧真实地展现了广大官兵为海军的现代化建设而奋斗和奉献的成长历程。

235.《大海在呼唤》讲述的是什么故事?

在20世纪70年代末的孟加拉,老灯手巴勃罗带着妻子、女儿、老华侨金根和小娜雅克来到海滨墓地悼念他们的亲人——中国籍海员陈宏志和斯里兰卡籍那雅克。然后,巴勃罗就去中国探望陈宏志的儿子陈海威。十年动乱结束后,老船长陈海威重新来到远洋轮"上海"号工作,远航东南亚。陈海威刚上船就遇到了青年水手吴明跃要求下船、船舱货物绑扎配载不合理等问题。为了国家的荣誉,陈海威决心改变现状。"上海"号起航离开上海时,恰逢巴勃罗赶到码头,但为时已晚,他们只能遥遥相望,这又引起了陈海威对往日与巴勃罗相依为命生活的回忆。"上海"号在香港码头停靠后,昔日的船长、现为某轮船公司总船长的陈海威的叔叔陈宏业来看望侄子陈海威。在叔叔陈宏业的家里，陈海威看到了父亲陈宏志和叔叔的合影照片，不禁勾起了陈海威对30多年前外国海员巴勃罗、那雅克等支持中国海员的正义斗争和庆祝"胜利"号回国等情景的深情回忆。为了掩护陈海威，那雅克不幸身亡，金根为了抚养那雅克的孩子而被迫居住国外。陈海威对此产生了无限的感慨。当巴勃罗闻讯赶到香港时，"上海"号又起航了，万般无奈的巴勃罗只好返回孟加拉。在"上海"号航行途中，水手吴明月和在"上海"号上实习的外国留学生马巴索成了好朋友，可是他们却对船长陈海威的严格要求感到非常不习惯，由此对陈海威产生了误解。在"上海"号航行到孟加拉湾海域时，遇到了突如其来的海上风暴。不幸中的万幸是，由于船长陈海威开船前曾严格地对船舱货物绑扎配载不合理的情况果断作出必须返工的决定。所以，

电影《大海在呼唤》海报

尽管"上海"号经历了罕见的海上风暴的袭击，却使船舱货物毫发无损，极大地维护了中国海运和中国海员的声誉。当"上海"号航行到环境异常险恶的鲨鱼盗海域时，又遇到孤岛上的灯塔发生故障，身患重病的灯手急需救援等紧急情况。在万分危急的紧要关头，"上海"号上的

老政委挺身而出,亲率小艇前往救援,吴明跃、马巴索也要求下艇前去营救,他们的请求得到了船长陈海威的鼓励和支持。在救援的小艇前往孤岛的途中,小艇的发电机不幸被风浪打灭熄火,急救箱也被卷入海中,后被马巴索奋力打捞上来,而吴明跃却在搭救马巴索时身受重伤。经过艰难的航行到达孤岛后,医生李琪检查发现老灯手的病情非常严重,必须立刻动大手术才能挽救他的生命。经与北京十万火急的联系,他们马上将老灯手运回"上海"号,李琪与船上的外国留学生莎娜一起为老灯手做了手术。在给老灯手治病的过程中,陈海威发现这位身患重病的老灯手就是自己怀念多年的老朋友巴勃罗。在巴勃罗急需血浆手术的情况下,陈海威二话不说就把自己的鲜血输给了巴勃罗。巴勃罗的手术获得了成功,陈海威与巴勃罗这对互相思念多年的老朋友终于在"上海"号上重逢。此刻,身受重伤的吴明跃强忍伤病的痛苦折磨,以顽强的毅力修好了孤岛上的灯塔,结果却终因伤病发作而离开了他心爱的航海事业。陈海威和"上海"号上的船员们为纪念为国际友谊而献身的青年海员吴明跃,在异国他乡的海滨为吴明跃建立了墓碑。吴明跃的墓碑和老海员陈宏志、那雅克的墓碑并列在一起,成为中国海员与国际海员友谊的象征。彩色电影《大海在呼唤》是由于洋和任静导演、陆俊超编剧,主要演员是于洋、鲁非、裘戈、徐敏、方保罗、陈强等,由北京电影制片厂摄制,1982年开始在全国上映。电影上映后,该影片的主题曲《大海啊!故乡》一时风靡全国,至今仍被人们传唱着。

236. 中国有关郑和的影视剧有哪些？

郑和是中国明代伟大的航海家，在他 64 个生命春秋中，有 28 年是和海的风浪相伴走过的。如果打开明史，人们就会看到郑和把中国的文化和情谊带到了南亚和西亚，在浩瀚的海面上架起了一座友谊的桥梁。郑和的形象和富有传奇色彩的经历，在中国以往的文艺作品中多有表现，但直接以郑和其人其事为影视题材的，只有 1998 年由南京郑和研究会、上海大学影视学院和八一电影制片厂等联合摄制的电影《海颂》和 28 集电视连续剧《三宝太监闯西洋》，编剧是郑闯。这两部剧作再现当年郑和驾驶 63 条巨船和 2.7 万余名官兵，云帆高涨，昼夜星驰的世界航海史上的壮观景象。剧组的外景地设在当年郑和率船队出发的首次起锚地点江苏太仓市浏家港，并搭起了有关郑和所到国家的外景地。电影《海颂》和电视连续剧《三宝太监闯西洋》既是为配合 1998 年国际海洋年的活动，也是对建国 50 周年的献礼片。

237. 哪部电影全景式展示了中国海军成长的历程？

第一部全景式展示中国海军成长历程的大型影片是《海之魂》。导演是吴贻弓，曾在电视连续剧《和平年代》中扮演过军人的陈锐出演中国海军驱逐舰舰长。影片镜头高达 1100 个，拍摄时间历时半年之久，摄制人员在中国 1.8 万千米的海岸线辗转，足迹遍布中国许多海滨城市。为了配合拍摄，海军调动了 2 架军用飞机专门为运载剧组的 130 名演员及庞大的摄影器材、道具和服装服务。3 个舰队分别出动 6 艘导弹驱逐舰参加拍摄，而且在拍海陆空协调作战对抗演习中,还真刀实枪地发射了数枚造价昂贵的导弹,给人非常真实的感觉。正因如此,影片放映后,获得了广大观众的好评,《海之魂》因此成为我国第一部全景式展示中国海军成长历程,反映世纪之交中国海军现代化、正规化建设和中国海军官兵时代风采的鸿篇巨制。

238. 展现中国海军礼仪最多的影片是哪一部?

有人说,海军是各兵种中最国际化、最浪漫、最贵族化的军队。以往表现海军题材的影片,大多是展现一些海军官兵的训练、作战以及海军兵器等,很少涉及海军礼仪。大型影片《海之魂》首次揭开了中国海军的面纱。对已有几百年历史、高达49种的海军礼仪,影片《海之魂》则借助中国海军成长过程中出现的生动的事例,使许多鲜为人知的海军礼仪随着故事人物的命运起伏一一亮相,先后有几十种礼仪出境。像隆重的升旗仪式、新老舰长交接仪式、军舰退役仪式、曾母暗沙投放标志仪式、军舰退役仪式、异国海军相遇仪式和海葬仪式等。所以说,《海之魂》称得上是表现中国海军礼仪最多的一部影片。

239.《海之魂》是根据哪部小说改编的?

故事片《海之魂》是根据海军作家李云良的同名小说改编的,由上海广电局艺术总监吴贻弓出任编剧和导演,海军政治部和上海永华股份有限公司于1998年联合摄制。影片从1983年开始,以生动的故事情节和感人的人物形象,描写了海军三代人在现代化进程中的心路历程。影片中既有壮观的海上军事表演场面,也有浓烈的感情色彩,规模宏伟,艺术地展现了中国海军从小到大、由弱到强的现代化成长过程,充分展示了新时期中国海军现代化、正规化建设和海军官兵的时代风采,而且《海之魂》是影视套拍,20集电视连续剧由李云良自任编剧,吴贻弓担任导演。尤其令人难忘的是影片中的主题歌:"我们在东方的浪潮里相会,把青春的誓言一起放飞,真情的兄弟血浓于水,让生命接受浪的风吹。大海作证,誓言无悔,波涛中走来一个蓝色的方队,在太阳下崛起一支英雄的舰队。"这首歌豪迈而富有激情,充分地展示了中国海军成长历程中生生不息的壮志灵魂。

240. 动画片《海底总动员》讲述的是什么故事?

　　动画片《海底总动员》主要讲述的是一对可爱的小丑鱼父子历经千难万险而终于团聚的故事。小丑鱼爸爸马琳和小丑鱼儿子尼莫一直在澳大利亚外海的大堡礁中过着安定而幸福的平静生活。小丑鱼爸爸马琳一直谨小慎微,做事总是缩手缩脚。虽然马琳早已当了爸爸,却一点也不影响它成为远近闻名的胆小鬼。正因如此,小丑鱼儿子尼莫不仅常常和爸爸马琳发生争执,而且还有那么一点瞧不起自己的爸爸。直到有一天,一直向往到海洋中冒险的尼莫不小心游出了它们所居住的珊瑚礁,就在尼莫想要舒展自己的小尾巴的时候,一艘在此经过的渔船毫不留情将尼莫捕走,并将尼莫辗转卖到澳大利亚悉尼湾内的一家牙医诊所。

　　在大堡礁的海底,不知心爱的儿子尼莫身在何方、生死未卜,对于爸爸马琳来说,无疑是一个晴天霹雳。尽管马琳胆小怕事,但现在为了救回自己的宝贝儿子,马琳还是决心豁出去了。

虽然马琳嘴上说是已经下定了决心,但这并不代表

《海底总动员》宣传画

马琳真的可以在一夜之间彻底改变从前养成的怯懦性格。在寻找儿子尼莫的途中,马琳与大白鲨意外地发生了好几次惊险的追逐和搏斗,这令马琳顿时萌生了退意,以致使马琳和尼莫父子重聚的希望成为泡影。但幸运的是,马琳遇到了来自撒马里亚的蓝唐王鱼多瑞。虽然多瑞严重的健忘症常常弄得马琳哭笑不得,但是有多瑞在旅途相伴,却也使马琳渐渐明白并树立了如何用勇气与爱来战胜内心恐惧的信念,而且使马琳懂得了一生中有一些事情的确是值得去冒险努力的道理。

在小丑鱼爸爸马琳历经千难险阻并得到众多朋友的帮助后,马琳和尼莫终于重聚并安全地回到了故乡大堡

礁。从前那个甚至连自己的儿子都瞧不起的胆小鬼马琳，经过战胜了数次生与死的考验后，最终成为儿子心目中真正的大英雄。一场演绎父子亲情、久别重逢的大戏，就此在令人充满泪水的目光中落下了帷幕。

这部电脑动画巨片，制作精美，色彩艳丽，场面宏大，片中电脑制作的角色和景物异常逼真。而全片的故事更是充满了悬念、历险、亲情、友谊等诸多元素，对各个年龄层次的观众都有巨大的吸引力。可以说，它是迪斯尼和皮克斯动画有史以来最成功的电脑动画影片。

241. 电影《灯塔世家》男主角原型是谁？

获得1998年中国电影"华表奖"的《灯塔世家》，是浙江省著名剧作家黄亚洲和高峰两位编剧在1995深入到浙江海岛后创作的。影片中主角形象是根据全国劳动模范叶中央的生平事迹创作的，展示了中国四代灯塔工人无私奉献的精神和业绩。《灯塔世家》由宋江波任导演，长春电影制片厂摄制。影片在全国公映后，引起了广大观众极大的共鸣。

242.《极地冰语》讲述的是什么内容？

自1999年10月4日起，在中国中央电视台经济半小时栏目播出的电视系列片《极地冰语》，是由中国国家海洋局极地考察办公室和中央电视台经济部联合摄制的。它通过拍摄发生在中国南极洲科考人员中的生动感人的故事，向世人全方位展示了中国南极科学考察事业15年来所走过的光辉历程。通过科考人员衣食住行发生的巨大变化，来表现中国综合国力的不断提高和南极科考事业的迅速发展。通过拍摄在南极欺骗岛上留下鲸、海豹的累累白骨,以及上百吨废弃的熬鲸油罐等,向人们讲述19世纪初,北欧贪婪的海盗是如何为追求金钱而对南极的生态环境进行了掠夺性的破坏;同时也形象地反映了中国为开发南极和保护南极所做的努力和工作。《极地冰语》共包括《极目长城》、《飘失的气球》、《天涯布道》、《龙行万里》等五个部分,拍摄过程中采用了航拍、水上、水下拍摄等现代高科技拍摄手段,使画面精美,引人入胜,具有很高的观赏性和艺术水平,让人在领略南极岛屿的奇异风光的同时,引起人们对这块神秘土地的深深的思考。

243.《世纪的钟声》是有关什么主题的电视系列片?

在20世纪末,一部反思和探寻人类赖以生存的地球环境尤其是海洋环境的大型环保电视系列片《世纪的钟声》被隆重推出。《世纪的钟声》每集10分钟,共106集,真实地再现了20世纪人与自然的种种矛盾和不和谐,从中可以看到人类的活动给大自然造成的巨大影响。在海洋上,麦哲伦企鹅由于海底石油和捕鱼业的迅猛发展,正面临着生存危机;哥伦比亚和加勒比海沿岸的珊瑚礁,在未来的30年中,可能会有三分之一被破坏掉;只因人的某种需要而在市场上被卖高价的海龟,成为人们盲目捕杀的对象,正面临着被灭绝的境地;海洋污染无国界的泛滥,给人类提出了严峻的课题;在加拿大东海岸生活了7代的渔民,如今已无鱼可捕;海洋珍稀动物正遭受灭顶之灾。这些海洋话题,以全面的视角和富有震撼力的画面为保护海洋、热爱自然、珍惜生命的人类,敲响了世纪末的海洋环境保护的警钟。

244.《走进北极》记录了哪些内容?

《走进北极》是由四川电视台拍摄的电视系列片,是中国首次北极科学考察的纪实。从纪录片中可以看到考察队在对北极进行考察的过程中,运用小艇、直升机等多种手段,对冰、气、海的综合作用进行多点同步观测的许多精彩画面,编导们以敏锐而独特的眼光,深入挖掘考察队员们作为"极地人"的精神世界;展现了唯一踏足地球三极——南极、北极和珠穆朗玛峰的来自香港的女探险家李乐诗的风采;表现了极地科考队员许多鲜为人知的生活、工作和家庭的真实画面,高扬了中国科学考察队员战胜困难的自信心和自豪感。

245.《泰坦尼克号》是一部什么样的影片?

1912年4月15日,一艘当时世界上最大的巨轮"泰坦尼克"号首航由英国南开普敦开往美国纽约,途中因遇上冰山而沉没,导致1500多名乘客葬身大海。1998年4月9日以这场真实的海难故事为背景的美国影片《泰坦尼克号》正式进入中国电影市场。影片由美国魔鬼导演詹姆斯·卡梅隆执导,耗资2.5亿美元,影片以露丝的丝丝入扣的回忆为切入点,将特大的海难事故与一对年轻人的生死恋情两条线索交织在一起,场面宏大,情节紧张,细节丰富,结构新颖,拍摄精良,将爱情、海难、追杀和逃生融为一体,成为好莱坞娱乐片的经典代表。

246. 古斯拖创作了哪些著名海洋影视文学作品?

1910年6月11日,古斯拖出生在法国西南部波而多附近的一个小城。他父亲是个受雇于美国的律师,经常往来于大西洋西岸,古斯拖因此就和大海结下了不解之缘,并喜欢上了游泳。他从小就喜欢冒险,不肯循规蹈矩,10岁时因打破学校玻璃被开除,却迷上了潜水。在他的眼里,大海是爱的象征,不仅给了他真实的肉体感受,更充满了强烈的精神之爱。每当他潜入海中,就觉得自己像天使一般,仿佛从沉重的躯壳中解放出来。20岁时,他又成功地考入法国海军学院,毕业后被派驻地中海的土伦港,在这里他积极地投入潜水活动,研究潜水用具和海洋科学等,和人一

水下摄影

起发明了单人潜水呼吸器——水肺,实现他想成为"鱼人"的愿望。1952年,他潜入红海海底50米深处,拍摄了第一部彩色的海底短片,从此,神秘的海底世界,被古斯拖用摄影机揭开了大海的神秘面纱。1972年,透过古斯拖的镜头,全世界的电视观众首次观赏到了南极海底冰山形成的过程,见到了南极璀璨的海中世界。直到他1997年6月25日撒手人寰,他运用潜水技术和海底摄影机,为世人揭开了大海的神秘面纱,留下了上百部的海底

世界影片。1956年在法国坎城影展上,他导演的《寂静世界》获得金棕榈奖,1959年美国奥斯卡最佳短片《金龟》和最佳纪录片《没有太阳的世界》导演也是古斯拖。同时,他还是一位杰出的作家,1953年出版的《寂静的世界》一书被译成20多国语言文字。此外,他还出版了《鲸鱼吾友》(1972年)、《古斯拖海洋百科全书》(1974年)、《古斯拖环保年鉴》(1981年)、《受伤的大海》(1987年)等,致力于海洋宣传和环境保护,为今人留下了丰富的海洋文化财富。

247.《巨鲸归海》讲述的是什么内容?

《巨鲸归海》这部电影是1992年由美国好莱坞的华纳电影公司以墨西哥城为外景地拍摄的。讲的是一头叫作威利的鲸鱼和一个小男孩的故事。这个小男孩帮助威利重新获得了自由,向人们展示了人和自然和谐相处的美好以及人和自然发生冲突的丑恶。影片放映后深受大人和孩子们的喜爱,连续拍了三集电影。有意思的是,影片中的鲸鱼,是一头年龄已15岁,1977年在冰岛出生,名叫凯科的逆戟鲸。它的命运也和影片中威利的命运相似,在它1岁多被捕获后,被送到冰岛一家水族馆表演,后来被加拿大买走,养在水族馆,后到美国参拍了电影《巨鲸归海》,而且因此闻名遐迩,直到1992年9月9日重新回到家乡冰岛南部的韦斯特曼纳群岛的港湾里,在碧海之中畅游。这也算得上是《巨鲸归海》弄假成真的一场收获吧。

248.《大海梦幻》是为哪座海洋城市而设计创作的？

大型舞蹈诗《大海梦幻》是山东青岛市歌舞剧院于2000年11月创作，是为青岛这样一个现代化海洋城市和旅游城市而设计和创作的。它叙述了海洋生物的一个生命轮回过程，将海洋、服饰和舞蹈三种元素融会到一起，把海洋景色、海洋生物艺术性地展现给广大观众，揭示了海洋的发展与人类社会休戚与共的关系，从而激发人们从心灵深处热爱大海的情感。《大海梦幻》除序幕和尾声部分外，分为六场。于春燕任编导，崔新作曲、著名服装设计师李瑞丁、国家一级舞蹈设计师赵国良和刘锐担任主创。同时该剧也是青岛首次采取市场化的方式进行新剧目的创作生产，对文艺创作向产业化方向迈进进行了有益的尝试。

249. 中外著名海洋题材的电影有哪些？

在中外电影史上，以海洋为主要背景和内容的影片非常多。要想全部看完是一件非常不容易的事，我们只要能够欣赏其中的大部分影片就足够了。那么，中外著名的海洋题材电影都有哪些呢？比如说中国，这方面的影片就有《渔光曲》《怒海轻骑》《南岛风云》《湖上的斗争》《夜航》《雾海夜航》《海上明灯》《小鲤鱼跳龙门》《油船火焰》《英雄岛》《向海洋》《渔岛

电影《渔岛怒潮》海报

之子》、《无名岛》、《海鹰》、《海上神鹰》、《十级浪》、《红珊瑚》、《南海湖》、《金色的海螺》、《水手长的故事》、《东海小哨兵》、《战船台》、《试航》、《磐石湾》、《南海长城》、《渔岛怒潮》、《暗礁》、《蓝色的海湾》、《九龙滩》、《海湾》、《港湾不平静》、《海上生明月》、《海盗的女儿》、《"下次开船"港游记》、《蓝鲸紧急出动》、《海上丝绸之路》、《漂流瓶》、《燃烧的港湾》、《英雄郑成功》、《沧海百年》、《河伯娶妻》、《沧海利剑》、《海之门》、《蓝兰岛历险记》、《鉴真东渡》、《东方大港》、《南海长城》、《海霞》、《哪吒闹海》、《鹬蚌相争》、《甲午风云》、《海洋朋友》等；外国著名的海洋题材电影有《泰坦尼克号》、《U—571》、《老人与海》、《战舰波将金号》、《大白鲨》、《海底总动员》、《深渊》、《怒海争锋》、《未来水世界》、《从海底出击》、《完美风景》、《海神号遇险记》、《猎杀红色十月》、《珍珠港》、《碧海蓝天》、《海滩》、《深海寻人》、《巨浪》、《怒海孤舟》、《亚特兰蒂斯》、《海上钢琴师》、《那年夏天，宁静的海》、《水中生活》、《地海传奇》、《特洛伊》、《辛巴达七海传奇》、《白色星球》、《深海异形》、《海底两万里》、《潜龙轰天》、《后天》、《红猪》、

电影《怒海争锋》海报

《小美人鱼》、《幽灵船》、《加勒比海岛》等等。

编后记

世界的未来是青少年的,而世界未来的希望在海洋。21世纪的今天,世界已经进入全面开发和利用海洋的新时代。

在我国青少年中全面、系统地开展海洋知识的普及教育,以适应国际形势变化的需要和未来人类社会发展的需要,是我们当代海洋科技教育工作者的责任和义务。有感于此,我们来自国家机关、高等院校、科研院所、军事机构等40多位海洋科技工作者,花费了三年多时间,精心策划并编撰完成了我国有史以来的第一部海洋知识体系最完备、内容最全面的科普图书。

《海洋小百科全书》共20分册,300余万字,110个知识大类,总7000余个知识问答,几乎涵盖了海洋自然科学、海洋人文科学、海洋军事科学的全部基本内容。本书第一版由中国少年儿童出版社于2002年5月出版,2003年9月荣获由中共中央宣传部等国家7个部门联合颁布的"第五届全国优秀科普作品奖科普图书类三等奖"。本书于2007年10月修订再版,现再次修订,由中山大学出版社出版。本次修订在保持原有知识体系和编写风格基本不变的情况下,除进行必要的知识内容更新外,又新增加了《海洋经济》分册,使《海洋小百科全书》的知识体系进一步完备,知识内容更加丰富。

本书自2002年5月出版至今,一直得到社会的普遍关注和广大读者的厚爱,在此,一并向曾经对本书编撰、出版、发行、修订等作出过贡献的人们表示衷心的谢意。

由于本书涵盖的知识内容宽泛,编写任务十分繁重,难免有知识遗漏和编写不当之处,欢迎广大读者提出宝贵的意见和建议。

《海洋小百科全书》主编:关庆利
2010年9月24日

《海洋小百科全书》分类目录

(20分册·110类)

1 海洋地理
　　海洋地理大观
　　世界海岛揽胜
　　海洋地理趣闻
　　奇妙海底世界
　　海洋地质灾害
　　神奇中国岛岸

2 海洋水文
　　多姿多彩的海洋
　　海水的自然神韵
　　海洋与人类互动
　　探测海洋的波脉

3 海洋气象
　　走近海洋风暴
　　探寻海洋天气
　　感受海洋冷暖
　　变换海洋风雨
　　领悟沧海桑田
　　俯观海气轮回

4 海洋探险
　　古代海洋探险
　　近代海洋探险
　　现代极地探险
　　环球海洋风采

5 海洋航运
　　船舶千秋史话
　　航海妙趣万千
　　惊涛铸造奇闻
　　中国航运今昔
　　船运业务趣谈

6 极地科考
　　挑战人类的环境
　　不可争夺的领土
　　南极人的生活
　　南极生物奇趣
　　揭开奥秘的考察
　　北极世界的探索

7 海洋生物
　　无限生机的海洋
　　迷人的海洋奇葩
　　璀璨的贝类明星
　　威武的虾兵蟹将

微小的海洋居民
多彩的海洋植物

8 海洋动物
奇妙的动物家族
高超的生存技巧
神秘的自然之谜
复杂的生存关系
多彩的情爱生活
狰狞的危险动物
友善的人类朋友

9 海洋渔业
千姿百态捕鱼技术
海洋渔业发展史话
名贵海产品趣味谈
海产品美食与营养
海产品保健与药用

10 海洋化学
海水的趣味故事
海水的化学秘密
海水的化学资源
无尽的海底宝藏
流泪的海洋环境

11 海洋物理
妙趣横生海洋物理
威力无比海洋声学

奇光异彩海洋光学
探索海洋高新技术
四通八达海底电缆
准确无误导航技术

12 海洋工程
人类水下生活
探索海底世界
雄伟近岸工程
海上铸造希望
港口飞架彩虹
旅游方兴未艾
无尽海洋能源

13 海洋科教
著名的海洋科学家
世界海洋科技之最
重大海洋科学考察
世界海洋科研教育

14 海洋权益
蓝色的海洋国土
繁杂的海域划分
激烈的海洋争斗
独特的海运规则
严格的船舶管理
复杂的海事纠纷
神圣的海洋权益

15 海洋经济
  海商奠基帝国兴起
  追寻民族海商踪迹
  当代海洋经济概览
  日新月异朝阳产业
  夯实蓝色经济基石

16 海洋文学
  中国古代海洋文学
  中国现代海洋文学
  外国古代海洋文学
  外国现代海洋文学
  中外海洋影视文学

17 海洋文化
  海洋神化故事
  海洋语言文字
  海洋绘画名作
  海洋雕塑艺术
  海洋音乐经典
  海洋民俗风情

  海洋著作学说

18 海军兵器
  凶悍的汪洋猛鲨
  奇妙的掠波剑鱼
  神秘的龙宫巨鲸
  无敌的长空雄鹰
  未来的海战新秀
  难忘的千年风流

19 古今海战
  古代海战追踪
  近代海战掠影
  "一战"群雄争霸
  "二战"邪灭正兴
  现代海战大观

20 海洋军事
  海军兵力纵横
  海军礼仪风采
  海军名人传奇
  海军趣闻轶事